KB064281

시프트

고 통 을 옮 기 는 자

조예은 지음

# 차례

밤바다는 불길해. 란은 중얼거리며 폐건물의 녹슨 철문을 밀었다. 정신이 번쩍 드는 차가운 공기와 비릿한 물 냄새가 코를 간질였다. 그제야 이게 꿈이 아니라 현실임이 분명히 자각되었다. 문 뒤에 펼쳐진 피바다와 자신이 안고 있는 피범벅의 아이. 온몸으로 느껴지는 아이의 무게와 온기가 현실이라는 확실한 증거였다.

란은 정신을 잃은 아이의 머리를 자신의 어깨에 기대게 하며 꼭 감싸 안았다. 그리고 고개를 들어 정면을 바라봤다. 그는 하나의 허연 덩어리처럼 보이는 모래사장 위를 헤치며 한 발작씩 나아갔다. 이따금 어항의 깨진 유리 파편들이 밟히며 바스라졌다. 불과 몇 시간 전 찍혔던 누군가의 발자국은 그새 바닷바람에 쓸려 없어졌다. 지금은 아무런 흔적도 남아 있지 않았다. 자신의 발자국 역시 두어 시간 후면 모두 사라질 것이다. 바람이 매섭게 불었다. 이 유난히 검고 불길한 바다의 바람은 그 어느 해변보다 차갑고 거칠었다. 멀찌감치 글자가 떨어져 나간 횟집 간판이 모래에 반쯤 파묻혀 있었다.

란은 바다를 바라봤다. 시커먼 파도가 하얀 거품을 내뿜으며 쓰레기로 뒤덮인 해변을 넘실거렸다. 넌 이제 돌이킬 수 없다. 스산한 파도 소리가 이렇게 속살거리는 것 같았다. 그 소리는 점점 더 커지며 란을 집어삼킬 듯 몰아쳤다.

그는 도망치듯 해변을 빠져나왔다. 쫓아오는 자가 있을 리 없건만 계속 고개를 돌려 등 뒤를 확인했다. 아이를 안은 팔에 힘이 들어갔다. 점점 빨라지던 발걸음은 이내 뜀박질로 바뀌었다. 한참을 달려도 파도 소리는 멀어지지 않고 계속해서 그의 귀에 달려들었다. 어떤 굉음이 폭발했다. 소름끼칠 정도로 차가운 달빛이 그의 얼굴을 허옇게 비췄다.

해변과 이어진 소나무 숲을 빠져나오자 아스팔트길이 펼쳐졌다. 란은 비로소 조금 진정이 되는 것 같았다. 국도에는 차 한 대 지나지 않았다. 그는 품의 아이가 떨어지지 않도록 꼭 안고 외진 길을 걸었다. 란의 손은, 격한 흔들림에도 미동 없이 늘어져 있는 아이를 조심스럽게 토닥이고 있었다. 중요한 것은 온기였다. 그는 그 미미하지만 강렬한 감각에 집중했다. 도로 옆 무성한 소나무들 너머로 동이 터 올 때까지, 그는 그렇게 걷고 또 걸었다.


사흘 뒤, 인적 없는 해변의 폐건물에서 한 구의 변사체가 발견되었다. 남 몰래 데이트를 하려고 그곳으로 찾아든 고교생 커플이 보고 신고를 한 것이다. 변사체는 피 웅덩이 한가운데 반쯤 잠겨 있었다.

얼굴 한쪽은 괴사되었고 전신에 멍이 가득했다. 차마 눈 뜨고 보기 힘들 만큼 참혹한 상태였다. 옆에는 날이 고르지 않은 식칼 한 자루가 놓여 있었다.

1부

이창

1

　출근 시간을 훌쩍 넘겨 나타난 이창은 들어서자마자 형사과 구석 소파에 쓰러지듯 몸을 파묻었다. 꼴만 보면 음주로 난동을 피우다 잡혀온 노숙자였다. 업무로 분주한 동료들이 그런 그를 힐긋거리며 지나다녔다.

　준혁은 이창이 들어설 때부터 그를 눈으로 좇고 있었다. 준혁은 크게 한숨을 내쉬고는 살인 사건 파일을 들고 자리에서 일어섰다. 준혁이 다가오고 있다는 걸 눈치 챈 이창은 급히 근처에 있던 신문지를 펼쳐 얼굴을 가렸다. 준혁은 신문지를 확 걷어내고는 이창을 노려봤다. 이창은 소파에 그대로 누운 채 오히려 뻔뻔한 얼굴로 준혁을 올려보며 말했다.

　"뭘 그렇게 깔아봐? 빨리 보고나 해."

　준혁의 입에서 다시 한 번 깊은 한숨이 새어 나왔다.

　"농땡이 치던 고교생 커플이 신고했어요. 사망 추정 시각은 사흘

전 4월 3일 오후 9시경, 사인은 자상에 의한 과다출혈. 전신에 폭행당한 흔적이 있고 흉기는 시신 옆 가정용 식칼로 추정됩니다."

이창은 자세를 편하게 고쳐 누웠다. 여전히 자신의 일이 아니라는 듯 핸드폰을 뒤적거리는 이창을 보며 준혁은 세 번째 한숨을 내쉬었다. 그제야 이창은 간신히 입을 열었다.

"전신에 폭행의 흔적이 발견됐다고? 그럼 집단구타 후에 칼로 쑤신 거겠지. 딱 깡패들 쌈박질이네. 그 구역 알리바이 없는 놈 몇 조지면 답 나오겠네."

"그게 그러기엔 좀 이상한 데가 많아요."

설렁설렁 보고를 받던 이창의 미간에 주름이 깊게 잡혔다. 그의 푸석한 눈 밑은 거무튀튀하고 며칠이나 안 감았는지 머리는 떡이 져 있었다. 에이, 씻을 시간도 없는데 귀찮게 이건 또 뭐래. 이창이 낮게 중얼거리자 보고를 마친 준혁이 까칠하게 내뱉었다.

"거참, 이 형사님 하나도 안 바쁘잖아요!"

"바빠."

"이 조용한 동네에 뭐가 있다고 요즘 그렇게 쏘다니십니까? 오랜만에 들어온 사건이니 집중 좀 하시죠."

"이젠 후배까지 대드네…… 아무튼 흉기랑 혈액 국과수에 올리고 피해자 신원, 원한 관계 조사해서 용의자 추려봐."

이창은 손목을 들어 시간을 확인했다. 오전 11시가 가까웠다. 준혁은 눈을 동그랗게 뜨고 물었다.

"저 혼자요? 형사님은 뭐 하게요? 일 안 합니까?"

"난 따로 할 일이 있거든."

잔소리를 해대는 준혁에게 한마디를 툭 던지고 이창은 소파에서 벌떡 일어났다. 그러고는 길쭉한 다리로 서를 빠져나와서 10년은 족히 몬 소나타에 올라탔다. 이창이 운전석에 앉자 오래된 차가 덜컹거렸다.

준혁의 말이 맞았다. 평소에 이 동네는 별로 사건이랄 게 없었다. 그래도 오래된 항구도시여서 깡패들 사이에 간혹 알력 다툼이 벌어지곤 했다. 준혁은 평소 어리바리해 보여도 일할 때에는 똑 부러지는 스타일이었다. 이 정도 사건은 그의 손에서 충분히 해결이 가능할 것이다.

이창은 지금 깡패들 싸움질에 신경 쓸 상황이 아니었다. 훨씬 중요한 일이 있었다. 서울에서 승진을 마다하고 이 바닷가까지 자진해서 내려온 이유.

뒤따라온 준혁이 출발하려는 차 문을 확 열어젖혔다. 눈빛에는 이창과 마찬가지로 긴장이 서려 있었다.

"선배, 설마 채린이 때문이에요? 뭐 좀 찾았어요?"

"일단은. 가서 직접 물어봐야지."

"그럼 다녀오세요. 일은 어떻게든 하고 있을게요."

준혁은 이창의 전근 이유를 아는 유일한 후배였다. 자세한 내막까지는 모르면서도 그는 이창을 따라 이 촌동네까지 함께 내려왔다. 부임 첫날에 준혁은 원래부터 지방의 여유로운 싱글라이프를 꿈꿔왔다며 너스레를 떨었다. 이창은 내심 가슴이 먹먹할 정도로 크게 감동을 받았지만 잠깐의 감동 이후엔 알차게도 준혁을 부려먹었다.

준혁은 그렇게 인심 쓴다는 듯이 덧붙이고는 차 문을 닫았다. 이창은 그의 한마디에 굳어 있던 어깨의 긴장이 어느 정도 풀어지는 것 같았다. 소나타는 어느새 시내를 빠져나와 외곽으로 향하고 있었다. 이창의 눈에 초조함이 서렸다. 이번엔 제발 찾을 수 있기를. 운전을 하면서 그는 계속 손톱을 물어뜯었다. 닳고 닳은 손톱에서 피가 새어 나왔다.


2


이창은 메모지의 주소를 확인하고는 차에서 내려 단층 건물의 대문을 노려봤다. '하늘부흥회'라 적힌 싸구려 간판 아래의 문에는 조악한 부적이 덕지덕지 붙어 있었다. 얼핏 봐도 수상하기 짝이 없었다. 이창은 크게 심호흡을 하고 속으로 기도를 했다. 그 뒤로는 속전속결이었다.

손잡이를 잡고 돌리자 쉽게 문이 열렸다. 속옷만 입은 사람들이 한 방향을 향해 머리를 조아리고 있었다. 아마도 단상 위의 대머리 노인에게 절을 올리는 중인 것 같았다. 그는 부처의 손동작을 흉내낸 채 가부좌를 틀고 앉아 있었다. 비열한 상판대기는 여전하군. 이창은 속으로 뇌까렸다.

불의의 인기척에 절을 하던 무리가 일제히 동작을 멈추고 엉거주

춤한 자세로 불청객을 바라봤다. 어색한 침묵이 흘렀다. 곧 대머리 노인 앞에서 모금함을 들고 있던 여자가 이창을 향해 눈을 부라리며 외쳤다.

"신성한 예배 시간에 웬 놈이냐! 하늘신령님께서 노하시면 저주를 내리나니 어서 썩 꺼지거라!"

억센 인상을 한층 강조해 주는 듯한 짙은 파란색 아이라인의 여자는 촌스러운 색동저고리를 입고 있었다. 딴에는 한껏 치장을 한 모양새였다.

"하늘신령님 만세! 하늘신령님 만세!"

신도들이 벌떡 일어서더니 제자리를 빙빙 돌며 만세를 외치기 시작했다. 그들의 표정에는 공포가 서려 있었다. 헐, 설마 저주란 말에 저러는 거야? 이창은 우스꽝스러운 그들의 모습에 어이가 없었지만 애써 표정을 가다듬었다.

"죄송합니다! 제가 바쁜 일이 있어서 오늘 의식에 늦었는데……. 헌금은 내야 할 것 같아서 이렇게 온 겁니다."

이창은 안절부절못하는 태도로 겉옷 안주머니에서 꾸깃꾸깃한 봉투를 꺼내며 말했다. 봉투를 본 여자의 눈빛이 순간 번뜩이더니 매서운 표정이 한결 누그러졌다. 처음 보는 얼굴 같은데……. 그녀는 중얼거렸지만 이창이 하늘신령님 만세를 외치며 다가오자 의심의 눈초리를 거두었다. 그러고는 짐짓 엄숙한 표정을 지으며 다가오는 그를 기다렸다.

"하늘신령님께서는 정성을 중요시하신다. 늦게라도 성의를 보이니 이번만 넘어가는 것이다. 다음부터는 저주가 있을 것이야. 어서 헌금을 내고 의식에 참여하라!"

이창이 고개를 조아리며 봉투를 내밀자 여자가 빼앗듯 받아들었다. 두둑한 부피감에 여자의 입꼬리가 살짝 올라갔다. 그러나 봉투 속을 확인하자마자 무섭게 폭발하고 말았다. 전라의 여자들이 음란한 포즈를 취한 성매매 전단지 뭉치가 들어 있었던 것이다. 여자는 봉투를 바닥에 내팽개쳤다. 이창을 향해 치켜뜬 눈 위로 파란색 아이라인이 찌그러졌다.

"무엄하다! 하늘신령님을 모독하다니!"

여자가 말을 맺기도 전에 이창은 모금함을 발로 차버리는 동시에 여자 너머에 태평하게 앉아 있는 대머리 노인을 향해 돌진했다. 모금함이 날아가 벽에 부딪히자 파란 아이라인의 여자는 비명을 지르며 그만 정신을 잃고 말았다.

우습고 허접하나 나름의 규칙 안에서 차분히 진행되던 의식이 중단되고 예배당은 쑥대밭이 되었다. 갑작스런 침입자가 불러들인 소동에 신도들은 우왕좌왕하기 시작했다. 자기 옷을 찾아 입느라 서로 엉켜 뒹굴거나 속옷만 입고 뛰쳐나가는 이들도 있었다. 아비규환 속에서도 이창의 관심은 노인에게 집중되었다.

다짜고짜 단상으로 날아든 이창이 얄팍한 멱살을 잡아 노인을 일으켰다. 이창에 잡힌 채 노인은 경찰을 부르겠다며 버둥거렸다. 하하, 하늘신령님 좋아하시네. 이창은 노인의 반질반질한 머리를 쥐고 나무 탁상에 금이 가도록 내리찍었다. 대머리라 잡고 있기 좋아 힘들군. 그가 다시 노인의 머리를 들어 올렸을 때, 단상엔 피가 묻어 있었다.

"노인 공경을 할 수가 없어요. 전과 11범짜리 사기꾼이 어디서 경찰을 찾아. 아, 존댓말은 써줄게. 시발, 내가 바로 당신이 찾는 경찰이거든요?"

노인은 금세 비굴하리만치 태도를 바꿨다. 두 손을 모으고는 한껏 불쌍한 표정으로 이창을 봤다. 하늘신령인지 뭔지 흉내를 낸다고 걸친 나풀나풀한 흰 천이 흘러내려 볼품없는 노인의 몸이 그대로 드러났다. 이창은 눈살을 찌푸렸다. 오늘 못 볼 꼴 많이 보네.

노인의 시선이 널브러진 모금함에 멈췄다.

"모금함! 저 돈 다 가져가고 한 번만 봐줘. 신자들이 많아서 저거 꽤 된다고, 응? 제발. 나 이번에 들어가면 언제 나올지 몰라!"

"전과 11범이면 수법 좀 바꾸지? 참 꾸준히 일관적이야. 사이비 종교 만들어서 신령님인 척하는 게 그렇게 좋나?"

노인은 두 손을 모아 싹싹 빌며 다급하게 애원했다. 이마에서 흘러내린 굵은 핏줄기가 턱 밑으로 뚝뚝 떨어졌다.

"형사님 한 번만! 다 먹고살자고 하는 짓이여. 하라는 거 다 할게. 이제 진짜로 착하게 살게."

하라는 거 다? 그래, 진즉에 그랬어야지. 듣고 싶은 말을 들은 이창이 노인을 보며 씩 웃었다.

"아저씨, 오늘은 묻는 말에 성심성의껏 답하면 안 잡아갈게."

노인이 격하게 고개를 끄덕거렸다. 이창이 머리를 쓸어 넘기며 한숨을 쉬었다. 지금까지의 거침없는 행동과는 달리 초조함이 묻어 있었다.

"얌전하게 따라 나와. 아니, 존댓말 써주기로 했지. 얌전히 따라 나오세요."

어느새 정신이 들었는지 파란색 아이라인의 여자가 자리에서 일어나 모금함을 끌어안고 있었다. 이창에게서 풀려난 노인은 눈을 까뒤집으며 달아나려는 여자의 치맛자락을 잡고 넘어졌다.

"이 도둑년이 어딜?"

"이거 놔, 미친 노인네야!"

여자가 욕설을 날리며 모금함을 안은 채 굴렀고 엎치락뒤치락 짧은 몸싸움이 이어졌다. 말세야 말세. 이창은 혀를 차며 건물 밖으로 나갔다.

끝내 모금함을 빼앗아 품에 안은 노인이 구시렁거리며 이창의 뒤를 따랐다.


3


이창과 노인은 근처의 다방으로 들어갔다. 커피 잔을 앞에 놓은 채 이창은 팔짱을 끼고 앉아 있었다. 맞은편에는 흰 천을 겨우 두른 노인이 눈치를 보며 다리를 떨고 있었다. 뭣부터 물어야 하나 망설이던 이창은 마침내 입을 열었다.

"간단하게 물을게."

노인은 머리를 힘주어 끄덕이며 입가에 억지웃음을 지었다.

"천령교 알지? 꽤 유명했잖아."

조금 전까지 살려만 달라고 애걸하던 노인은 강하게 고개를 돌리며 시선을 떨어뜨렸다. 이창은 테이블 너머로 몸을 기울여 노인의 턱을 억세게 붙잡았다.

"잔머리 굴리지 말고 전부 불어. 말년을 빵에서 썩고 싶지 않다면 말이야."

노인은 겁에 질린 얼굴로 고개를 끄덕였다. 반질반질한 대머리에 식은땀이 송골송골 맺혔다. 이창은 다시 자리를 고쳐 앉으며 입을 열었다.

"2002년에서 2005년까지 당신 거기 신도였지? 꽤 높은 자리였던 걸로 기억하는데. 어쨌든, 그 교주는 어디서 뭐 하고 있어? 교주나 관련자들 행방에 대해서 아는 게 있나? 왜 천령교는 2005년에 갑자기 사라졌지?"

노인은 열심히 머리를 굴렸다. 이 형사가 왜 10여 년 전에 없어진 사이비 종교의 행방을 묻는지 알아야 대책을 세울 수 있었다. 어쨌든 풀려나려면 뭔가 대답을 해줘야만 한다. 그 시절을 더듬던 중 그는 뜻밖의 얼굴을 기억해 냈다. 탁했던 노인의 눈이 번쩍 환해졌다.

"하하! 그 망한 사이비교를 왜 찾나 했더니, 자네 거기 신자였지, 맞지?"

"날 기억해?"

"기억나. 기억나고말고. 우리 같은 사람들은 기억력이 유일한 밑천이니까."

"우리 가족도 기억하겠네?"

"당연하지. 네 아비를 끌고 온 게 나였거든. 아픈 딸내미 때문에 독실했지. 결국 네 누나는 '축복'도 받았잖아? 그때 꼬맹이가 어느새 형사 나리가 되셨어. 그런데 이제 와서 거기 교주를 찾는 이유가 뭔가?"

자세가 한결 편해진 노인이 커피를 홀짝이고는 눈을 가늘게 뜨며 물었다. 순식간에 변한 노인의 태도가 거슬렸던 이창은 팔짱을 낀 채로 미간을 찌푸렸다.

"그건 알 거 없어. 대답이나 해. 교주는 어디 있지?"

"난 말단 집사였어! 그냥 사람 모집하고 성금이나 걷는 시다였다고. 내가 알 리가 있나?"

"빵에서 장례 치르고 싶나 봐."

"아니, 그게 난 정말로 잘 모른다고. 난 그 일이 있고 나서 바로 나왔어!"

이창의 한쪽 눈썹이 위로 치켜졌다.

"그 일?"

"네 누나가 축복을 받은 날이었나? 맞아, 네 누나가 마지막으로 축복을 받은 자였거든. 그날 어느 정신 나간 놈이 교주 아들을 덮쳤어. 네 누나가 완치된 거 보고는 자기도 축복을 받고야 말겠다고 그랬던가. 중간에 장로가 발견하긴 했는데 이미 늦은 후였지. 정말 몰랐나?"

이창은 가만히 고개를 끄덕거렸다. 노인의 온 신경이 기억을 더듬는 데 집중되어 있다는 것을 표정으로 알 수 있었다. 노인은 남은 커피를 한 번에 들이켜고는 말을 이었다.

"한참 시끄러웠어. 교주랑 장로 집도 불타버렸고 교주 아들은 그 미친놈 칼에 죽었지. 그 정신 나간 놈이 동네에서 피 묻은 칼을 들고 덩실덩실 춤을 췄다지. 에이, 끔찍해서…… 뭐 목격자도 있으니 당연히 그놈은 경찰에 잡혔어."

어느새 몸을 노인 쪽으로 기울인 이창은 손톱을 물어뜯으며 말을 재촉했다.

"계속해."

"그 뒤로 일주일인가? 집회랑 모금도 똑같이 진행하고 자식 잃은 사람으로 보이지 않을 정도로 교주는 태연했지. 그러다가 갑자기 사라진 거야. 그야말로 감쪽같이! 뭐 드디어 하나님 곁으로 가신 거다, 성령이 되어 날아가셨다, 신자들 사이에서 별별 얘기가 다 돌았지. 그렇게 헌금을 갖다 바치고도 축복을 받지 못한 이들은 울부짖고, 교회를 때려 부수고 난리였다고."

노인은 목이 타는 듯 다방 여직원에게 물을 달라더니 벌컥벌컥 들이켰다. 물컵을 내려놓은 그는 눈알을 굴려 힐긋 이창을 보며 목소리를 낮췄다.

"소름 끼치는 건 뭔 줄 아나?"

이창은 눈빛으로 답을 재촉했다. 노인의 허연 수염에서 물인지 땀인지 모를 것이 뚝뚝 떨어졌다.

"교주 아들을 죽인 미친 놈, 그놈이 말이야 잡힌 지 얼마 안 돼서 병으로 뒈졌어!"

"병?"

"그래! 병 걸린 자식새끼 때문에 신자가 되었지만 오장육부는 멀쩡한 놈이었거든. 그런데 뜬금없이 심장병으로 죽었대. 그것도 애들이나 걸리지 성인에겐 생기기 힘든 희귀병이었어."

방화 살인범이 갑자기 희귀병으로 죽다니……. 이창은 그 시절의 일들이 상식에서 벗어난 일투성이라고 여겼다. 노인의 아랫입술이 파르르 떨렸다.

"갑자기 꼴깍 뒈져버렸으니 신자들이 무슨 생각을 했겠나? 교주가 저주를 내렸다고 여겼지. 나도 그렇게 믿고 있어. 기적을 내리는 사람이 저주라고 못 내리겠나. 이후로 천령교 신자들 사이에서 교주 이름은 금기야, 금기! 자네 가족이야 딸내미 완치되고 코빼기도 안 비쳤으니 몰랐겠지만."

저주라니. 일반인이 듣는다면 코웃음 칠 일이었지만 이창은 노인의 말이 무조건 허무맹랑하게 들리지 않았다. 지금은 이 세상에 없는 그의 누나와 아버지, 그리고 이창 자신이 바로 증인이었다. 그런데 교주에게 아들이 있었던가?

"교주에게 아들이 있었어? 몇 살쯤 됐어?"

"거 왜 축복의식 치를 때마다 교주 앞에서 선택된 신자들 손을 잡아주던 애 있었잖아? 나이는 나도 모르지. 어차피 죽은 애 나이는 알아서 뭣 하려고?"

아, 이창은 기억났다는 듯 신음을 내뱉었다. 집회 때마다 붉은 예복으로 전신을 감싸고 나와서 의식을 돕던 왜소한 소년이 떠올랐다. 노인의 말이 맞았다. 그러나 그가 찾고 있는 건 이미 죽은 애가 아니었다.

"됐고. 그 교주는 지금 어디서 뭘 하지? 중요한 건 그거야."

"거참, 내가 그걸 어떻게 알아! 그 뒤로 본 사람이 아무도 없어. 혹시 아나? 아들 잃은 슬픔에 어깨에 날개가 돋아서 하나님 곁으로 날아갔을지. 아니면 어디 깊은 수도원에 들어가 기도나 하고 있으려나."

"진짜 소식을 아는 사람이 없어? 10년 동안 놈을 봤다는 사람이 정말 단 한 명도 없었냐고. 시발, 지금 나랑 장난해!"

이창은 주먹으로 테이블을 내리쳤다. 카운터에서 손톱을 손질하던 다방 여직원이 화들짝 놀라 소리를 질렀다. 양 손바닥으로 얼굴을 쓸어내리는 이창의 표정이 침울해졌다. 어깨를 움츠린 노인은 눈알을 굴리다 슬며시 입을 열었다.

"아니 좀 진정하고 그게……. 이건 진짜 아는 사람 몇 없는 얘긴데……."

그때 테이블에 올려 있던 이창의 핸드폰이 진동했다. 액정에 준혁의 이름이 떠올랐다. 귀찮게 또 왜 이래? 이창은 전화를 받지 않았다. 꽤나 오래 울리던 진동이 그치자 이창은 눈길을 거뒀다. 그러나 숨을 돌리기 무섭게 핸드폰이 다시 울렸다. 쉽게 그칠 것 같지 않았다. 이창이 통화를 선택하고 핸드폰을 귀에 대자 준혁의 날선 고함이 들려왔다.

"선배! 왜 전화를 안 받아요! 지금 어디예요? 아침에 그거, 깡패들 싸움이 아니라 대형 사건이라고요. 빨리 와요!"

"알았어. 지금 간다."

이창은 신경질적으로 머리를 헝클이며 자리에서 일어났다. 새삼 떡 진 머리가 불쾌했다. 오늘은 진짜 씻어야 되는데.

"아저씨, 전화하면 재깍 받아. 허튼짓하면 빵에서 세상 뜨는 거야. 혹시 다른 거 기억나면 잽싸게 연락하고. 알았지?"

노인이 고개를 주억거렸다. 이창은 겉옷에 팔을 껴 넣으며 다방을 빠져나갔다. 모금함에서 봉투를 한 뭉치 집어 나온 채였다. 그는 봉투를 열어 돈의 액수를 보고는 주머니에 쑤셔 넣었다. 채린이 과자나 사줘야지. 이창은 낡은 소나타에 올랐다.


4


란은 아파트 지하상가에 있는 한 이자카야의 문을 열고 들어갔다. 문에 달린 종이 맑은 소리를 냈다. 익숙한 동작으로 빠르게 머리를 정리하고 직원용 티셔츠와 앞치마로 갈아입었다. 주방 안쪽에서 재료를 다듬던 사장 부부가 다정히 맞아주었다. 란은 가볍게 고개를 숙였다.

사장 부부와 란은 청소년 보호센터에서 만난 사이였다. 애매한 나이에 그곳에 들어가 적응하지 못하던 란을 그들이 챙겨주었다. 비교적 짧은 시간 안에 우울증에서 빠져나올 수 있었던 것도 그들 덕분이었다. 항상 고맙고도 미안한 마음을 가지고 있었지만, 란은 그 마음을 어떻게 표현해야 할지를 몰랐다. 그냥 묵묵히 가게 일을 도왔다. 그렇게 일한 지도 벌써 수년째였다.

이 일본식 선술집은 낮에는 간단한 식사를 팔고 저녁에는 술과 안주를 팔았다. 아파트 주민들이 꾸준히 단골로 찾았기 때문에 장사가 꽤 잘되는 편이었다. 5시. 아직은 여유로운 시간이었다. 곧 저녁이 되면 눈코 뜰 새 없이 바빠질 것이다. 란은 자루걸레를 꺼내 홀의 마룻바닥을 닦기 시작했다. 벽 한 구석에 걸린 텔레비전에서는 뉴스 속보가 흘러나오고 있었다. 무심히 걸레질을 하던 란은 갑자기 멈춰 서더니 텔레비전 쪽으로 시선을 돌렸다.

……변안읍 격산 해수욕장의 폐건물에서 변사체가 발견되었습니다. 사망자는 읍에서 개척 교회를 운영하던 목사 한 모 씨로, 사인은 복부의 자상으로 인한 과다출혈로 추정됩니다. 경찰은 폭행의 흔적으로 보아 원한에 의한 살인에 초점을 맞추고 있습니다. 그러나 현장에서 발견된 흉기의 혈액이 한 모 씨가 아니라는 점에서 수사는 난항을 겪고 있으며 다른 피해자가 있다는 가정 하에 수사를 진행 중입니다. ……

한때 아버지라고 불렀던 사람. 그의 사망을 확인하면서도 란은 별달리 동요하지 않았다. 마치 자신과는 무관한 일인 것처럼. 그러나 어딘가 몽롱하면서 동시에 상쾌한 느낌이 들긴 했다. 그가 더는 이 세상 사람이 아니라는 게 어떤 후련함과 해방감을 주었다. 가게가 있는 곳은 지하이므로 그럴 리가 없는데도, 란에게는 어디선가 청량한 바람이 불어오는 듯했다. 그는 걸레질을 계속했다.

7시가 지나면서 손님들이 하나둘 몰려들기 시작했다. 홀뿐만이 아니라 사장 부부가 요리를 하는 주방도 정신없이 분주해졌다. 란은 손님들이 주문한 음식을 나르랴 테이블도 정리하랴 바쁘게 몸을 움직였다.

란은 주방에서 내놓은 육회를 쟁반 위에 올려놓았다. 생고기를 다지고 양념해 만든 육회는 본래 붉었던 고기에 붉은 양념이 더해져 더욱 선명한 빨간빛을 띠었다. 쯧쯧 저것 좀 봐. 테이블에 안주를 내려놓으려는 란에게 손님이 텔레비전을 가리켰다. 란의 시선이 저절로 텔레비전 쪽으로 향했다. 화면에는 건물 지하실의 끔찍한 몰골이 적나라하게 나타나고 있었다.


……한 모 씨의 변사체가 발견된 건물의 지하에서 아동 납치, 감금, 살해의 흔적이 발견되었습니다. 확인된 피해 아동은 2000년에서 2005년 사이 실종 신고가 되었던 신 모 군을 포함해 신원 확인이 되지 않는 아홉 명이며……


귀에서 윙윙거리는 소리가 나고 현기증이 일었다. 더 이상 아무 말도 들리지 않았다. 란은 한 발짝도 움직일 수 없었다. 얼마나 그렇게 멈춰 있었을까? 주문 안 받아요? 누군가 큰 소리로 외치는 소리에 정신이 퍼뜩 들었다. 여기저기서 란을 불러대고 있었다. 란은 가까스로 시선을 아래로 내렸다. 접시에 담긴 붉디붉은 고기 뭉치가 거기에 있었다. 간신히 가로막고 있었던 벽이 허물어지듯 붉은 이미지들이 쏟아져 내렸다. 참을 수 없게 메슥거렸다.

비틀거리며 란은 가게를 뛰쳐나갔다. 건물 밖에 위치한 상가 화장실로 달려가서 변기를 붙잡고 속엣 것들을 게워냈다. 더 이상 쏟아낼 것이 없을 때까지 구토는 계속되었다. 속이 쓰리고 신물이 넘어왔다. 서 있기도 힘들었다. 그러나 조퇴를 하더라도 피크 타임까지는 버텨줘야 한다. 란은 가게로 돌아갔다.

손님이 좀 빠져나가자 란은 사장 부부에게 양해를 구했다. 당황스러워하면서도 그들은 어서 가서 쉬라며 걱정해 주었다. 한눈에 보아도 란의 몸 상태가 예사롭지 않았다.

그날의 부작용일까? 란은 아득해지는 정신을 부여잡고 대충 가방을 챙겨 가게를 빠져나왔다. 자정을 넘긴 한밤중의 차가운 공기가 얼굴을 감쌌다. 이 도시의 공기에는 항상 바다의 기운이 스며 있다.

그는 집에 도착하자마자 그대로 쓰러져 잠이 들었다. 눈을 떴을 땐 어둑한 새벽이었다. 악몽 때문에 전신이 식은땀으로 젖어 있었다. 란은 가만히 옥탑방의 천장을 응시했다. 머리는 여전히 바늘로 찌르는 듯이 쑤셨다. 끔찍한 밤이었다. 다시 잠들고 싶었지만 그럴 수 없었다. 기억하기 싫은 과거가 그를 집어삼켰다.

5

뒤늦게 이창이 현장에 도착했을 때, 해변은 북새통을 이루고 있었다. 기자와 카메라맨들도 취재 경쟁으로 정신이 없었다. 뭐지? 이창은 폴리스 라인을 넘어 건물 내부로 들어갔다. 안쪽에서 준혁이 어서 오라는 듯 손짓했다.

"선배, 이리로!"

"뭔데 갑자기 이렇게 소란스러워?"

준혁이 이창을 이끈 곳은 시신이 있던 공간 옆에 붙어 있던 주방이었다. 싱크대와 냉장고 사이에 있기에는 부자연스러워 보이는 철판이 놓여 있었다. 본래 냉장고를 밀어 막아두었던 것인지 그 철판은 먼지도 별로 없고 비교적 깨끗했다. 철판을 치우자 낡은 나무로 된 문짝이 나타났다. 준혁은 그것을 열었다. 문은 지하실로 통해 있었다.

기분 나쁜 비린내가 확 올라왔다. 이창과 준혁이 발을 디딜 때마다 녹슨 철제 계단이 덜컹거렸다. 아직 해가 지지 않았음에도 지하는 볕 한 점 없이 컴컴했다. 질척한 어둠이었다. 준혁은 벽을 더듬어 스위치를 켰다. 음침한 주황색 전구가 깜박거리며 지하실을 비추었다.

"선배, 진짜…… 제가 경찰 생활을 오래 한 건 아니지만 이런 건 처음 봐요."

"이게 뭐야……."

한쪽 벽면엔 대형견용 철창이 몇 개 쌓여 있었다. 얼마 전까지 철창 안에 살아 있는 무언가를 가둬놓았던 듯 안은 핏자국과 오물투성이였다. 문제는 그 안에 갇혀 있던 게 과연 진짜 개인가, 하는 것이다. 심한 악취를 참지 못하고 이창은 자기도 모르게 팔을 들어 코를 막았다.

이창의 발에 본래의 색을 알아볼 수 없는 밧줄이 채었다. 지하실 중간에 놓인 철제 테이블은 붉게 녹이 슨 상태였다. 그 위엔 충분히 흉기로 쓸 만한 갖가지 날붙이들이 한데 엉켜 있었다. 전부 녹이 슬어 붉었는데, 가까이 가서 보니 녹인지 핏자국인지 알 수가 없었다.

이창은 철창이 쌓여 있는 벽의 맞은편을 바라보았다. 무언가를 수없이 붙였다 떼어낸 것 같은 테이프 자국이 빼곡했다. 그 어수선한 흔적들 위로 한 장의 사진이 붙어 있었다. 열 살이 채 되지 않은 사진 속의 소년은 해맑게 웃고 있었다. 사진을 본 이창의 낯빛이 하얗게 변했다.


6


"사망자 신원은 55세, 남, 한승목. 이 도시 출신이에요. 10년 전 교회 목사였고 홍콩, 마카오, 동남아를 전전하다가 얼마 전에 돌아왔어요. 가족 사항은 세 살 아래 남자 형제가 하나 있는데 현재 소재 파악이 안 된 상태입니다. 그 외에 다른 친인척 관계는 없네요. 그리고 현장 건물 명의는 그 동생으로 되어 있어요. 하지만 열쇠, 지하실을 들락날락거리는 열쇠 꾸러미가 사망자의 바지 주머니에서 나왔어요. 들어가는 입구와 지하실 내부 곳곳에 찍힌 지문도 사망자 것이 맞습니다. 동생이 사건과 관련이 있는지는 좀 더 조사해 봐야 될 것 같아요. 그리고 이건……."

준혁이 흑백으로 프린트된 A4용지 한 뭉치를 내밀었다. 그것을 받아들고 한 장 한 장 넘겨가던 이창의 표정이 빠르게 굳어갔다.

"이게 뭐야?"

"지하실 철제 책상 서랍에서 발견된 노트 복사본이에요. 서랍은 잠겨 있었는데, 사망자가 열쇠를 가지고 있었어요. 한승목이 자필로 작성한 거 같아요. 2003년에서 2005년까지 3년 동안 10세 안팎 아이들을 대상으로 한 기록입니다. 거기 이름 옆에 아마도 생년월일이랑 데려온 날짜, 옆에 무엇을 뜻하는지는 모르겠는데 일반, VIP, 숫자 따위가 적혀 있어요. 기록된 아동만 총 10명이에요."

"……."

"전부…… 실종신고 된 아동들이죠. 현재까지 돌아온 아이는 없고요."

"이름 위에 빨간색 펜으로 그었다는 건 앞으로도 돌아올 수 없단 뜻이겠네."

"안타깝게도 그럴 가능성이 크죠."

"아, 벽에 붙어 있던 사진 속 아이는? 그 사진은 그렇게 오래돼 보이지 않던데."

"맞아요. 비교적 최근이에요. 지난달 20일 경찰에 실종신고 된 9

세 아동이에요. 그 노트의 제일 아래쪽에 적힌 이름이죠. 역시……
아직 돌아오지 않았고요."

2016. 03. 20. 유준서 9세. 남 - VIP

이창은 노트의 기록을 보며 입술을 깨물었다. 마찬가지로 빨간 줄
이 그어져 있었다.

"이거 완전 피해자가 아니라 가해잔데? 범인을 잡아서 체포할 게
아니라 상이라도 줘야겠어."

"사실 죽어도 싼 쓰레기죠. 그래도 죽인 놈을 잡는 게 우리 일인
걸 어쩌겠습니까."

"흉기에서는 뭐 좀 나왔어?"

"그게 좀 이상해요. 이것저것 대조해 봤을 때 분명히 피해자를 찌
른 흉기가 맞는데, 발견된 지문은 피해자 본인 것밖에 없어요. 범인
이 장갑 같은 걸 끼고 피해자가 사용하던 칼로 찔렀다면 그럴 수도
있는 일인데, 이해가 안 가는 건 흉기에 묻은 혈액이에요."

혈액? 이창은 사건 현장을 처음 발견했을 때 모습을 떠올렸다. 피
해자로부터 흘러나온 혈액이 웅덩이를 이루고 있었다. 그리고 시신
으로부터 약간 떨어진 곳에 또 다른 작은 웅덩이가 있었다. 한 사람
의 몸에서 나왔다기엔 어색한 모양새이긴 했다.

"당연히 피해사의 혈액일 거라고 생각했는데 전혀 다른 제삼자의
혈액이랍니다. 그러니까 사망자가 누군가를 해한 흉기이지, 본인이

당한 게 아니라는 거예요. 피해자에게 당한 또 다른 피해자가 있다는 거죠. 거참, 뭐가 어떻게 된 건지."

확실히 이상했다. 아무리 같은 종류의 칼이어도 날이 선 정도에 따라 찔렀을 때 상처가 다른데, 심지어 현장의 흉기는 이가 한두 군데가 빠져 있어 날이 들쑥날쑥했다. 피해자의 상처 역시 그에 꼭 맞게 깔끔하지 않은 모습으로 찢겨 있었다. 날에 이가 빠지는 모양새까지 완벽히 똑같은 칼은 없다. 그 칼은 분명히 피해자를 꿰뚫은 것이 맞아야 했다.

그런데 묻어 있는 피는 다른 사람 것이라고? 누군가가 한승목이 쓰던 칼로 그를 찌르고, 칼날 부분만 깨끗이 씻어낸 다음에 제삼자를 찔렀다는 것인가? 왜 그런 번거로운 짓을? 만약 정말로 그랬다면, 제삼자의 흔적은 다 지웠으면서 왜 피가 묻은 칼은 현장에 두고 간 거지? 무엇보다 그 제삼자는 지금 어디에 있는 거지? 이창은 지끈거리는 머리를 쓸었다.

"다른 건?"

"부엌은 피해자랑 그 동생이 드나든 흔적밖에 없고, 현장인 홀에서는 마땅히 건질 게 없네요. 멀쩡한 지문은 최초 목격자들 것뿐이고…… 대부분 뭉개져서 정확한 판별이 어려워요. 아! 그런데 이상한 게 하나 더 있어요."

"뭔데?"

"전신에 남은 폭행 흔적이요. 멍도 그렇고 단기간에 생긴 게 아니라 장기간에 걸쳐 꾸준히 이루어진 형태라고 하더군요. 그리고 괴사

32

한 피해자 얼굴 반은 피부암 말기의 증상이구요."

"그게 왜?"

준혁은 보고서의 종이를 한 장 빼내어 이창의 눈앞에 들이댔다.

"한승목이 한 달 전 받은 병원 건강검진 기록이에요. 그런데 여기엔 피부암은커녕 혈압이 약간 높은 것 외엔 질병 사항이 전혀 없어요. 사망 이틀 전에 만난 동네 주민들이 본 얼굴도 상처 하나 없이 반질반질한 모습이었대요. 그렇게 멀쩡했던 사람이 갑자기 피부암이 말기까지 진행될 수가 있나? 전날 사우나에서 마주쳤던 사람 말로는 멍 같은 것은 없었답니다. 깨끗했대요. 말이 안 되지 않아요? 처음에 그 이야기 듣고 부검 개떡같이 했다고 그쪽 가서 제가 난리쳤는데 자기네들은 확실하답니다. 목격자 진술이 구라면 구라지, 자기들은 정확하대요. 귀신이 곡할 노릇이죠."

이틀 사이에 피부암 말기? 이창의 뇌리에 무언가가 스쳤다. 조금 전 노인에게 들은 이야기가 떠올랐다. 10년 전, 교주가 내리는 저주 때문에 뜬금없이 희귀병을 얻어 죽은 신자.

이는 분명 저주, 교주가 내리는 저주였다. 해변에서 발견된 시신은 뜻밖의 단서였다. 교주를 찾을 수 있을지도 몰라. 이창의 손이 떨리기 시작했다.

"아, 맞다."

아직 보고서에서 눈을 떼지 않은 준혁이 무엇인가 갑자기 생각났다는 듯 고개를 번쩍 처들었다. 그는 흔들리는 이창의 눈을 마주하며 다시 입을 열었다.

"그리고 피해자의 행적을 조사해 봤는데, 특이사항이 하나 있어요. 평범한 목사인 줄 알았는데, 2002년에서 2005년 사이에 성행했던 사이비 종교 교주로 활동했대요. 하늘의 명령, 해서 천령교라나? 그러니까 노트에 기록된 실종 아동에 관한 건 그 사이비 교주로 활동했던 시기에 일어났다는 거죠."

준혁의 보고에 이창의 동공이 커졌다. 그럴 수밖에 없었다. 한승목이 교주라고?


7


또 봄비였다. 낡은 소나타의 보닛 위로 흩날린 꽃잎들이 점점이 붙어 있었다. 늦은 시간이었지만 이창은 집이 아닌 시내의 병원으로 차를 몰았다. 조카 채린을 봐야만 했다. 이제 겨우 아홉 살인 아이는 누나가 남기고 간 마지막 흔적이었다. 가끔 아이를 보지 않고는 견딜 수 없는 날이 있었는데, 오늘이 바로 그날이었다. 이창은 까마득하게 느껴지는 과거를 떠올렸다.

누나는 완치된 사례가 거의 없는 희귀한 유전병을 앓고 있었다. 병이란 것은 사람의 몸만 썩게 하지 않는다. 멀쩡한 정신을 좀먹어 들어가고 지켜보는 주위 사람들까지 피폐하게 만든다. 가망이 없는 병인 걸 알면서도 몸부림칠수록, 포기하지 못할수록, 그것은 더욱

악랄하게 파고든다.

아버지가 그랬다. 이른 나이에 아내를 잃고 딸까지 잃을 수 없었던 아버지는 결국 그래서는 안 되는 곳에까지 발을 들이고 말았다. 어쩌면 희망이 없다는 것을 알면서도 그것을 놓기 싫은 자들이 향하는 가장 당연한 목적지인지도 몰랐다. 지푸라기라도 잡으려는 심정으로 도달한 곳은 당시 성행하던 천령교였다.

작은 도시 안에서 천령교는 꽤 유명했다. 시내의 모든 학교 앞에서 꼭 의안 같은 눈을 가진 이들이 홍보용 팸플릿을 뿌렸다. 전단지에는 조악한 디자인으로 '장님 눈도 뜨게 만드는 천령님의 기적!' 따위의 말이 쓰여 있었다. 기적이란 단어는 곧잘 아이들의 운동화에 짓밟혀 뭉개졌다.

그들의 포교 활동은 집요했다. 만만해 보이는 학생들만 골라서 손목을 붙잡고는 신상정보를 말해 줄 때까지 놓지 않았다. 연락처가 넘어가게 되면 하루에도 수번씩 포교 전화가 오는 것은 기본이었다. 주말에는 우스꽝스러운 인형 옷을 입고 사람들이 모이는 공원으로 우르르 몰려가 찬양가를 불렀다. 몇몇 심술궂은 초등학생들이 인형 옷의 지퍼를 내리고 쓰레기 따위를 넣었지만 그래도 그들은 꿋꿋이 노래를 계속했다. 그 한결같은 목소리는 박제된 채 이창의 귀를 맴돌았다. 그러던 어느 날, 아버지가 전단지를 한 뭉치나 안아든 채로 집에 들어왔다. 그때부터였다. 아버지의 눈은 꼭 의안 같아졌다.

아버지는 제정신이 아니었다. 한 달에 한 번씩 하는 교주의 '축복 의식'에 선택되기 위해 집안의 온 재산을 갖다 바쳤다. 그리 가난하지 않았던 이창의 집은 빠른 속도로 부식되어 갔다. 그래도 경제적인 것까지는 참을 수 있었다. 이창이 가장 참을 수 없었던 것은 자신이 다니는 대학 앞에서 인형 옷을 입고 찬양가를 부르는 아버지였다.

"의식에 선택만 되면……."

아버지는 자신의 현실을 더 참을 수 없었던 것일까. 폭발한 이창이 정신 좀 차리라고 아버지를 붙들고 소리 지를 때마다 그는 탁한 눈으로 같은 말을 중얼거렸다. 마치 할 줄 아는 말이 그것밖에 없는 것처럼. 사기임이 분명한 그 조악한 쇼에 가지고 있던 모든 것을 걸었다.

이창이 현실에서 도망가다시피 들어간 군대에서 제대했을 때, 집안은 이미 풍비박산 나 있었다. 빨간딱지가 붙지 않은 가구들이 없었다. 당시 누나는 진행될 때까지 진행된 병세에 죽음을 코앞에 둔 상황이었다. 앞으로 살아갈 날들이 막막한 어느 날이었다.

드디어 축복의식에 선택되었다며, 인공호흡기가 없으면 숨쉬기도 힘든 누나를 다짜고짜 집회장으로 데려가는 아버지를 이창은 막지 못했다. 대신 아버지를 쫓아 집회장을 찾아갔다.

그리고 그곳에서 보았다. 넓은 공간을 채우고 있던 신자들의 광기 서린 눈빛을, 마치 신에게 구원받은 표정을 짓고 있던 아버지를, 《성경》 구절을 대충 짜깁기하여 외치는 교주의 어색한 주문을, 하얀 대리석 위에 제물처럼 누워 있던 누나의 창백한 얼굴을…… 모든 것이 끝났다고 생각했다. 평생 아버지를 원망할 것이라고 여겼다.

그런데 정말로 기적이 일어났다. 의식이 끝나자 그의 누나는 두 발로 서서 대리석을 내려왔다. 부축 없이는 바로 서 있기조차 힘들던 누나였다. 그녀의 얼굴은 더 이상 파리하지 않았다. 믿기 힘들 정도로 혈색에 생기가 돌았다. 누나의 얼굴이 저렇게 빛났던 적이 있었던가? 저렇게 화사했던 적이 있었나? 어안이 벙벙했다.

그녀는 두 발로 넓은 집회장을 가로질러 와 이창의 눈앞에 섰다. 꼭 아프기 전, 초등학교 잔디밭에서 뛰어놀던 모습처럼 싱그러웠다. 빼곡했던 신자들이 마치 모세의 기적처럼 갈라섰다. 누나를 바라보는 그들의 눈에 부러움, 질투, 경이로움 따위가 담겨 있었다. 신자들의 시선이 기적의 증거인 누나를 따라 이창에게까지 도달했다.

"꿈인가? 나 졸려……."

그녀는 그 말을 내뱉고는 이창의 앞에서 풀썩 쓰러졌다. 깜짝 놀라 코에 손을 대보았지만 단순히 잠이 든 것이었다. 그리고 이창은 이제부터 헌금을 걷겠다는 장로의 말을 뒤로하고 아버지와 함께 병원으로 향했다. 꼭 귀신에게 홀린 기분이었다.

교주가 누나에게 내린 축복은 연극이나 쇼가 아니었다. 담당 의사는 CT 촬영 결과지를 놓고 믿을 수 없다는 얼굴로 신이 내린 기적이라 말했다. 병이 호전됐다거나 나아진 것이 아니었다. 애초에 없었단 듯이, 누가 도려낸 것처럼 깨끗하게 사라져 있었다. 병은 사라졌다. 말 그대로였다. 실감이 나지 않았다. 전국의 내로라하는 의사들이 포기하고, 갖은 약을 다 써보아도 차도가 없던 병이 몇 시간 만에 씻은 듯이 사라지자 그는 교주의 축복을 믿지 않을 수 없었다. 그것은 진짜 기적이었다.

그러니 노인의 말대로 신자들에게 그런 축복을 내리는 교주가 저주라고 내리지 못할 이유는 없었다. 저주와 기적, 바로 이창이 지금 교주를 찾는 이유였다.

◉ ○ ◎

병이 완치된 후에 사랑하는 사람을 만나 결혼한 누나는 허무하게도 교통사고로 세상을 떠났다. 누나가 매형과 함께 아버지를 모시고 강원도로 효도여행을 가는 중에 벌어진 일이었다. 누나의 딸, 채린은 유치원에서 1박 2일 영어 캠프를 가고 이창은 갑작스런 사건 때문에 휴가 날짜를 맞추지 못했다. 본래는 그도 함께했어야 했다.

앞서 가던 차량 운전자의 졸음운전이 원인이었다. 재수없게도 대형 레미콘이었고, 시멘트가 돌고 있던 회전통이 누나의 차를 덮쳤다. 뒤에 오던 다른 차량의 누군가가 찍은 사고 동영상을 보았을 때 이창은 어릴 적 죽이고 놀았던 개미를 떠올렸다.

그때는 작은 개미를 손가락으로 꾹 누르면 폭삭 납작해지는 것이 재미있었다. 하루 종일 부엌에 쪼그리고 앉아 사탕으로 유인해 나타나는 개미들을 눌러 죽였다. 동영상 속 누나의 차는 꼭 그때의 개미 같았다. 이창의 가족은 거대한 시멘트 덩어리 아래로 폭삭, 형체도 없이 뭉개져 사라졌다. 살리기 위해, 살기 위해 그토록 발버둥 쳤는데…… 이렇게 부질없어질 수가. 살아간다는 것이 허무해서 스스로 목숨을 끊기로 작정한 적이 수번이었으나 채린을 생각하면 그럴 수 없었다.

그 뒤로 이창에게 남은 가족은 조카인 채린이 전부였다. 깊은 절망과 상실감에 몸부림치던 그가 수개월 만에 원래 생활을 되찾을 수 있었던 것도 역시 아이 덕분이었다. 그는 채린에게 온갖 정성과 사랑을 다 쏟아 부었다. 주위에서 어린 나이에 딸을 둔 미혼부라며 혀를 차도 신경 쓰지 않았다. 애초에 채린이 성인이 될 때까지 결혼할 생각이 없었으니 딱히 틀린 말도 아니다 싶었다.

그냥 혼자 살지 뭐. 그렇게 생각하며 이창은 미소 지었다. 그럭저럭 소소한 행복을 느끼며 살 만한 나날이었다. 어느 여름밤 아이의 원인 모를 고열과 구토 때문에 데려간 병원에서 채린이 누나의 희귀병을 그대로 물려받았다는 사실을 알기 전까지는.

성인이 되지 못할 겁니다. 늙은 의사는 그렇게 말했다. 의사의 멱살을 잡았고 병원을 옮겼다. 지금 아이가 하고 싶다는 거나 원 없이 들어주세요. 다른 병원의 두꺼운 뿔테 안경을 쓴 젊은 의사가 말했다. 전국의 유명 병원을 돌았지만 돌아오는 말은 비슷했다. 그들의 입에서 나오는 것은 절망이었고 포기였다.

이창은 누나가 아팠을 때 아버지가 하던 행동을 그대로 따라 했다. 당시엔 이해할 수 없었던 아버지의 행동들을 온전히 이해할 수 있었다. 온갖 약들을 써보고, 논문을 찾아보고, 저명한 의사의 강의를 들으러 다녔다. 포교 활동을 하는 사이비교 여자를 홀리듯이 따라간 적도 있었다. 일부러 따라 하려고 했던 것이 아님에도, 채린의 병을 낫게 하기 위해 발악하다 보니 결국은 그렇게 되어 있었다. 안타깝게도 결과 역시 다르지 않았다. 아이의 병세는 그의 노력에도 불구하고 악화되어 갔다.

폭행 사건 때문에 야근을 하던 어느 밤이었다. 진행되는 병세에도 아픈 티가 거의 없던 채린이 발작을 일으켰다. 숨을 쉴 틈도 없이 기침을 해댔고 입에서 검붉은 피를 쏟아냈다. 그러기를 한참 만에 기침이 잦아들었다. 이창은 그 자신이 지옥과 천국을 번갈아 다녀온 느낌이었다. 그리고 중환자실에 누워 있는 아이를 보며 문득 누나에게 일어났던 기적을 떠올렸다. 교주가 내려준 축복. 축복으로 완치가 된 누나. 수많은 사이비 교주들이 사기꾼이었지만 그때 그가 내린 축복은 진짜였으니까.

이창에게는 이것 외에 다른 희망이 없었다. 교주의 축복이 딱 한 번, 한 번 더 필요했다. 교주를 찾아야 했다. 아이의 병을 낫게만 해준다면 그는 무슨 일이라도 할 생각이었다.

그 뒤로 이창은 천령교와 교주의 행방을 쫓았다. 서울에서 지방으로 자진해서 내려온 것도 그런 까닭이었다. 천령교 부지는 어째서인지 폐허가 되어 있었다. 신자였던 사람들, 누나처럼 교주의 축복으로 병이 완치된 사람들을 수소문해 찾아갔지만 하룻밤 사이에 증발했다던 교주의 행방을 아는 이는 아무도 없었다.

어렵사리 신자들의 관리를 맡던 집사 노인이 이 도시에서 천령교를 흉내 내며 사이비 교주로 사기를 치고 있다는 걸 알았을 땐 희망이 보이는 듯했다. 그만 족치면 쉽게 교주의 행방에 대한 단서를 찾을 수 있을 줄 알았다. 그런데 난데없이 해변에서 발견된 시신이 그

토록 찾아 헤매던 교주라고? 이창은 눈앞이 깜깜해졌다. 그래서는 안 된다. 그가 아홉 명의 아이들을 납치 감금 살해한 미친 사이코패스라 하더라도, 아직 죽으면 안 되는 거였다. 죽더라도 채린의 병을 고치고 죽었어야 했다.

계속해서 내리는 봄비가 달리는 차창을 때렸다. 꾸물거리며 흐르는 것이 꼭 살아 있는 투명한 벌레같이 느껴졌다. 저 멀리 아이가 자고 있을 종합병원의 불빛이 보이기 시작했다. 언뜻 본 사이드 미러에 푹 꺼진 이창의 눈가가 비쳤다. 그는 자신의 눈을 보고 다시 납작하게 눌려 죽은 개미를 떠올렸다. 그리고 낮에 보았던 끔찍한 지하실의 잔상이 그를 괴롭혔다. 채린이 살아서 움직이는 것을 두 눈으로 확인해야 했다. 그래야만 잠들 수 있을 것 같았다.


8


"삼촌! 어쩐지 오늘은 삼촌이 올 거 같았어!"

자정이 가까운 시간이었지만 아직 아이는 잠들지 않은 채였다. 늦게 자면 안 된다고 채린에게 잔소리를 하면서도 이창은 자신도 모르게 입가에 웃음이 맺혔다. 기껏 자고 있는 모습이나 보고 돌아갈 줄 알았는데 병실 문을 열기가 무섭게 튀어나와 안기는 아이를 보자 묵은 피로와 두통이 싹 가셨다. 안아 올린 채린에게서 베이비 로션 향이 났다. 이창은 그 간질간질한 향을 들이마시며 뺨을 비볐다. 아이가 삼촌 수염이 따갑다며 품에서 바르작거렸다.

"삼촌 더 자주 오면 안 돼? 나 심심하단 말이야. 애들이 만날 찾아오는 사람도 없다고 놀려."

"누가 그래? 삼촌한테 누군지 다 말해. 다음에 또 그러면 혼내줄게."

"아니, 혼내지는 말구. 삼촌은 커다래서 화내면 애들이 너무 무서울 테니까. 다음에 나 애들이랑 놀고 있을 때 와주라."

"아, 우리 채린이 기 세워달라는 거구나! 그래. 삼촌이 과자랑 맛있는 거 잔뜩 사가지고 올게."

"약속했다?"

"당연하지."

채린이 말하는 애들이란, 비슷비슷하게 완치되기 힘든 병을 앓아 사시사철 병원에 입원해 있는 아이들이었다. 마찬가지로 안쓰러운 생명들이었다. 채린이 찾아오는 사람이 없다고 놀림을 받거나 외로워할 때마다 이창은 갈등에 빠졌다. 그냥 전부 포기할까. 교주를 찾는 것, 형사 생활, 지금껏 겨우 붙잡고 있는 것들을 전부 그만두고 길지 않을 아이의 삶을 외롭지 않게 해주는 게 더 나은 선택이 아닐까 싶었다.

하지만 그런 고민은 항상 스스로를 질책하는 것으로 끝났다. 쥐고 있는 작고 따뜻한 아이의 손이 차갑게 식는 것을, 마지막으로 남은 그 온기를 포기한다는 것은 있을 수 없는 일이니깐. 아마도 자신은 최후의 순간까지 그 손을 포기하지 못할 것이다. 자기 싫다는 채린을 달래서 재우고 병원 건물 밖으로 나오자 비가 그쳐 있었다. 내일은 날씨가 맑겠다. 그리고 아무리 바빠도 과자를 사들고 병원에 들러야겠다.

병원에서 그리 멀지 않은 낡은 아파트가 이창의 집이었다. 도착해서 대충 씻고 침대에 몸을 누이니 새벽 2시가 가까웠다. 달빛도 없는 불 꺼진 방 안은 농도 짙은 어둠으로 가득 찼다. 현장에서 보았던 지하실의 잔상이 나타났다.

이창은 낮에 준혁이 보여준 사진 속의 얼굴을 떠올렸다. 사망자의 살아생전 모습은 안타깝게도 이창이 기억하는 교주의 얼굴이 맞았다. 정말로 교주는 죽은 건가? 도대체 누가 그를 죽인 거지? 이틀 사이 교주의 얼굴 반을 뒤덮어버린 종양은 그가 정신 나간 신자에게 내렸다던 저주의 모습과 흡사했다. 그렇다면 교주에게 저주를 내린 건 누굴까? 교주 스스로? 그럴 리가. 이창의 머릿속에 번쩍하고 빛이 지나갔다.

그렇다면 저주를 내릴 수 있는 자가 한 명 더 있다! 이창의 심장이 갑자기 미친 듯이 뛰기 시작했다. 저주를 내릴 수 있는 자라면 축복도 내릴 수 있다! 이창은 이불을 걷어차며 자리에서 벌떡 일어났다. 그렇다면! 채린을 살릴 수 있다! 그자를 잡는다면!

교주에게 저주를 내린 자. 그가 교주를 칼로 찌른 자일까? 곧 이해할 수 없는 의문이 떠올랐다. 저주를 내렸다면 어차피 교주는 죽을 텐데 왜 굳이 칼로 찌른 거지?

이창은 문득 현재 유력한 용의자인 행방불명 상태라는 교주의 동생을 떠올렸다. 같은 핏줄이라면 가능성이 있었다. 유전자가 같은 형제끼리는 비슷한 능력을 공유하지 않던가. 날이 밝자마자 동생에 대해 알아봐야겠군. 꼬리에 꼬리를 문 생각의 와중에 졸음이 몰려오기 시작했다.


9


"한승목 동생 조사해 봤어?"

"네. 이름은 한승태. 나이는 52세. 여기 사진이요. 그게, 그냥 깡패 새끼예요."

준혁이 사진을 이창에게 넘겼다. 이창이 눈썹을 찌푸렸다. 그가 기억하는 인물이었다. 이 인간을 다시 보게 될 줄이야.

"한승목이 천령교 교주로 활동하는 동안 그 아래에 장로로 있었어요. 천령교가 사라진 이후로는 모은 돈을 해외 여기저기 돌아다니면서 노름에 펑펑 써댄 거 같더라고요. 주변 진술에 따르면 요즘 돈이 부족했나 봐요. 한승태와 한승목이 재산 때문에 말싸움하는 걸 봤다는 마을 사람들이 있어요. 몇 년간 마카오에 거주했던 기록이 있는데 거기 카지노에서 재산을 탕진한 거 같아요. 한국에 입국한 지는 1년도 채 되지 않았어요."

사진 속의 한승태는 그가 기억하는 모습 그대로였다. 그럭저럭 선하게 생겼던 교주와는 다르게 눈두덩과 광대뼈가 개구리처럼 툭 튀어나온 우락부락한 인상이었다.

"최근 목격자는?"

"시내 룸살롱 마담이요. 한승태가 가게에 나타나기 시작한 건 6개월 전부터인데 돈도 없이 와서는 외상 달고 가버리는 일이 종종 있었답니다. 목격 당일에도 와서 진상을 부렸는데 종업원이 자기를 무시했다면서 가게를 난장판으로 만들고 갔대요. 그리고 그 뒤로는 봤다는 사람이 없어요. 범행 동기는 충분한 거 같은데, 룸살롱에서 난동 부린 날이 바로 사건 당일이에요. 한 7시부터 술 마시고 놀다가 12시 넘어서 난동을 부리고 잠들었다가 해가 뜨고 나갔대요. 한 목사 사망 시간이 그날 오후 9시경이니까, 이 새끼는 알리바이가 확실해요. 이거, 그럼 대체 누굴까요?"

이창이 기억하는 한승태는 천령교 안의 요주의 인물이었다. 본인 혹은 가족들의 병이 낫길 원하는 여신자들을 추행했고 다음 번 축복의식에서 선택받을 수 있게 힘을 써준다며 신자들에게 거액의 돈을 뜯었다.

이창의 아버지 역시 그 피해자 중 한 명이었다. 지방에 꽤 많은 땅을 가지고 있어 지주 소리를 들었던 아버지는 그 때문에 헐값에 땅을 팔아야 했다. 물론 그달의 축복의식에서는 누나가 선택되지 않았다. 누나가 축복의식에 선택된 것은 한참 나중으로, 아버지가 집만 빼놓고 가지고 있던 모든 것을 다 팔았을 때였다. 이창의 아버지가 팔았던 것에는 그 자신의 신장 한쪽도 포함되어 있었다.

그런 한승태의 행패는 교주를 철저히 신봉하던 신자들까지, 왜 저런 망나니 장로를 계속 내버려두는지 모르겠다고 원망의 소리를 낼 정도였다. 교주는 장로를 대놓고 싸고돌지는 않았지만 끝까지 침묵으로 일관했다.

전혀 닮지 않아서 몰랐는데 형제여서 그랬군. 결국 한패였던 것이다. 이창은 뒤늦게 안 사실에 고개를 끄덕였다. 그런데 거의 유일한 용의자인 그에게 알리바이가 있다고? 지금 이창에게 중요한 것은 교주를 누가 죽였느냐보다 교주에게 저주를 내린 게 누구인가였다. 떨어져 있어도 저주를 내릴 수 있는 건가? 직접 물어보면 알겠지. 일단은 한승태를 찾아야 했다. 이창은 자리에서 일어나 겉옷을 챙겼다.

"선배, 어디 가시게요?"

"그 룸살롱. 놀러 가는 거 아니니까 걱정 마시지. 일할 거야. 넌 계속 한승태 추적해."

"네? 하지만 한승태는 알리바이가……"

"알리바이는 있지만 뭔가 켕기는 게 있으니까 나타나지 않는 거겠지. 한승목의 그 많은 범죄를 동생인 한승태가 몰랐을까? 심지어 건물 소유자인데. 형제가 공범일 수도 있어. 형의 죽음 때문에 과거의 범죄가 드러나자 도망간 거라면?"

"알겠습니다."

"아, 흉기에 묻은 혈액 주인은 찾았어?"

"아직이요. 하지만 또 다른 피해자가 있는 건 확실해요. 흉기에 묻은 혈액, 최근에 사용한 것처럼 보이는 지하실 철창에 묻은 혈액, 그리고 사건 현장에 있던 혈액 세 개가 일치합니다. 현장에 있던 피의

양으로 봐서는…… 살았다고 보기는 힘들 것 같습니다."

시체라도 찾아야지. 중얼거린 이창이 서를 나가려던 찰나였다. 문득 노인의 이야기가 떠올랐다. 그러고 보니 분명히 교주에게 아들이 있었다고 했다. 왜 그에 대한 이야기는 없지? 처음 한승목의 친인척에 관한 보고를 들었을 때는 그가 천령교 교주인 줄 몰랐기 때문에 당연히 이상한 점을 발견하지 못했겠지만 지금으로서는 이해가 가지 않았다.

그는 들고 있던 관련 서류를 뒤적였다. 어디에도 아들은커녕 자식에 대한 기록은 없었다. 노인이 잘못 알고 있던 건가? 인상을 찡그린 이창은 핸드폰을 열어 노인에게 문자 메시지를 전송했다.

오늘 저녁 7시 지난번 거기서.

모처럼의 대형 사건으로 서 안은 소란스러웠다. 그 와중에 한 통의 전화를 받은 직원이 다급한 목소리로 이창을 불렀다. 핸드폰을 쥔 채 문 앞에 엉거주춤하게 서 있던 이창이 고개를 돌렸다.

"이 형사님! 나곡서에서 온 연락입니다. 이번 사건 관련해서 말씀드릴 게 있다는대요."

"이리 바꿔줘."

이창이 전화를 건네받았다. 수화기 너머로 들려온 정보는 시내로 가려던 그의 행선지를 바꾸기에 충분했다. 지하실 벽에 붙어 있던 사진 속의 소년이 멀쩡하게 돌아왔다는 소식이었다.

10

　나곡서의 문을 열고 들어가자 푸근한 인상의 경사가 이창을 맞이했다. 이창과 통화를 했던 담당자였다. 이창은 그가 안내한 손님용 소파에 엉덩이를 붙였다. 맞은편에 앉은 경사가 입을 열었다.

　"말씀드린 대로 한 달 전 실종된 아이가 우리 서로 돌아왔어요. 한 목사가 살해당한 다음 날 새벽이었습니다. 아이가 겉에 어른 옷을 입고 있어서 들춰보니까 안에 입은 옷이 피범벅이었죠. 깜짝 놀라서 일단 119를 부르고 아이 몸을 살폈는데, 다행히도 상처는 하나도 없더군요. 119를 부른 게 미안할 정도로."

　"상처가 없었다고요? 그럼 옷에 묻은 피는 뭡니까?"

　"그걸 모르겠어요. 혹시 한 목사의 혈액이 아닐까 추측은 됩니다만……."

　"왜 아이가 돌아온 당일에 연락을 안 하신 겁니까?"

　"그야 몰랐으니까요! 아이가 말을 안 해서 알 수가 없었죠. 이름도 나이도 통 말을 안 해서 보호자 찾는 데에도 애먹었어요. 우리가 그 지하실 사진 속의 아이라고 상상이나 했겠어요? 마침 제가 뉴스에 나온 사진 보고 알아봤으니 망정이지. 나중에 보호자에게 원래 말을 못하는 애냐고 물어보니까 절대 아니랍니다. 또랑또랑하게 말 잘하는 애였대요."

　"실종 중에 무언가의 충격으로 벙어리가 되었다는 거네요."

　"네. 뭐, 그렇죠."

"아무튼 감사합니다. 아이가 돌아온 날 경찰서 근처 CCTV 자료가 있습니까?"

"네. 당연하죠. 그때 우리도 피투성이인 아이 때문에 놀라서 여기저기 다 뒤졌습니다."

경사는 자리에서 일어나 이창을 컴퓨터 앞으로 데려갔다. 분류된 파일 몇 개를 클릭해 들어가자 당일의 동영상이 재생되었다. 화면은 가까운 편의점부터 경찰서로 들어오는 골목을 비추었다. 대학생 정도로 보이는 청년이 소년의 손을 잡고 화면 안으로 들어왔다. 야구 모자를 쓰고 있어 얼굴은 잘 보이지 않았지만 검은색 바지에 회색 셔츠를 입은 평범한 인상착의였다.

청년은 건물에서 조금 떨어진 곳에서 아이에게 손가락으로 경찰서 문을 가리켰다. 소년이 머뭇거리자 청년은 서 안쪽으로 아이의 등을 떠밀었다. 계속 뒤를 돌아보던 아이가 경찰서 안으로 들어가는 것을 본 후 청년은 왔던 길을 되돌아갔다. 길을 잃은 아이를 경찰서에 데려다주는 지극히 평범한 모습이었다.

문득 이창은 의문이 들었다. 청년은 왜 서 안으로 함께 들어가지 않았을까? 보통 미아 신고자들은 아이를 경찰에게 인도하며 상황을 설명하거나, 특별한 사정이 있는 게 아니라면 보호자가 나타날 때까지 함께 기다려주는데……. 아이만 경찰서로 들여보낸 청년의 행동이 이상하게 여겨졌다. 그것은 어쩌면 경찰서를 꺼리는 이유가 있다는 뜻이기도 했다.

게다가 경찰서 도착 당시 아이의 옷은 피투성이였다. 그럴 경우 경찰서로 데려가기보다는 구급차를 먼저 부르는 게 상식인데…… 동영상 속 청년은 아이의 몸 상태뿐 아니라 실종 아동이라는 사실까지 이미 다 아는 듯 보였다. 지금 상황으로선 그가 가장 유력한 용의자다.

이창의 눈매가 날카롭게 번뜩였다. 저화질의 동영상만으로는 남자의 신원을 찾기 어려울 게 분명했다. 그렇다면…… 말을 잃은 아이. 단서는 아이가 쥐고 있다. 이창은 고개를 돌려 물었다.

"아이는 지금 어디에 있습니까?"

"병원에 입원해서 치료를 받고 있다고 하더군요."

"병원이 어디죠?"

"시내에 있는 제일평화병원이에요."

"혹시 아이가 입고 있던 피 묻은 옷은 버렸습니까?"

"아뇨, 일단 보관을……"

"그것 좀 우리 쪽으로 보내주십시오. 사람을 보내겠습니다."

"네, 그러죠."

이창은 핸드폰을 꺼내 준혁에게 전화를 걸었다. 얼마간의 통화 연결음이 나오더니 준혁의 피곤한 목소리가 들려왔다.

"너 여기 나곡서로 와서 증거물 좀 가져가라."

이창은 그길로 나와서 자신의 소나타에 올랐다. 마침 소년이 치료를 받는 곳은 채린이 입원한 병원이었다.

11

소년은 말이 없었다. 그런 아이의 모습을 바라보던 부모는 스스로를 책망하며 눈물을 훔쳤다. 이창은 마음을 가다듬고, 아이와 눈높이를 맞춰 마주 앉았다. 아이의 눈망울이 투명했다. 채린이와 비슷한 눈망울이었다. 이창은 채린을 대하듯, 평소와 다르게 사근사근한 목소리로 말을 건넸다.

"네가 준서니?"

여전히 말이 없다. 이창은 말로는 표현하기 힘든 속 쓰림이 일었다. 한승목은 지하실 안에서 이 작은 아이에게 무슨 짓을 한 것인가. 옆에서 이창을 보던 준서의 어머니가 슬쩍 다가와 앉았다. 할 말이 있다는 눈치였다. 둘은 복도로 나갔다.

"형사님."

"네."

"우리 준서, 실종되었던 사이에 무슨 일이 있었던 걸까요? 왜 말을 못하는 걸까요?"

"저도 안타깝게 생각하고 있습니다. 꾸준히 치료받으면 괜찮아질 겁니다."

"형사님께서는 아무 말씀 안 하셨지만, 실은 저도 짐작하고 있어요. 얼마 전에 발견된 시체…… 10년 전 아동 연쇄 납치 사건의 범인이라면서요. 그 사건과 우리 아이가 관련 있는 거 맞죠? 그렇죠?"

"저희도 최선을 다해 조사하고 있습니다."

"우리 애가…… 등 쪽에 화상이 있거든요. 갓난아기일 때 제가 실수로 뜨거운 물주전자를 바닥에 떨어뜨렸는데, 그때 끓는 물이 튀어서 생긴 거예요. 심하거나 큰 상처는 아니지만 병원에서 흉은 없애기 힘들 거라고 그랬어요. 그나마 얼굴이 아니라 등 쪽이니 다행이라고…… 아이를 씻기거나 하면서 그 흉이 보일 때마다 안타깝고 미안하고 그랬거든요. 제 불찰이니까요."

"어머님, 이런 이야기를 왜?"

"제가 지금 좀 혼란스러워요. 이 아이가 우리 애가 맞는지……. 그걸 잘 모르겠어요. 분명히 눈에 넣어도 안 아플 우리 아이인데 어찌된 일인지……."

이창은 준서 어머니가 도대체 왜 그러는지 영문을 알 수 없었다.

"형사님, 우리 애 등에 있던 화상이 사라졌어요. 그것뿐만이 아니에요. 뛰어놀면서 다친 온갖 자잘한 흉터들도 전부 없어졌어요. 마치 새로 태어난 것처럼 깨끗해요. 이게 어떻게 된 일일까요?"

의문에 가득 찬 얼굴을 한 준서 어머니를 바라보는 이창의 눈빛이 불안하게 흔들렸다. 교주와 실종된 아이, 흉기, 그리고 깨끗이 나은 몸, 또다시 출연한 축복……. 이창의 머릿속에서 여러 단어가 깜박거렸다.

준서 어머니가 음료수를 뽑으러 나간 그 자리에서 이창은 벽에 기대 우두커니 서 있었다. 만약 교주에게 아들이 있었다는 노인의 말이 사실이라면 딱 화면 속 청년의 나이쯤일 것이란 생각이 들었다. 그런데 그 아들은 미치광이의 칼에 죽었다고 하지 않았던가.

갑자기 핸드폰이 울렸다. 이런 애매한 시간대에 자신에게 전화를 걸 사람은 준혁밖에 없다. 이창은 주머니에 대충 쑤셔 넣었던 핸드폰을 꺼내 귀에 가져갔다.

"선배, 저 지금 나곡동 서에 와 있는데요. 무슨 상자를 받긴 받았거든요?"

"어. 그거 열어봐."

"아, 깜짝이야, 이게 뭐예요?"

"보면 모르냐. 피 묻은 애 옷이지. 그거 국과수 보내."

바쁜데 오라 가라 해놓고는, 최소한 뭔지는 알려주고 일을 시키라며 준혁은 역정을 냈다. 자기 할 말을 끝낸 이창은 가차 없이 전화를 끊었다. 병원 로비의 괘종시계를 바라봤다. 5시가 조금 지났다. 노인과 만나려면 아직 시간이 남아 있었다. 병원에 온 김에 채린이나 만나고 가야겠다. 지난번에 아이와 했던 약속이 떠올랐다. 과자를 잔뜩 사서 기 세워주기로 했지. 이창은 병원 일층에 있는 매점으로 걸음을 옮겼다.


12


다방의 낡은 문을 밀고 들어가자 창가 쪽에 자리를 잡고 앉아 있는 노인이 보였다. 노인은 싫다는 다방 여직원에게 끈질기게 추파를 던지는 중이었다. 참, 세상 편하군. 뒤늦게 입구에 서 있는 이창을 발견한 노인이 자세를 고쳐 앉았다. 이창은 그에게 다가가 자리에 앉지도 않은 채 따졌다.

"아저씨, 뭘 좀 똑바로 알라고. 교주에게는 자식이 없었어."

"그, 그럴 리가! 내가 분명히 그 꼬맹이가 교주보고 아버지라고 부르는 걸 봤다구!"

"거짓말하면 국물도 없을 줄 알아."

이창이 노인의 멱살을 틀어쥐자 노인은 기겁을 하며 뒤로 몸을 뺐다. 이창이 손을 떼고 맞은편 의자에 가서 앉자, 노인이 크게 숨을 들이쉬고 목을 가다듬으며 옷매무새를 정리했다. 그러곤 눈을 부릅 뜨며 억울하다는 듯 다방이 떠나가라 외쳤다.

"진짜라고! 어허, 사람이 말을 해줘도 못 믿네. 그래 뭐, 애 낳아놓고 호적에 안 올리고 그럴 수도 있는 거 아닌가? 그럼 기록이 없는 게 당연하지!"

노인의 반응으로 보아 거짓은 아닌 것 같았다. 그럼 뭐지? 이창은 아무 말 없이 굳은 표정으로 노인을 뚫어져라 응시했다. 그 시선에 안절부절못하던 노인이 슬그머니 다시 말을 붙였다.

"그런데, 자네 말이야. 교주를 찾는 이유가…… 혹시 축복 때문인가?"

"알 거 없다고 했지."

"아니, 그게 중요한 거거든! 그게 요즘 생각해도 참 신기하단 말이야. 어떻게 그렇게 기적처럼 신자들 병이 딱딱 낫느냐 말이지. 진짜 하나님이 아니고서야 그럴 수 있나. 물론 자네 누나도 그렇게 새 삶을 얻었지만…… 건강하게 잘살고 있지?"

이창은 노인의 말에 대답을 피했다. 얼굴을 일그러뜨리는 미소만 옅게 지었다. 심상치않은 분위기에 살살 이창의 눈치를 살피던 노인이 다시 입을 달싹였다. 그리고 뜻밖의 말이 튀어나왔다. 이번에는 이창의 눈이 커졌다.

"그게…… 교주를 찾는 게 축복 때문이라면 말이야, 교주 찾아봤자 소용없어!"

"그게 무슨 소리야?"

"내 친구 중에 야매 의사 짓 하는 놈이 하나 있었거든. 그냥 뭐, 깡패들 싸움질 나면 응급처치 좀 해주고, 그렇게 사는 애야. 그런데 그 망나니 장로놈 있었잖아? 그놈을 좀 알더라고. 장로놈이 원래는 깡패 새끼였던 건 알지? 어쨌든 꽤 막역해서 교주네 집에 가끔 드나들었던 거 같은데, 그 친구가 왔다 갔다 하면서 본 것도 많고 들은 것도 많거든!"

노인이 목소리를 내리깔고 몸을 테이블로 숙였다. 이창도 노인을 따라 몸을 숙였다. 노인의 더운 숨이 훅 끼쳤다.

"망나니 장로놈이 어느 날 술에 곯아가지고는 그랬다는군. 축복을 내리는 건 교주가 아니라 그 아들놈이라고."

혼란스러웠다. 이창의 머리에 축복의식이 있던 날의 장면들이 떠올랐다.

교주가 나와서 말도 안 되는 설교를 하고, 장로가 그달의 '선택받은 자' 이름을 부른다. 그러면 한동안 집회장이 소란스럽다. 모금함

앞에 선 집사들은, 기도를 더 열심히 하고 성금을 더 많이 내면 다음 의식 때에는 선택받을 수 있다는 둥의 말을 지껄인다.

단상 위에서는 축복의식을 치를 준비를 한다. 선택받은 자는 몸을 깨끗이 한 후 흰옷을 입고 마치 제단과 같은 대리석 위에 눕는다. 그런 다음 붉은 예복을 입은 아이가 나와 누워 있는 '선택받은 자'의 한 손을 잡고 무릎을 꿇는다. 교주가 이상한 주문을 외우고, 성수라는 물을 뿌리고…… 붉은 예복을 입은 아이가 휘청거리고, 이따금은 쓰러지기도 한다. 그리고 '선택받은 자'가 일어선다. 얼굴에 분홍빛이 돌며 눈이 맑아진다.

그렇다. 의식은 아이가 쓰러질 때까지 진행되었다. 짧을 때도 있었고 길 때도 있었다. 당시에는 아이가 주문에 맞춰서 연기를 하는 거라고 생각했는데 그 반대였다. 아이가 쓰러지는 시간에 맞춰서 교주가 기도문을 외웠던 것이다. 그렇지 않고서야 쓸데없이 길게 의식을 할 필요가 없었다.

축복을 내렸던 게 교주가 아니라 그 작은 아이였다고? 어차피 교주인 한승목은 저주받은 시신으로 발견되었고, 한승태는 알리바이가 있다. 그렇다면 한승목을 죽인 것도 아들일까? 그런데 아들은 죽었다며? 하나 그 역시 확실하게 기록이 남아 있는 것은 아니었다. 이창은 지금 상황에서 제일 유력한 용의자를 떠올렸다. CCTV 화면 속 야구 모자를 쓴 청년.

"그 아들이 어떻게 죽었는지 자세히 말해 봐."

## 13

하루 종일 한승태와 교주의 아들로 추정되는 남자의 행방을 뒤졌지만 알아낸 것은 아무것도 없었다. 노인을 추궁하고 회유도 해보고 협박도 했지만 더 이상 나오는 것은 없었다. 교주가 살해당한 것도 얼마 전에 뉴스를 보고 안 사실이라면서 손을 내저었다.

룸살롱 마담 이후로는 어떤 목격자도 나타나지 않은 상태였다. 한승태와 친했다는 야매 의사의 연락처를 물었지만 작년에 조폭의 비위를 잘못 건드려 칼에 맞아 죽었다는 대답만이 돌아왔다. 뭐 하나 풀리는 일이 없었다.

이창의 초조함은 갈수록 심해졌다. 엎친 데 덮친 격으로 새벽에 병원으로부터 연락이 왔다. 채린이 가벼운 발작을 일으켰다고 했다. 그는 자다 말고 달려가 병원에서 꼬박 밤을 새웠다. 아침에 눈을 뜬 아이를 보고 평소엔 찾지 않던 모든 신들에게 감사 인사를 했다. 이번엔 다행히 별 탈 없이 넘어갔지만 이 발작으로 어느 날 갑자기 아이의 목숨이 다할 수도 있었다.

이 병을 앓던 누나도 살아생전 죽음의 문턱에 발을 디뎠던 것이 수차례였다. 공교롭게도 그녀는 전혀 다른 방향에서 그 문을 넘고 말았지만. 이창은 허공에서 외줄을 타는 기분이었다. 발아래는 천길 만길 낭떠러지였다.

이창은 잠시 서에 들렀다 다시 병원으로 향했다. 준혁이 무슨 말을 하려던 것 같았지만 듣지 못하고 나와버렸다. 그에게도 미안한 마음이 들었다. 자신의 사정을 이해해 주고 한결같이 따라주는 준혁이 새삼 고마울 따름이었다.

이창은 눈앞에서 곤히 잠든 채린을 하염없이 바라보고 있었다. 열이 올라 붉어진 볼에 이따금 손을 대보기도 했다. 살아 있다는 사실이 그저 감사했다. 시간이 얼마나 지났는지 창밖으로 해가 지고 있었다. 선명한 보라색으로 물들어가는 하늘이 어둠을 예고하고 있었다. 누군가 병실 문을 두드렸다. 익숙한 목소리가 함께 들렸다.

"선배, 왜 핸드폰을 안 봐요? 뭐 이해는 하지만."

준혁이었다. 딴에는 병문안이라고 사온 주스 세트를 테이블 위에 떡하니 내려놓았다. 채린이 좋아하는 사과 맛이었다.

"채린이는 좀 괜찮아요?"

"응. 지금은."

"지난번에 봤을 때보다도 더 컸네. 이렇게 자고 있는 모습만 보면 누가 아픈 애라고 하겠어요."

"그러게. 그러면 얼마나 좋을까."

연한 보랏빛으로 물든 병실에 어쩔 수 없는 침울함이 맴돌았다. 준혁은 괜히 헛기침을 하며 이창의 어깨를 잡고 말했다.

"선배, 밥은 먹었어요? 얼굴이 그게 뭐예요! 에이, 보나마나 안 먹었을 게 뻔하지. 저랑 밥이나 먹으러 가요. 그렇게 계속 보고 있으면 채린이도 부담스러워서 잘 못 잘걸요. 빨리 나와요. 묻고 싶은 것도 있고."

준혁이 다짜고짜 손목을 잡아끌었다. 이창은 뒤를 돌아 채린을 한 번 더 바라보았다. 그러곤 이불을 목까지 잘 덮어준 뒤, 병실 불을 끄고 순순히 그를 따라 나섰다. 묵묵히 걸어가던 이창이 병원 입구 앞에서 입을 열었다.

"야, 우리 밥 말고 술이나 마시자."

"그럼 제가 괜찮은 곳으로 모시죠."

준혁이 안내한 곳은 그가 사는 아파트 상가 지하에 있는 일본식 선술집이었다.

"뭐야, 자기 가까운 곳으로 왔네."

이창이 중얼거렸다.

"그게 아니라 진짜 괜찮다니까요!"

준혁이 맞받아쳤다.

붉은 커튼을 넘어 가게 안으로 들어가자 사장으로 보이는 남자가 주방 안에서 알은체를 하며 준혁을 맞아주었다. 테이블이 다섯 개 남짓한 아담한 크기였다. 주방과 붙은 1인용 바가 편안해 보이고 분위기가 아늑해서 혼자 한두 잔 마시기에 좋을 듯했다. 희멀건 인상의 알바생이 메뉴판과 물수건을 세팅했다.

"메뉴 정하시면 불러주세요."

알바생을 어디선가 본 것 같은 기시감이 들었다. 분명히 이 가게는 처음 오는데. 준혁이 멍하니 알바생을 바라보는 이창을 불렀다.

"선배, 먹고 싶은 거 있어요?"

"네가 단골이잖아. 알아서 시켜."

"여기 모둠꼬치랑 나가사키 짬뽕 하나, 소주 한 병 주세요."

"네, 주문받았습니다."

단순한 착각이겠지. 알바생은 평균적인 키에 어린 인상이었다. 아마도 가게 밖에서 청년을 마주친다면 알아보지 못할 것이다. 하지만 뭔가 찝찝한 기분이 가시지 않았다. 알바생에게 자꾸 눈길이 갔다. 음식이 나오기까지 어색한 고요함을 참지 못한 준혁은 먼저 말을 꺼냈다. 급한 성격답게 바로 본론을 내뱉었다.

"선배. 저한테 해줄 말 있지 않아요? 채린이 때문에 여기까지 내려왔다는 애매한 것 말고 선배가 쫓는 게 뭐죠? 뭐라도 알아야 제가 약간이라도 도울 것 아니에요."

"전부 말해도 못 믿을걸."

"믿고 말고는 들어보고 제가 정합니다."

"하하."

아마도 안주가 나오기도 전에 빈속으로 마셔버린 술기운 때문일 것이다. 평소에는 그냥 웃으며 넘겨버렸을 질문인데, 이창은 지금의 답답한 마음을 누군가에게 털어놓고 싶었다. 그러지 않고서는 지금의 상황을 견딜 수 없을 것 같았다. 그래. 믿지 않으면 뭐 어때. 준혁이 하룻밤 헛소리라고 여겨도 상관없었다.

"내가 너한테 어떤 사람을 찾으면 채린이를 살릴 수도 있다는 것까지는 말했지?"

"네. 그래서 저한테 일 다 떠넘기고 찾아다닌 거잖아요."

"넌 기적을 믿어? 내가 찾아다녔던 그 사람. 그 사람은 기적을 일으킬 수 있었어. 우리 누나도 덕분에 병이 나았거든. 착각이나 우연

같은 게 아니었어. 내 두 눈으로 똑똑히 봤으니까. 그건 진짜 기적이었어. 네가 믿지 않아도 상관없고, 나를 한심한 인간으로 봐도 상관없어. 너도 알다시피 채린이는 불치병을 앓고 있다. 지금 기댈 수 있는 건 기적 하나밖에 없어. 그런데 다 소용 없어졌네? 그 사람이 죽었거든."

준혁이 한 모금 들이켰던 소주를 뿜었다. 사레가 들려 요란하게 기침을 하다가 물었다.

"네? 그럼 찾긴 찾았던 거예요?"

"응. 너도 아는 사람이야. 이번 사건의 피해자. 한승목 목사."

"헐…… 말도 안 돼. 아니, 기적이고 말고는 그렇다 치고 선배가 그렇게 찾아다닌 사람이 그놈이면 채린이는 어떻게 되는 건데요?"

"나도 절망했지. 네 입에서 피해자가 천령교의 교주였다는 보고를 들었을 때……. 지금부터는 내 추측이야."

대화를 주고받는 사이 주문했던 안주들이 하나둘 나오기 시작했다. 앞치마를 두른 알바생이 분주하게 움직였다. 가게는 작았지만 손님이 꽉 차 있었다. 혼자 하는 일이 버거울 만한데도 알바생은 버둥거리지 않고 차분하게 일을 해나갔다. 마지막 안주를 그가 가져왔다.

"피해자의 시신에서 발견된 납득되지 않는 요소들. 그것들은 아이러니하게도 내가 찾던 기적과 관련지으면 설명이 가능해. 피해자의 시신에서 그런 점들이 발견됐다는 건 말이야, 기적을 일으키는 능력자가 한 명 더 있다는 뜻이지 않을까? 나는 그렇게 생각해. 그 능력자가 바로 피해자를 죽인 범인이겠지. 어디까지나 추측이지만 난 여기에 모두를 걸 수밖에 없어."

"그래서 선배가 유달리 열심이었던 거네. 결국 이 사건의 해결이 답이네요."

"응."

준혁이 한숨을 내쉬며 이창의 잔에 소주를 따랐다. 투명한 액체가 잔 가득히 찰랑거렸다.

"선배, 이것만 알아줘요. 믿고 말고를 떠나서 저는 어쨌든 선배를 도울 겁니다. 선배가 이보다 더한 개소리를 한다고 해도 저는 다 믿고 도울 거예요."

이창은 그 말에 고맙다는 대답 대신 입꼬리를 올려 어색하게 웃었다. 가득 차 있던 소주잔을 한입에 털어 넣었다. 굉장히 오랜만에 느껴보는, 말로 설명하기 힘든 벅찬 기분이 일었다. 낯설지만 나쁘지 않았다. 그때 갑자기 준혁의 핸드폰이 요란하게 울렸다.

"아, 퇴근했는데 뭐래. 저 전화 좀 받고 올게요."

짬뽕 국물을 앞에 두고 홀로 앉아 술을 따르던 이창은 자신의 옆얼굴로 느껴지는 시선에 문득 고개를 돌렸다. 알바생과 눈이 마주쳤다. 눈동자에 당황스러움이 깃들었지만 청년은 고개를 돌리지 않았다. 잠시 뒤에 쓰레기를 비워달라는 사장의 요구가 있기까지 그는 이창의 시선을 차분히 받아냈다. 그러고는 곧 가게 곳곳의 쓰레기를 한데 모아 정리한 후, 쓰레기봉투를 들고 유유히 가게 밖으로 나갔다.

묘한 기분이 들었다. 알바생이 자신과 준혁이 하는 이야기를, 그러니까 일반인들이 듣는다면 헛소리로 치부될 이야기를 전부 듣고 있었다는 생각이 들었다. 그 어렴풋한 추측은 생각을 거듭할수록 어느새 확신이 되어갔다. 하지만 도대체 왜?

자정이 지나면서 손님들이 순식간에 빠져나갔다. 가게는 그럭저럭 여유로운 상황이었다. 정신없이 바쁘다가 할 일이 없어진 알바생이 무료한 와중에 손님들이 지껄이는 이야기에 관심을 기울였다는 것이 그리 이상한 일은 아니었다. 게다가 한창 화제인 살인 사건에 관한 내용이었으니. 하지만 이창은 마음 한편에 계속 무언가가 꺼림칙했다. 그게 뭘까? 목구멍에 박힌 생선 가시 하나가 입을 움직일 때마다 따끔거리며 찔러대는 거북한 기분이었다.

소음을 피해 전화를 받으러 나갔던 준혁이 헐레벌떡 가게 안으로 뛰어 들어왔다.

"선배! 하, 대박. 그거!"

"뭔데 호들갑이야."

"그, 지난번에 선배가 국과수 보내라고 했던 피 묻은 옷! 그거 결과가 나왔는데, 현장에 있던 칼에 묻은 혈액이랑 바닥에 흘러 있던 혈액이랑 다 아이 혈액과 일치한대요! 그런데 돌아온 아이는 아무런 상처도 없었잖아요? 이것도 선배가 말했던 그 기적이랑 관련된 거예요?"

그와 동시에 이창은 알바생을 처음 봤을 때부터 느꼈던 찝찝함의 정체를 비로소 알 수 있었다. 긴 앞치마에 가려 잘 보이지 않았지만 검은색 바지, 그리고 후드새킷 안에 받쳐 입은 회색 셔츠. CCTV 화면 안에서 아이를 경찰서로 들여보내던 남자의 인상착의였다.

알바생은 쓰레기를 버리러 나간 뒤로 아직 돌아오지 않은 채였다. 12시 40분. 15분가량이 지나 있었다. 쓰레기를 버리는 데 그렇게까지 시간이 오래 걸릴 리가 없었다. 이창은 자리에서 벌떡 일어나 밖으로 뛰쳐나갔다.


14


쓰레기봉투를 들고 나온 란은 앞치마를 벗어던지고 벽에 기대어 가슴을 쓸어내렸다. 그는 방금 나온 상가 뒷문을 빤히 바라보았다. 계속 자신을 주시하던 날카로운 인상의 형사. 그는 분명 자신을 바라보고 있었다. 란은 그 앞에서는 태연한 척했지만 초조해서 가만히 있을 수가 없었다.

그들의 대화 속에는 피해자, 시신, 교주 따위의 단어들도 들어 있었다. 한승목의 죽음에 관한 내용인 게 분명했다. 그러다 우연히 형사와 눈이 마주치는 순간, 란은 도망쳐야겠다고 마음먹었다. 만약 그 형사가 자신을 의식하는 게 아니었다면 한낱 알바생이 갑자기 사라지든지 말든지 신경 쓰지 않을 것이다. 그러나 그게 아니라면 자신을 쫓아올 것이다. 그러면 도망치는 게 맞다.

이게 사장 형, 사모님과 마지막일 수도 있겠구나. 란은 앞으로도 아무렇지 않게 출근할 수 있기를 바라며 곧장 골목으로 걸어갔다. 멀쩡한 척하려고 했지만 그의 걸음은 어느새 점점 빨라지고 있었다.

한승목과 싸웠을 때 찢어진 종아리의 상처가 점점 쑤셔왔다. 병원에 가지 않고 대충 처치한 탓이다. 고통과 불안함이 란을 압박해 왔다. 누군가가 본다면 흡사 미친 사람처럼 느껴질 정도로 혼잣말을 중얼거렸다.

아직은 괜찮아. 괜찮을 거야. 흉기를 쥐었던 건 애초에 그 새끼밖에 없었는걸. 난 아무도 찌르지 않았어. 괜찮아. 찬아, 정말로 괜찮을까?

찬이 보고 싶었다. 그날 밤의 일들이 꿈처럼 느껴졌다. 뭐 하나 확실한 것이 없었다. 기억 속의 모든 이미지는 뭉개진 찰흙처럼 뭉뚱그려져 있었다. 초조한 마음이 가시지 않았다. 란은 잘근잘근 입술을 짓씹었다. 이제는 얼굴마저 까마득한 찬의 습관이었다.

그리고 저 멀리 등 뒤에서 가게의 뒤쪽 철문이 크게 열렸다 닫히는 소리가 들렸다. 이어서 누군가가 밤길을 내달리는 소리도 들렸다. 그 발소리의 주인공이 계속 자신을 주시하던 형사임을 란은 본능적으로 알 수 있었다. 아직은 잡힐 수 없었다. 해야 할 일이 남아 있었다. 소리에 맞춰 란 역시 힘껏 달리기 시작했다. 달이 밝았다. 한밤중의 추격전이 시작되었다.

"거기, 거기 서!"

그래도 꽤 달렸다고 생각했는데 바로 뒤에서 형사의 목소리가 들려왔다. 발에 힘을 담아 내디딜 때마다 왼쪽 종아리에서 심한 통증이 느껴졌다. 일상에서 힘을 주지 않고 걸을 땐 약간 쑤시는 정도였는데 뛰면서 종아리 근육이 당겨지고 긴장되자 결국 상처가 벌어진 것이다. 란은 눈을 질끈 감았다 떴다. 한승목은 죽어서까지 자신의 발목을 잡는다. 순간적으로 어떤 결심이 들었다. 간단한 해결 방법이 란의 머리를 스치고 지나갔다. 그는 뛰던 것을 멈추고 가로등 아래 서서 숨을 골랐다.

허구한 날 달리는 것이 직업인 이창이 절뚝거리는 란을 따라잡기는 어렵지 않았다. 건물 사이의 골목 한가운데 갑자기 멈춘 란의 어깨를 이창이 잡아채 돌렸다. 뭔가 이상한데? 짧은 순간 스친 눈빛은 체념한 자의 것이 아니었다.

란은 순식간에 몸을 돌려 자신의 어깨를 잡고 있는 이창의 팔을 떼어내 붙잡았다. 얼떨결에 붙잡힌 이창이 당황스러워하는 사이에 무방비 상태인 그의 손은 란의 손과 맞닿았다. 바로 지금이야. 란은 미간을 찌푸린 채 형사를 올려다보았다. 쥐어짜지는 걸레가 되는 기분이었다. 썩 좋지 않은 감각이 란의 전신을 감싸는 것과 동시에 종아리의 통증이 사라져갔다. 이제 다 됐다.

란은 잡았던 형사의 손을 내던졌다. 그러곤 더 이상 통증이 느껴지지 않는 다리로 그를 발로 차 넘어뜨린 후 달리기 시작했다. 타인의 고통을 자신에게 옮기는 게 아닌, 자신의 고통을 타인에게 옮기는 건 10년 만에 처음이었다. 등 뒤에서 신음 같은 형사의 목소리가 들리는 것도 같았지만 뒤돌아보지 않았다.

오로지 앞으로만 달렸다. 그동안 홀로 금기시했던 규칙을 깬 것치고는 기분이 나쁘지 않았다. 홀가분했다. 그것이 물리적인 고통에서 벗어났다는 해방감인지, 10년 넘게 지켜오던 규칙을 깼을 때 느끼는 쾌감인지는 알 수 없었다. 확실한 것은 방금 전과는 비교할 수 없이 가벼워진 다리였다. 그렇게 한참을 뛰어서 자신의 옥탑방 근처에 다다랐을 땐 아무도 쫓아오고 있지 않았다.

벗어났다. 전에는 느끼지 못했던 해방감이었다. 란이 입가를 헤실 거리며 웃었다. 그리고 그것은 곧 울음으로 바뀌었다. 그는 집 앞 전봇대 옆에 주저앉아 굽힌 무릎에 얼굴을 묻었다. 또다시 찬이 보고 싶었다. 15년 전을 떠올렸다. 형을 데리고 이렇게 벗어날 수 있었다면 얼마나 좋았을까. 왜 우리는 그러지 못했을까. 왜 지금 형은 옆에 없는가.

여러모로 처음인 것이 많은 날이었다. 한순간 마주쳤던 형사의 눈은 범죄자를 앞에 둔 날카로움보다는 왠지 모를 절박함에 가까웠다. 이상하게도 그 형형했던 눈빛이 뇌리에서 지워지지 않았다. 안 좋은 예감이 들었다. 그동안 꼭꼭 막아두고 쌓아 올린 벽들이 하나둘 무너지고 있었다. 하지만 이제 멈출 수 없었다. 일은 벌써 시작되었다.


15


이창은 망연하게 눈앞에서 사라지는 알바생의 뒷모습을 바라봤다. 절뚝거리던 걸음은 전혀 찾아볼 수가 없었다. 어떻게 된 거지? 이창은 그에게 부자연스러운 흐름으로 붙잡힌 순간을 떠올렸다. 뭔가 둔중하고 야릇하며 불쾌한 기운이 그의 맞잡은 손을 통해 흘러

들어오는 기분이었다.

이창은 왼쪽 다리에 다시 힘을 주어 내디뎠다. 하지만 그 순간, 갑작스럽게 느껴지는 생경한 통증에 무릎이 풀썩 꺾였다. 종아리를 찌르는 통증을 무시하고 다시 일어섰을 때 청년은 이미 흔적도 없이 사라진 후였다.

허탈해진 이창은 바지를 걷어 통증의 원인을 확인했다. 왼쪽 종아리에 길게 찢어진 상처가 보였다. 언제 생긴 거지? 알바생을 쫓을 때 생긴 건가? 정신이 없어서 느끼지 못한 건가? 그런데 왜 바지는 찢어지지 않고 멀쩡한 거지?

저 멀리서 자신을 찾는 준혁의 목소리가 들렸다. 저 녀석은 꼭 필요할 때는 항상 늦게 나타난단 말이야. 도와준다고 할 때는 언제고 도움이 안 돼. 혼자 중얼거리며 이창이 크게 팔을 흔들며 걸어갔다. 다리의 상처는 힘을 주지 않고 걸을 때에는 그럭저럭 버틸 만했다. 약하게 쿡쿡 쑤시는 정도였으나 거슬리는 것은 어쩔 수 없었다. 그리고 순간, 이창의 머리에 어떤 생각이 스쳤다.

절뚝거리다가 갑자기 멀쩡해진 남자의 걸음. 알바생에게 손이 잡힌 후에 알아챈 다리의 상처. 그리고 분명 멀쩡했지만 지금 절뚝거리는 자신.

알바생과 자신의 상황이 뒤바뀌었다. 어깨를 붙잡았을 때 스친 청년의 눈빛이 떠올랐다. 마지막 한 수를 두는 듯 체념과는 거리가 멀었던 눈. 설마, 그럴 리가…… 그럴 리가 없다. 아니, 계속해서 그가 쫓던 것이 바로 이것이었다. 드디어 찾았다! 이창의 눈이 빛났다. 다가온 준혁이 이창의 몰골에 놀라며 호들갑을 떨었다.

"선배, 바지에 그거 피 아니에요?"

그가 몸을 숙이더니 이창의 바지를 걷었다. 이제 막 생긴 상처인데 찢어진 부위를 제외하고는 신기하게 딱지가 앉아 있었다.

"대체 언제 다쳤어요? 꽤 길게 찢어졌는데 병원 가봐야 되는 거 아닌가?"

그새 터진 상처에서 피가 흘렀지만, 그런 것은 아무래도 중요하지 않았다. 다리의 상처는 저주였다. 교주의 아들이 자신에게 내린 저주. 저주이자 그것은 곧 남자가 채린에게 축복을 내릴 수 있다는 증거였다. 이창은 자신의 배를 잡고 미친 듯이 낄낄거리며 웃었다. 그걸 본 준혁이 드디어 선배가 돌았다며 질색했다.


이창은 이자카야 사장으로부터 알바생에 관한 간단한 정보 몇 가지를 알아낼 수 있었다. 23세, 이름은 란으로 사장이 대학 시절 봉사활동을 했던 청소년 보호센터 출신이라는 것. 사장을 추궁해 그가 사는 빌라 건물까지 알아냈지만 이창은 그날 그곳에 갈 수 없었다. 병원으로부터 온 전화 때문이었다. 또다시 채린이 발작을 일으킨 것이다.

이창이 병원에 도착했을 때, 채린은 간신히 고비는 넘겼지만 아직 의식을 차리지 못한 상태였다. 채린이 발작을 일으키는 주기가 점점 짧아지고 있었다. 병원에서는 어린아이라 진행이 빠르다고 했다. 시간이 지날수록 더 빨라질 것이다. 더 이상 지체할 수 없었다.

동이 틀 무렵에서야 채린은 어렴풋이 눈을 뜨고 이창을 바라보았다. 이창은 채린이 의식을 찾은 것을 확인하고는 곧바로 병원 밖으로 나왔다. 마음이 급했다. 그길로 당장 란의 집으로 향했다. 낡은 빌라 옥탑방의 문은 열려 있었고 안에는 아무도 없었다. 그는 다시 이자카야 사장에게 연락을 해보았다. 그러나 마찬가지로 연락이 되지 않는다는 대답만 들었을 뿐이다.

막막해진 이창은 방 안을 둘러보았다. 살아가는 데 필요한 최소한의 살림살이들만 눈에 띄었다. 짐을 싸서 아예 다른 곳으로 떠나버린 것인지, 아니면 잠시 집을 비운 것인지조차 가늠되지 않을 정도로 황량한 공간이었다. 이창은 후자이길 간절히 바랐다. 하지만 그가 돌아오길 기다리며 거기서 하염없이 지키고 있을 수만은 없는 노릇이었다.

사건은 10여 년 전의 아동 실종 사건들과 묶이면서 확대되었다. 언론도 시시각각 대대적인 보도를 이어갔고 많은 사람들이 주목했다. 그런 놈은 죽어도 싸다, 범인 잡지 말고 그냥 수사 종결해 버려라, 하는 목소리도 컸다. 사람들의 이목이 집중된 큰 사건인 만큼 경찰 내부의 해결 의지도 각별했다. 상부에서는 하루빨리 범인을 잡아내라고 난리였다. 대한민국 경찰의 정의와 유능함을 보일 기회라며 일선 경찰들을 닦달했다. 정의는 무슨, 개나 주라지. 이창은 혼잣말을 중얼거렸다. 하늘은 쓸데없이 맑았고 기분은 더러웠다.

상부가 쪼아대는 것과 상관없이 수사는 난항을 겪고 있었고 새로운 목격자는 나타나지 않았다. 한승태의 행방도 여전히 확인되지 않았다. 결정적인 단서일 수도 있는 란을 코앞에서 놓친 것이 이창으로서는 뼈아프게 느껴졌다. 한 시간이 멀다 하고 팀원들에게서 전화가 걸려왔다. 이창의 개별 행동을 준혁이 커버해 주고는 있었지만 그것도 한계가 있었다. 경찰서로 돌아갈 수밖에 없었다.

채린의 병세도 살펴봐야 하고 란도 찾아야 하고 몸이 열 개라도 부족했다. 고작 다리의 통증 때문에 란을 놓친 자신이 원망스러웠다. 하지만 이미 그렇게 되어버린 일을 되돌릴 수는 없었다. 이창은 결국 옥상 군데군데 놓인 화분에 분풀이를 하며 계단을 내려갔다.

그냥 갈 수는 없지. 이창은 그 건물에 입주해 있는 가구들을 하나하나 찾아다니며 자신의 연락처를 남겼다. 옥상에 사는 남자가 돌아오면 꼭 알려달라는 말과 함께. 바로 옆 이웃이 죽었다고 해도 무심할 것 같은 이들이었지만, 그나마 경찰이라는 공권력에 기대면 협조를 해줄지도 모른다는 마음이었다. 현관을 나서는 그의 발걸음이 무거웠다.


란은 한 시간이 멀다 하고 사장 부부로부터 오는 문자와 전화를 모두 외면했다. 그들에게 걱정을 끼치는 게 미안했지만 소식을 전하기에는 너무나 위험했다. 이렇게 작별 인사도 없이 헤어지는 게 마음에 걸려도 어쩔 수 없었다. 가게는커녕 자신의 옥탑방조차 갈 수 없는 형편이니……. 이 은신처를 빠져나가는 순간 즉시 체포될 것만 같았다.

그러나 란이 정말로 두려워하는 것은 경찰에 체포되는 것이 아니었다. 만약 자신이 값을 치러야 할 죄가 있다면 기꺼이 받아들일 것이다. 다만 그는 자신의 능력을 타인이 알게 되는 것이 싫었다. 그냥 싫은 것이 아니라 끔찍했다.

폐허가 된 인적 없는 교회에서, 란은 평생 한 목사 형제의 손아귀 안에서 기계처럼 병을 옮기던 찬을 생각하고 있었다. 돌이킬 수 없는 과거를 회상하며 찬에 대한 그리움과 후회로 몸서리쳤다.

눈앞에 앙상하고 흰 발목이 보인다. 란은 깊은 한숨을 내쉬며 그에게 속삭였다. 어차피 대답은 돌아오지 않을 것이다.

"형, 내가 이제 어떻게 해야 할까?"


16


이창이 지푸라기라도 잡는 심정으로 빌라의 세입자들에게 연락처를 뿌린 다음 날 밤이었다. 그의 노력이 헛되지 않게 옥탑의 바로 아래층에 거주하는 공무원 시험 준비생으로부터 연락이 왔다. 전화를 받는 이창의 마음은 다급했다.

"제가 다름이 아니라 경찰 시험을 준비하고 있어서요. 형사님이니까 도와주는 거예요."

낯선 목소리는 얼마간 혼자 수다를 떨며 생색을 낼 뿐, 정작 중요한 이야기를 전하는 데에 잔뜩 뜸을 들였다. 한참을 그의 하소연에 무미건조하게 맞장구를 쳐주던 이창은 조금 전 계단을 오르는 발소리와 옥상의 철문이 열리고 닫히는 소리가 들렸다는 이야기에 자리에서 벌떡 일어났다.

"그 말을 왜 이제야 해!"

속으로만 말했어야 했는데 욕지거리가 육성으로 나와버렸다.

"지금 저에게 하신 말씀이에요?"

이창은 뭐라 더 주절거리려는 공시생의 말을 더 이상 듣지 않고 전화를 끊었다. 속이 부글부글 끓었다. 뛰어가 자동차 핸들을 잡는 그의 손끝이 가늘게 떨렸다. 인공호흡기를 끼고 죽은 듯이 누워 있던 채린이 떠올랐다. 몇 번의 신호 위반 끝에 15분가량 걸리는 란의 집까지 5분여 만에 도착할 수 있었다. 이창은 숨 돌릴 틈도 없이 5층의 계단을 뛰어 올랐다. 옥상으로 향하는 철문은 잠겨 있지 않았다. 불이 꺼진 옥탑방 안에서 분명한 인기척이 느껴졌다.

검은 실루엣은 아직 이창이 들어온 것을 모르는 듯했다. 이창은 뒤에서 빠르게 상대의 목을 팔로 휘감았다.

"란, 가만히 있어. 체포하려는 게 아냐."

팔 안에서 빠져나가려고 버둥거리던 남자가 이창의 배를 가격했다. 이어서 테이블 위에 아무렇게나 놓여 있던 스테인리스 주전자를 집어서 이창의 머리를 내리쳤다. 쩡한 소리와 함께 이마가 찢어지고 두개골이 울렸지만 이창은 정신을 놓지 않으려 안간힘을 썼다.

이번에도 놓칠 수는 없었다. 절박함은 사람에게 능력 이상의 힘을 부여해 준다. 잠시 동안의 몸싸움이 이어졌다. 검은 남자는 생각보다 싸움에 능했지만 이창이 쓰러지지 않는 것을 보고 당황한 것 같았다. 그 틈을 탄 이창의 발길질에 그가 넘어졌다. 침대를 짚으며 일어나려는 남자의 옆에 유리 물병이 보였다.

"기브 앤 테이크지."

이창이 옅게 웃었다. 동시에 유리 물병을 집어 들어서 남자의 머리를 내리쳤다. 물병이 둔탁한 소리를 내며 산산조각이 났다. 충격을 받은 남자가 무릎을 접으며 바닥에 픽 쓰러졌다.

이창은 그의 몸 위에 올라타서 수갑으로 손목을 결박했다. 흐느적거리는 남자를 잡아 일으켜 세우고 마침내 그의 모자와 마스크를 벗겨냈다.

"네가 먼저 시작한 거다. 난 폭력을 쓸 마음은 없었다고."

마침내 달빛이 남자의 맨 얼굴에 닿았다. 이창은 얼굴을 일그러뜨렸다.

한승태였다.


17


서에서 밤샘 작업을 하던 준혁은 눈이 휘둥그레졌다. 아니, 저 인간이 또 어디서 이상한 짓을! 아직 미혼인데도 홀아비처럼 보이는 선배가 피투성이의 남자를 수갑 채워 서 안으로 끌고 들어온 것이다.

이창은 만신창이가 된 남자를 거칠게 바닥에 내팽개쳤다. 머리에서 피를 흘리는 남자가 신음했다. 준혁이 기겁하며 다가갔다.

"선배, 이건 또 뭐예요! 누군데 이렇게 사람을 쥐꽸어요?"

"이 새끼가 먼저 시작했어. 난 말로 할 생각이었다고."

"아니, 아무리 그래도 그렇지. 민중의 지팡이인 공무원이 그러면 안 되죠. 누군데 서로 데려와…… 헐."

남자의 상처에 댈 수건을 가지고 다가간 준혁은 입이 벌어졌다. 백방으로 찾아도 보이지 않던 한승태를 어디서 잡아온 거지? 다른 팀원들의 반응도 마찬가지였다. 놈을 잡으러 뛰어다닌 일주일이 허무하게 느껴질 정도였다. 이창은 한승태를 강제로 의자에 앉힌 후 손가락으로 책상을 두드리며 질문을 시작했다.

"왜 거기에 있었지? 뭘 찾고 있었어?"

"아 참. 형사님. 이거 범죄자도 아닌데 이렇게 수갑까지 채워서야 되겠습니까. 제가 형사님 맞고소할 수도 있어요!"

한승태가 뻔뻔하게 말했다. 목소리가 화통을 삶아 먹은 것처럼 컸다.

"하, 코웃음 칠 일이군. 너 범죄자 맞아. 그곳은 20대 세입자가 사는 방이고 너는 문을 따고 무단 침입을 했지. 게다가 평화롭게 말로 해결하려는 온화한 형사를 폭행했어. 넌 지금 현행범으로 잡혀온 거고, 따라서 지금 당장 유치장에 처넣어도 할 말이 없다 이거야. 그러니까 묻는 말에나 대답해."

"시발……."

"내 앞에서 욕하지 마, 시발 새끼야. 다시 묻는다. 왜 그곳에 있었어? 집주인과는 무슨 관계야?"

"그야 당연히 그 새끼, 아니 집주인을 만나러 간 거지!"

"집주인을 만나는 게 목적이었으면 집 문을 따고 들어갈 게 아니라 밖에서 얌전히 기다렸어야지. 찾으려 했던 게 있지? 그게 뭐야!"

한승태가 얼굴을 구기며 고개를 돌렸다. 바닥에 침을 퉤 뱉고는 혼자 욕을 중얼거렸다. 이창이 근처에 놓여 있던 파일을 높이 들어 책상에 내리쳤다. 귀를 찢는 마찰음이 울려 퍼지며 떠들썩했던 서안이 순식간에 조용해졌다. 한승태가 질겁하며 돌아봤다.

"아, 아니 형사님. 사람을 뭐 이렇게 도둑놈으로 몹니까? 그냥 오랜만에 얼굴이나 보러 갔더니 그놈이 없잖아요. 거기까지 갔다가 그냥 가기도 아깝고 짜증도 나서 그냥 집이나 둘러보자, 하고 들어갔던 거죠. 그렇게 사람 몰지 마십쇼."

"하하. 그래? 그냥 집이나 둘러보려고 들어갔다? 그럼 거기 집주인하고는 무슨 사인데?"

"란이 말입니까? 제가 키운 거나 다름없죠. 부모 자식 사이나 마찬가집니다. 옛날에 제가 좀 거친 일하면서 방황하던 때가 있었는데, 그때 저기 중국으로 팔려갈 뻔한 애들을 제가 거둔 겁니다. 호적에만 안 올렸지 입혀주고 먹여주고 재워주고 다 했어요. 그래서 이름도 한란 아닙니까? 우리 형제 성 따서……. 아, 그거보다 형사님."

한란. 한승태가 말실수를 했다는 표정을 지었다. 하지만 이내 뻔뻔한 표정으로 돌아가고는 시치미를 뗐다. 아직 이창이 자신을 형의 죽음과 연결시키지 않는다고 여기는 것일까. 그 속이 너무 빤히 들여다보여 이창은 코웃음을 쳤다. 형이 죽었는데 범인을 잡아달라고

하기는커녕 자신이 용의자로 몰릴까 봐 경찰에게 말을 아끼는 동생
이라니……. 우애가 남달랐다.

"말 돌릴 필요 없어. 네가 한승목의 동생인 건 이미 다 알고 있으
니까."

"전 그 일과 아무 관련이 없습니다. 그때 전 룸에서 술 마시고 있
었다고요. 거기 가보면 마담이 제 알리바이를 확인해 줄 겁니다. 저
는 아니에요!"

한승태가 한껏 억울한 표정을 지은 채 수갑이 채워진 손을 흔들
며 말했다.

"우리가 그 정도도 조사 안 해봤을까 봐?"

"그, 그럼……."

"너, 알고 있었지?"

"뭘 말입니까?"

"한승목이 10년 전에 벌인 범죄. 연쇄 아동 납치와 살인."

"……."

"총 아홉 명의 아이들이 희생되었어. 확인된 것만 아홉이지, 더 있
을지도 모르는 일이지. 전부 네 형이 노트에 써둔 그대로였다. 그런
데 내 생각에는 말이야, 아무리 상대하기 쉬운 아이들이어도 그렇지
그 많은 범죄를 혼자 저지른 것 같지는 않다는 거지."

이창이 의자에 웅크린 한승태에게 얼굴을 바싹 갖다 댔다. 축 처
진 살덩이 위로 검버섯이 피어 있었다. 한승태의 눈이 끔벅거렸다.
이창이 씩 웃으며 속삭이듯 물었다.

"너, 네 형이랑 공범이지?"

"하하하! 하하!"

한승태는 서가 떠나가도록 목청껏 웃어댔다. 무엇이 그리 재밌는지 숨이 넘어가도록 꺽꺽댔다. 그러더니 갑자기 이창의 눈앞에 불쑥 고개를 들이밀었다. 충혈된 눈이 이창을 응시했다.

"증거 있습니까? 내가 거기 가담했다는 증거. 없지? 있을 리가 있나. 뒤질 거면 나보다는 란 녀석을 쑤셔보는 게 나을걸? 그 괴물 새끼 말이야. 시발, 그 형에 그 동생이라고, 그 괴물 새끼들 아직도 소름이 돋아."

한승태는 일어섰다가 다시 의자에 풀썩 앉았다. 바닥에 피가 섞인 침을 뱉고는 이창을 흘겨봤다. 문득 어떤 심경의 변화인지, 그가 입꼬리를 씰룩거리며 웃었다. 몸을 가까이하고는 이창에게 속삭이듯이 알 수 없는 말을 지껄였다.

"그놈의 손목을 잘라버려야 됩니다. 그 손, 저주받은 손이에요."

이제 마지막 남은 단서는 단 하나였다. 교주의 아들. 한란. 그에게 모든 게 달려 있다. 채린의 목숨을 포함해서.


18


란의 행방은 묘연했다. 그 뒤로 세입자의 제보는 없었다. 이창은 몇 번이나 다시 찾아갔지만 란은커녕 사람 그림자도 만날 수 없었으며 일하던 가게에도 란은 나타나지 않았다. 빌라의 바로 입구 쪽 CCTV는 고장이 난 지 오래였고, 확인된 것이라고는 사라지기 전 근처 편의점을 드나드는 모습뿐이었다. 그 잠깐으로 란이 어디로 갔는지 알아내기는 무리였다.

어떠한 흔적도 없었다. 사람이 이렇게 아무런 자취도 남기지 않고 살아가는 게 가능할까? 절대 그래서는 안 되지만, 어쩐지 이미 이 세상에서 완전히 사라진 것은 아닐까 싶은 불길한 생각도 들었다.

이창은 채린을 보기 위해 병원으로 향했다. 겸사겸사 준서에게도 들를 생각이었다. 평소 생활하는 데에는 문제가 없었지만 준서는 여전히 말을 하지 못했다. 채린과 잠시 놀아준 뒤 병원의 매점에서 대충 고른 비행기 장난감을 들고 준서의 병실로 향했다.

복도를 걷는데 어딘가에서 앓는 듯한 소리가 났다. 무슨 소리지? 소리가 나는 곳으로 따라가 보니 공교롭게도 준서의 병실 앞이었다. 안에서는 아직 말이 되지 못한 채 억눌린 신음 소리가 들려왔다. 놀란 이창은 병실의 문을 확 열어젖혔다. 준서가 창가에 놓인 의자 위에 위태롭게 올라서 있었다. 짧은 손가락으로 필사적으로 창밖을 가리켰다.

"으으으! 으읍!"

보호자는 자리를 비우고 없었다. 이창은 준서를 잽싸게 안아 내려 침대에 앉혔다. 아이가 계속 앓는 소리를 내며 창밖을 가리켰다. 하고 싶은 말이 목소리로 나오지 않는 듯했다. 스산할 정도로 고요한 병실 안에 준서의 우물거림만이 괴롭게 맴돌았다. 이창은 창밖으로 고개를 내밀어 준서가 가리키는 곳을 바라봤다.

거기에는 놀이터처럼 사용하는 뒷마당과 뒷산 공원으로 향하는 지름길이 있었다. 그 길 위를 걷고 있는 낯익은 모습이 보였다. 이창의 심장이 요란하게 뛰기 시작했다.

"어머, 형사님!"

마침 자리를 비웠던 준서의 어머니가 돌아왔다. 이창은 대답할 틈도 없이 밖으로 뛰쳐나갔다. 링거 대를 끄는 환자들을 헤치며 복도를 달렸다. 다시 복도의 끝에 있는 창으로 아래를 내려다보았다. 찾았다! 병원 뒷마당을 빠져나가는 한란이, 그곳에 있었다.

이창은 전속력으로 뛰었다. 가까스로 1층 로비를 지나고 주차장에 도착하자 란이 눈앞에서 택시를 잡아탔다. 놓치면 안 돼. 이창은 이를 악물고 다시 달렸다. 심장이 목구멍을 타고 튀어나올 것처럼 뛰어댔다. 란이 탄 택시가 출발했다.

이창은 병원 입구에 대충 대어둔 자신의 소나타에 뛰어들듯이 올라탔다. 교통법규 따위는 무시한 채 속도를 올려 앞서 출발한 택시의 뒤꽁무니를 따라잡았다. 앞차의 뒤 유리로 란의 동그란 뒤통수가 보였다. 절대로 놓치지 않을 것이다. 이번에는 절대로.

중소도시의 도로는 8차선이라도 서울처럼 번잡하지 않았다. 출퇴근 시간대도 아닌 애매한 오후인지라 도로에는 차가 몇 대 없었다. 그나마 다행이었다. 어느새 이창의 차는 란이 탄 택시와 무난하게 거리를 유지하고 있었다. 그 정도면 쫓기고 있다는 것을 란이 눈치채지 못할 터였다. 쿵쾅거리는 심장이 어느 정도 진정되자 이창은 손톱 물어뜯기를 멈추었다. 그의 손톱 끝은 더 이상 물어뜯을 것도 없을 정도로 닳아 있었다. 손톱 안쪽은 곧 흘러내릴 것처럼 점점이 피가 맺혀 있었지만, 이창은 전혀 통증을 느끼지 못했다. 초조함이 모든 감각을 뒤덮어버린 것이다.

택시는 도심을 빠져나가 외곽으로 나가는 고속도로를 탔다. 도로 옆으로 바다가 찰랑거리며 반짝이는 게 멀리 보였다. 한승목의 시신이 발견된 바다였다. 란이 탄 택시는 그곳을 태연하게 지나쳤다. 그리고 약간을 더 달려 도착한 곳은 바다에서 그리 멀지 않은 곳에 있던 산자락의 입구였다. 란은 그곳에서 내렸다.

이창은 란이 향하려는 곳이 어디인지 알 것 같았다. 그는 차를 버리듯이 아무렇게나 대어놓고 튕겨나가 곧장 내달렸다. 바로 전까지도 이창의 시야에 있던 란은 어느새 사라져 버렸다. 하지만 이창은 망설이지 않았다. 빛바랜 기억을 더듬어 앞으로 나아갔다.

낙석주의 구역. 관계자 외 출입금지.

익숙한 표지판이 녹슨 채 기울어져 있었다. 표지판을 지나자 오래전에 폐쇄된 시골 도로가 나타났다. 오랫동안 사람이 다니지 않아 듬성듬성 잡초가 자란 흙길. 천령교 교회로 향하는 길이었다. 저 멀리 고장 난 네온사인의 십자가가 보였다. 10년 만이었다.

한때는 기적을 꿈꾸는 신자들로 가득했던 앞마당을 지나자 매달 의식이 치러졌던 집회장이 나타났다. 집회장을 가로질러 뒷문으로 나가는 란의 뒷모습이 보였다.

이창은 그를 따라 마찬가지로 뒷문을 넘었다. 아직 사치의 흔적이 남아 있는 앞마당과는 달리, 그곳은 황폐한 화재의 흔적뿐이었다. 불에 검게 탄 골조만 남아 무너지기 직전인 집 한 채가 다였다. 란이 있을 곳은 거기밖에 없었다. 이창도 그 스산한 폐허 안으로 발을 들였다.

그리고 이창은 10년 전에는 붉은 천에 가려져 보지 못했던 얼굴을 마침내 마주했다. 폐허의 구석에 있는 무언가를 바라보던 란이 뒤돌아 이창을 응시했다.

"다리는 다 나으셨어요, 형사님?"

이창은 그의 이름을 불렀다.


19


"한란."

란이 입꼬리를 올려 웃었다. 웃음이 웃음 같지 않았다.

"제 이름도 아셨네요. 그런데 형사님. 성은 빼주시면 안 될까요? 전 그 성이 죽을 만큼 싫거든요. 그냥 란이라고 불러주세요."

"그러지. 란, 난 널 체포하러 온 게 아냐. 네가 한승목을 죽였는지 어쨌는지 난 관심 없어. 아직 나 말고는 아무도 네가 용의자라는 것도 몰라."

다시 마주한 란의 얼굴은 붉은 이자카야의 조명 아래서 보던 것과 다르게 창백하리만치 희었다. 아직 20대 중반인 것 같은 앳된 외모였다. 란은 차분한 목소리로 맞받아쳤다.

"당연하죠. 용의자가 아니니까요. 전 그 인간을 찌른 적이 없어요."

"찌르진 않았지만 죽일 수는 있지. 지난번, 내가 널 쫓아갔을 때 나에게 했던 것 있잖아?"

"……."

이창은 자신의 바짓단을 걷어 올렸다. 종아리에 세로로 길게 찢긴 흉터가 드러났다.

"넌 상처를 다룰 수 있어. 그래서 그때 네 다리의 상처를 내게 옮겨서 도망갈 수 있었던 거고."

"터무니없는 소리예요."

란은 코웃음을 쳤다. 그러나 표정의 초조함은 감출 수 없었다. 이창은 한 발짝 앞으로 다가갔다. 란은 그만큼 뒤로 물러섰다.

"오늘 네가 경찰서에 데려다준 소년을 만나고 왔어. 그 엄마가 그러는데, 신기하게도 실종 전부터 있던 흉터까지 감쪽같이 사라졌더군. 이상한 일이지, 안 그래?"

란은 여전히 아무 말도 하지 않았다. 이창은 그 눈을 똑바로 바라봤다. 그의 목소리는 확신에 차 있었다.

"한승목은 아이를 납치하고 감금한 채 학대했지. 그리고 죽이려고 칼로 찔렀어. 그때 넌 현장에 있었겠지. 공범인지 목격자인지 모르겠지만 어쨌든 넌 아이가 죽으면 안 된다고 생각했어."

란이 미간을 찌푸리며 뒷걸음질 쳤다. 그럴수록 이창은 점점 빠르게 다가갔다.

"넌 아이의 상처를 전부 한승목에게 옮겼던 거야. 칼에 찔린 상처와 한승목이 했던 학대의 흔적들이 그대로 놈에게 옮겨갔지. 아이가 원래 가졌던 흉터까지. 그래서 돌아온 아이의 몸은 상처 하나 없이 깨끗했던 거야. 당연히 현장에 남은 흉기는 한승목이 찌른 것밖에 없고. 하지만 한승목에게 학대받은 기억은 그대로 남아 있겠지. 그 충격으로 아이는 말을 잃었어."

이창의 예상과 달리 란의 반응은 전혀 뜻밖의 곳에서 왔다.

"아이가 말을 잃었다고요?"

"그래."

"……."

"난 널 체포하려는 게 아니야. 오히려 그 반대다. 난 천령교 신자였어. 내 누나를 네가 10년 전에 살렸어. 허무하게 교통사고로 죽었지만. 나에게는 이제 조카밖에 남지 않았어."

이창은 어느새 란의 코앞에 서 있었다. 그가 덥석 팔을 뻗어 란의 손을 잡았다. 하얗고 차가운 손에 고개를 파묻은 이창은 절박하게 말을 이었다.

"그런데 조카가 누나와 같은 병을 이어받았어. 진행 속도도 빨라. 의사들은 얼마 살지 못할 거란 말만 하지. 난 그애 없이는 못 살아. 살릴 수 있다면 무슨 짓이든 할 거야. 한 번만, 딱 한 번만 부탁할게. 조카의 병을 낫게 해줘."

란은 괴로운 얼굴로 눈앞의 형사를 바라봤다. 어떤 기시감이 들었다. 형사의 목소리는 10년 전 신자들이 사력을 다해 쥐어짜던 애원과 닮아 있었다. 란은 집회장의 계단에 털썩 주저앉았다. 그러고는 고개를 숙이며 머리를 감싸 쥐었다. 결국 이렇게 계속될 수밖에 없는 악순환의 사슬…… 한참을 아무 말도 하지 않던 란이 천천히 입을 열었다. 여전히 얼굴은 바닥을 향한 채였다.

"형사님, 전 아이들을 슬프게 하는 일이 세상에서 가장 나쁜 죄악으로 보여요."

"아이들?"

란이 고개를 들어 이창과 눈을 마주해 왔다. 노을이 깨진 유리창을 넘어 폐허를 주황색으로 물들였다. 꼭 그날 같네. 란의 머리에 지난날의 괴로운 장면이 스쳐 지나갔다.

"형사님은, 이름이 뭐예요?"

"이창. 성은 이, 이름은 창."

"신기한 이름이네요. 예뻐요. 제 이름의 란은 찬란하다, 할 때 란이에요. 저에게는 과분한 뜻이죠. 제가 란이니 찬도 있었겠죠. 그래야 찬란이라는 단어가 완성되니까요. 형사님 말이 맞아요. 저는 다른 사람의 상처나 질병을 타인에게 옮길 수 있어요."

란은 단상 위로 걸어가 손으로 먼지가 쌓인 대리석을 쓸었다. 묵은 먼지들이 허공에 휘날렸다.

"하지만 중요한 건 그거예요. 옮기기만 할 뿐, 없앨 수는 없어요. 누구에게도 도움이 되지 못해요. 아무도 살리지 못해요. 누군가를 살리려면 누군가가 죽어야만 해요. 그래서 저는 제 능력이 저주스러워요."

란은 이창을 돌아봤다. 어느 순간부터 란의 눈에서는 눈물이 흐르고 있었다. 이창은 젖어가는 얼굴을 가만히 바라봤다.

"형사님의 누나를 낫게 한 건 제가 아니라 제 형 찬이에요. 형은 죽었어요. 저는 형처럼 되기 싫었을 뿐이에요. 저는 아무도 살리지 못해요."

그것은 찬의 능력을 전이받은 순간부터 란을 끝없이 괴롭힌 맹점이었다. 그는 신이 아니었다. 세상에 신은 없다. 스테인드글라스 사이로 노을이 비쳤다. 란의 얼굴은 눈물범벅이었다. 그는 고개를 들어 이창을 바라봤다.

이창은 망치로 머리를 얻어맞은 기분이었다. 충격은 한 발 늦게 찾아왔다. 무슨 말인지 이해가 되고 나자 어떤 상실감이 전신을 휘감았다. 기적이 아니다. 그는 험한 말을 내뱉으며 자신의 머리를 아무렇게나 헝클었다.

사실 지난번 추격전에서 자신에게 상처가 옮겨졌을 때부터 설마 하며 어렴풋이 짐작했던 것이긴 했다. 존재하는 것의 위치를 바꿀 뿐, 없애거나 만들지 못하는 거라면? 그러나 마음 한구석에서 피어나는 의문을 그는 그냥 덮어버렸다. 근거 없는 희망을 가지고 란을 찾는 데에만 몰두했다. 그런데 실제로 확답을 듣고 나니 심장이 내려앉았다.

"말도 안 돼."

한동안 깨진 스테인드글라스를 멍하니 노려보던 이창은 고개를 돌려 란을 바라봤다. 울고 싶은 것은 자신인데 눈물을 흘리고 있는 것은 란이었다. 이창은 먼지 쌓인 교회 의자에 주저앉았다. 깨진 창 너머로 보이는 해가 산등성이 사이로 자취를 감췄다. 노을이 지나가고 마침내 어둠이 내렸다. 그들은 그렇게 아무 말도 없었다.

2부

찬과 란

1

 란의 최초의 기억은 찬의 얼굴이었다. 사방에서 들리는 아이들의
울음소리와 비릿한 냄새가 풍기는 컨테이너의 어둠 속에서 그의 형
찬의 얼굴만이 환했다. 물 한 모금도 마시지 못한 채 어둠 속에서 시
간이 얼마나 지났는지 그들은 알지 못했다. 단지 어느 순간부터 줄
어드는 울음소리와 심해지는 악취를 느끼며 죽지 않기 위해 버텼다.
 그러던 어느 날, 영원히 열릴 것 같지 않던 컨테이너의 문이 열렸
다. 한 무리의 험상궂은 남자들은 살아남은 아이들에게 물을 주고
일렬로 세웠다. 란은 그때도 찬의 손을 잡고 있었다. 열린 문 너머로
어렴풋이 바다가 보였다. 그제야 란은 이 끈적한 공기에 스민 비린내
가 말로만 듣던 바다 냄새라는 것을 깨달았다. 밤바다는 그가 상상
했던 것보다 훨씬 어둡고 불길했다. 덩치 큰 남자가 앞의 아이들을
지나쳐 그들에게 다가왔다. 이번에는 찬이 란을 집은 손에 힘을 주
었다.

아이들은 배에 탈 수 있는 아이와 그렇지 않은 아이, 두 부류로 나뉘었다. 형제는 후자였고 전자의 아이들은 약간의 빵과 음료를 받은 채 작은 배의 지하에 구겨 넣어졌다. 배가 출발할 때 형제는 우악스런 손에 이끌려 낡은 트럭에 실렸다. 형제보다 상태가 좋지 않은 아이들은 어째서인지 그대로 컨테이너 안에 남겨졌다. 그들이 나중에 어떻게 되었는지는 알지 못했으나 좋은 예감은 들지 않았다.

"시발, 지들한테 귀찮은 것만 나한테 떠넘기네. 수수료도 존나게 떼어가면서."

광대뼈가 툭 튀어나온 운전석의 남자는 어린 형제가 알아들을 수 없는 거친 단어들을 내뱉었다. 트럭은 덜덜거리며 울퉁불퉁한 산길을 올랐다. 그리고 한참을 달려 도착한 곳에서 마주한 것이 바로 한승목이었다. 그때부터 찬란은 한승목 형제와 함께 그곳에서 살게 되었다.

한밤에 출항했던 아이들을 태운 배가 장비의 고장과 거친 파도로 뒤집혔다는 사실은 그 집에 도착하고 얼마 지나지 않아서 알게 되었다. 한동안 뉴스에서는 배에 타고 있던 수많은 아이들의 죽음과 아직까지 소탕하지 못한 인신매매 조직을 이야기했다. 한승목, 그리고 그의 동생이자 형제를 이 집으로 데려온 트럭의 주인인 한승태는 그 뉴스를 보며 혀를 찼다.

"이번 장사는 다 망했네."

"우리가 안 걸린 게 어디냐? 당분간은 몸 사려야 돼."

"근데 형님, 그 소문이 사실이여?"

"뭐?"

"그거 왜, 사람 장사해서 남은 돈들이 저기 위로 올라간다는 거 말이요."

텔레비전 앞에 널브러져 있던 한승목이 벌떡 일어나 한승태의 등짝을 후려갈겼다. 둘밖에 없는 집 안을 두리번거리더니 낮게 깐 목소리로 말했다.

"어디 가서 그런 말 하지 마라. 이번 단속에서 이 정도로 끝난 것도 다 위에서 압력을 넣어서야."

"이럴 때마다 조지는 건 우리 같은 하청업자 중간 상인들뿐이지. 저기 윗사람들은 멀쩡하고 말이야! 그나저나 저것들은 어떻게 해?"

한승태가 구석에서 떨고 있는 찬과 란을 눈짓으로 가리키며 물었다. 한승목은 귀찮은 물건을 떠맡았다는 듯이 지껄였다.

"잠잠해지면 확 팔아버려야지."

한승목 형제가 찬과 란을 대할 때마다 입에 달고 살던 말이었다. 그 말은 진짜였다. 그것은 언제든지 자신들도 어두운 바다 안에서 불어터진 시체가 될 수 있다는 말이나 다름없었다. 기억하기로는, 그때 란의 나이는 고작 열 살이었다. 찬도 형이라 해봤자 두 살 더 많았을 뿐이었다.

한승목은 대외적으로 지방 산골에 위치한 작은 교회의 인자한 목사였다. 동생 한승태의 우락부락한 인상과는 다르게 선해 보이는 그의 얼굴은 사람들을 간간이 교회로 끌어들였다. 때문에 찬과 란은 종종 남들의 눈에 띌 수밖에 없었는데 그럴 때마다 한승목은 먼 친척이 맡긴 아이들이라고 둘러댔다. 그러더니 어느 순간부터는 그냥 아들이 되었다. 찬과 란은 원치 않는 아버지였다.

형제는 교회 건물 뒤쪽의 오두막에서 거의 감금에 가까운 생활을 했다. 키우는 개보다도 못한 취급을 하는 주제에 그들은 한승목을 아버지라고 부르게 했다. 한승목이 아버지, 한승태는 작은아버지였다. 물론 그들이 진짜 아버지 같은 사랑으로 형제를 대했을 리는 없었다. 본래 아버지라는 단어의 어감이 자상함과 듬직함이었다면, 형제가 떠올리는 아버지의 느낌은 증오하는 것조차 겁나는 공포와 두려움이었다.

형제가 구타를 당하는 이유는 다양했다. 건방지게 아버지라고 부르지 않았다고 맞았고, 어떤 때에는 기분 나쁘게 아버지라고 불렀다고 맞았다. 눈을 똑바로 쳐다봤다고 맞았고, 눈을 내리깔았다고 맞았다. 밥을 다 먹었다고 맞았으며, 밥을 남겼다고도 맞았다. 폭력에는 정해진 이유가 없었다. 그나마 란이 버틸 수 있었던 것은 찬이 옆에서 울타리를 자처했기 때문이었다. 도망가려고 했던 적도 있었다. 하지만 결과적으로 그때 벌어진 일이 찬과 란을 옭아매는 계기가 되었다.


2


한승목이 술에 취해 곯아떨어진 새벽이었다. 그는 이미 찬을 한

번 벽에 집어던진 후였다. 이마가 찢어져 그치지 않고 피가 흘렀다. 태어나서 처음 보는 양이었다. 그대로 있으면 정말로 형이 죽을 것 같았다. 결국 안개가 낀 그 새벽에 란은 찬을 업고 교회 옆 조악한 오두막을 빠져나왔다.

"피 때문에 눈앞이 너무 붉어."

찬이 말했다. 란은 형의 손을 꽉 잡았다. 아직도 항구의 컨테이너 안에 갇혀 있는 것 같은 착각이 일었다. 숲인데도 물비린내가 맡아졌다. 겨우 교회 부지를 벗어나자 마당 너머로 펼쳐진 것은 끝없는 어둠이었다. 듬성듬성한 가로등만이 희미하게 산길을 비추고 있었다. 그들은 계속해서 아래로 아래로 걸었다.

한참이나 내려왔는데도 산길은 끝날 기미가 보이지 않았다. 가로등 사이의 간격은 점점 더 멀어지기만 하는 것 같았다. 찬의 피 역시 멈추지 않고 흘렀다. 형제가 걸어온 흙길에 점점이 붉은 피가 번졌다. 이도 저도 못 하는 상황에서 란이 다시 돌아가야 하나 고민을 하던 그때였다. 저 언덕 아래에서 차 한 대가 털털거리며 산길을 올랐다. 살았다! 란의 안색이 환해졌다.

란은 찬을 나무에 기대어 뉘어놓은 뒤 산길 도로 한복판으로 뛰쳐나갔다. 절박하게 손을 흔들었다. 트럭이 소년의 앞에 멈췄다.

"형이 아파요! 병원에 데려다주세요!"

울면서 란은 문을 두드려댔다. 그리고 순간, 란은 운전석의 실루엣이 낯익다는 것을 깨달았다. 곧 창이 열리고 운전사가 고개를 내밀었다. 한승태가 씨익 웃고 있었다. 기분 나쁜 웃음이었다. 란의 발밑

이 푹 꺼져들었다.

"이런 쥐새끼 같은 놈, 먹여주고 재워줬더니 도망을 쳐?"

지겨울 정도로 똑같은 레퍼토리였다. 단지 그날은 정도가 좀 더 심했을 뿐. 폭력과 변덕과 피. 모든 게 과한 날이었다. 찬을 어딘가에 데려다 놓고 란을 다시 오두막 안으로 끌고 온 한승태는 테이블 위에 남아 있던 술을 병째로 들이켰다.

그리고 어린 몸을 축구공 차듯 발로 차고 짓밟았다. 바닥을 구르는 란이 벌레 새끼 같다고 낄낄대며 이것 좀 보라고 한승목을 흔들어 깨웠다. 소란 때문에 술이 덜 깬 채 일어난 한승목의 짜증도 과한 상태였다. 힘 조절 따위는 하지 않았다. 란은 성인 남자 두 명의 발길질을 견디기에는 너무 어렸다. 형보다 자신이 먼저 죽을 수도 있겠다고 생각했을 때는 이미 경사진 오두막의 계단을 데굴데굴 구르고 있었다.

바닥에 굴러다니던 깨진 술병 조각이 란의 눈을 찢었다. 날선 유리 조각은 아이의 여린 피부를 가차 없이 베었고 순식간에 피범벅이 되었다. 기다란 유리 조각이 그의 왼쪽 눈 위에 삐죽이 박혔다. 시야가 온통 붉었다. 아. 아까 형이 본 세상은 이렇게 타는 듯이 붉었겠구나.

유리가 박힌 눈두덩이 지글지글 끓었다. 너무 아프다. 평소와는 다른 고통이었다. 누가, 누가 이 고통 좀 멈춰줘! 몸의 모든 기관이 열을 내뿜었다. 그리고 이내 란은 까무룩 정신을 잃었다. 온통 어둠이었다.

란이 다시 정신을 차렸을 땐 해가 뜨고 있었다. 모든 게 꿈이길 바랐지만 상태는 정신을 잃기 전 그대로였다. 손을 들어 왼쪽 눈가에 가져갔다. 하지만 닿을 수는 없었다. 유리 조각은 그대로 비죽이 박힌 채였다. 그 사실을 인식하고 나자 다시 고통이 몰려오기 시작했다. 한쪽밖에 남지 않은 시야에 익숙한 작은 발이 비쳤다. 머리에 붕대를 감은 찬이 터벅터벅 걸어왔다. 곧 만신창이가 된 란을 발견하고는 그 앞으로 넘어질 듯이 뛰어와 주저앉았다.

"란아…… 이게 뭐야. 너 눈이 왜 이래? 어젯밤에 무슨 일이 있었던 거야!"

"형, 나 너무 아파. 눈이 끓는 거 같아. 너무 너무 아파."

"병, 병원! 병원에 가야 돼!"

저들이 병원에 데려다주지 않으리란 것을 형제는 누구보다 잘 알고 있었다. 찬의 머리에 감은 붕대 역시 정식 병원은커녕, 한승태가 양아치 짓을 하며 알게 된 야매 의사에게 보내 응급처치만 한 것이다. 무엇보다도 병원에 가면 그들의 학대와 범행이 탄로 난다. 문득 안절부절못하던 찬의 눈동자가 이채를 띠었다. 찬의 그런 눈빛은 처음 보는 것이었다.

"내가 너 안 아프게 해줄게. 병원 안 가도 안 아프게 해줄 수 있어. 너 눈 나으면 진짜로 도망가자. 일단은 아파도 조금만…… 참아."

란은 고개를 끄덕였다. 그리고 찬이 란의 눈에 박힌 초록색 유리 조각을 잡아 뺐다. 물컹한 살이 벌려지는 느낌이 끔찍했다. 란의 입에서 앓는 소리가 새어나왔다.

"조금만 더 참아."

찬이 입술을 짓씹었다. 멈춘 줄 알았던 피가 다시 질금질금 흐르기 시작했다. 검붉은 핏줄기가 란의 볼에 흘렀다. 찬은 자신의 이마를 싼 붕대의 깨끗한 겉면을 찢어 피가 흐르는 란의 눈을 덮었다. 그리고 어깨를 부축해서 잘 걷지 못하는 란을 일으켜 세웠다.

한승목은 여전히 코를 골며 자고 있었다. 한밤에 자신이 저지른 짓을 기억이나 할까? 어디를 갔는지 한승태는 보이지 않았다. 지금이 바로 기회였다.

찬은 란을 태평하게 배나 긁고 있는 한승목의 옆에 뉘였다. 란은 찬이 하는 행동을 이해할 수 없었다. 하지만 그는 어떤 말을 내뱉을 만한 상태가 아니었으므로 모든 과정을 의문스럽게 지켜보기만 했다.

찬은 누워 있는 란의 왼손을 꽉 잡았다. 피가 안 통할 정도로 강한 힘이었다. 그리고 다른 한 손으로는 아무렇게나 널브러져 있던 한승목의 오른손을 쥐었다. 한승목이 몸을 뒤척였지만 다행히 깊게 잠든 채였다.

찬은 깊게 심호흡을 한 뒤 눈을 감았다. 아까부터 짓씹은 그의 입술에 피가 맺혔다. 란은 찬과 마찬가지로 눈을 감았다. 그러자 곧 신기한 기분이 들었다. 죽으면 이런 기분이려나? 그의 전신을 잘근잘근 씹어대던 고통이 서서히 사라져갔다. 전신이 녹아내려 흙과 하나가 되는 기분이었다. 그리고 마침내 어떠한 괴로움도 느껴지지 않게 되었을 때였다. 가만히 누워 있던 한승목의 괴성이 오두막에 울려 퍼졌다.

"으아아아아아아아악!"

란은 번쩍 감았던 눈을 떴다. 한승목이 한쪽 눈을 부여잡고 바닥을 구르며 몸부림쳤다. 그의 뭉툭한 손가락 사이사이로 붉은 피가 뿜어져 나왔다. 그 광경을 바라보는 찬의 눈빛이 차가웠다.

란은 문득, 유리 조각에 꿰뚫렸던 자신의 왼쪽 눈이 더 이상 아프지 않다는 것을 깨달았다. 뭐가 어떻게 된 거지? 형이 어떻게 한 거야? 아프지 않을 뿐만 아니라 시력까지 되찾아져 있었다. 옷소매로 피를 닦아내자 흐렸던 시야가 선명해졌다. 고개를 돌려 벽에 붙어 있던 거울을 보았다. 눈의 상처가 깨끗이 사라져 있었다. 온 얼굴의 상처 자국들과 전신을 휘감던 고통 역시 씻은 듯이 없어졌다. 마치 새로운 몸으로 다시 태어난 것 같았다.

내가 기억하는 것은 꿈인가? 한승목은 여전히 눈을 부여잡고 바닥을 기며 괴로워했다. 그의 눈에서 흐른 피가 눅눅한 나무 바닥을 적셨다. 얼굴은 날카로운 것으로 찍힌 듯 너덜너덜했다. 마치 고통에 몸부림치던 자신의 모습 같았다. 멍하니 바라보던 거울 너머로 찬과 눈이 마주쳤다. 소년이 씁쓸하게 웃었다. 찬이 다시 표정을 굳히고는 입을 열었다.

"이제 도망가자."

란이 고개를 끄덕이기가 무섭게 오두막의 현관 쪽으로 어두운 그림자가 졌다. 이번에도 형제의 앞길을 막아선 것은 한승태였다.

"시, 시발. 다 봤어. 다 봤다고! 무슨 짓을 한 거야! 괴물 새끼들, 어디 도망가게 둘 줄 알아?"

역광 속에서 놈의 눈빛만이 희번덕거리며 빛났다. 공포와 광기가 동시에 서린 눈이었다. 찬은 주위를 둘러봤다. 있는 거라고는 깨진 술병 조각뿐이었다. 찬은 그것을 주워들고 한승태에게 달려들며 외쳤다.

"도망가!"

란은 도망가는 대신 찬과 마찬가지로 굴러다니는 병 조각을 쥔 채 달려들었다. 부질없는 행동이란 것을 알았지만 형을 두고 혼자 갈 수는 없었다. 성인 남성과 소년의 신체적인 차이는 압도적으로 컸고, 몸부림의 결과는 참담했다. 그리고 한승태와 한승목이 찬의 희귀한 능력을 알게 된 그 순간부터 형제를 향한 폭력은 전혀 다른 방향으로 고개를 틀었다.


3


처음에 한 목사 형제가 찾아다닌 곳은 대형 병원이었다. 병원에는 절박한 사람들이 넘쳐났다. 내가 대신 아플 수 있다면 좋을 텐데. 차라리 나를 데려가지 왜 아직 어린 우리 애를! 병실에서 곡소리가 들려오기도 했다. 그리고 벼랑 끝에 서 있는 사람들의 눈을 현혹시키기에 고통을 타인에게 옮기는 찬의 능력은 너무도 적절했다.

한승목은 그들 앞에서 자신의 목사라는 직업과 인자한 외모를 이용했다. 병원의 종교 봉사활동 프로그램들을 자처해 참여했고 그 과정에서 교회 홍보를 했다. 그때까지는 평범하기 짝이 없는 사람 좋은 목사님이었다.

병이란 것은 사람을 외롭게 만들었고 기댈 곳을 찾아 헤매던 병원 사람들은 쉽게 마음을 열었다. 깊은 산속의 교회를 찾은 사람들은 한승목이 건네는 푸근한 미소와 격려에 뜨거운 눈물을 흘렸다.

그리고 마침내 신자들이 교회의 집회장에 가득 찰 정도로 모이자 한승목은 특별한 집회를 열었다. 화려한 금박 장식의 초대장을 신자들에게 건넸다. 신자들은 어리둥절해하며 초대장을 받아들었다. 평소처럼 인자한 눈웃음을 지으며 한승목은 말했다.

"여러분을 위한 하나님의 선물을 준비했답니다."

한승목은 교회에 모인 신자들을 스윽 둘러봤다. 그리고 눈이 마주친 어떤 신자를 항상 설교하는 단상 위로 불러냈다. 지명된 신자가 쭈뼛거리며 앞으로 걸어 나왔다.

"신자님. 이리 나오시지요."

한승목이 불러낸 사람은 다른 사람들과 마찬가지로 병원 봉사 활동에서 끌어들인 자였다. 그는 피부 재활 치료를 받던 30대 남자로, 교통사고로 한쪽 팔에 큰 화상을 입었다. 남자는 어리둥절한 얼굴이었지만 한승목의 말을 따라 단상 위로 올랐다. 한승목은 그를 기다랗고 하얀 대리석 위에 앉혔다. 그리고 단상 뒤쪽 문으로 한승태가 붉은 예복을 입은 찬을 데리고 들어섰다.

"여러분 잘 보십시오."

붉은 예복으로 전신을 가린 찬이 화상을 입은 남자의 손을 잡았다. 한승목은 남자의 머리에 성수를 뿌리고 《성경》의 한 구절을 읊었다.

    마태복음 8장 1절 예수께서 산에서 내려오시니 허다한 무리가 좇으니라. 8장 2절 한 문둥병자가 나아와 절하고 가로되 주여 원하시면 저를 깨끗게 하실 수 있나이다 하거늘 8장 3절 예수께서 손을 내밀어 저에게 대시며 가라사대 내가 원하노니 깨끗함을 받으라 하신대 즉시 그의 문둥병이 깨끗하여진지라.

    예수가 기적을 행하는 부분이었다. 그와 동시에 남자의 팔을 뒤덮고 있던 일그러진 피부 조직이 점차 펴지기 시작했다. 화상이 사라져갔다. 마치 갓 태어난 아이의 피부처럼 잡티 하나 없이 뽀얀 살결이었다.

    "세, 세상에…… 하나님!"

    그 기이한 광경을 두 눈으로 직접 목격한 신자들은 입을 다물지 못하고 하나님을 찾았다. 집회장이 열기를 띠고 소란스러워지기 시작했다.

    "기, 기적이다!"

    흥분한 신자 한 명이 일어서서 외쳤다. 붉게 충혈된 신자의 두 눈이 한승목을 향했다. 한승목은 화상이 사라진 남자의 팔을 들어 보이며 신자들에게 외쳤다. 예의 온화한 미소를 지은 채였다. 평소와 같은 미소였지만 기적을 접한 사람들에게 그것은 어떤 존재보다 성스러운 것이었다.

"여러분을 위한 제 선물입니다. 많은 신자 분들 중에 여러분만을 초대한 이유이기도 합니다. 여러분은 기적을 눈앞에서 보았습니다. 바로 하늘에게 선택받기 때문입니다."

"아이고, 어머니, 아버지!"

"저, 저도 좀 고쳐주십시오! 목사님!"

"병원에 있는 제 딸도 부탁드립니다, 목사님!"

한승목이 처진 눈매를 우그러뜨리며 웃었다.

"신자들을 데려오십시오. 그럼 또다시 기적을 보여드리겠습니다."

어느새 붉은 천을 뒤집어쓴 아이는 무대에서 사라지고 없었다. 그러나 어느 누구 하나 그를 신경 쓰지 않았다. 남자의 화상이 아이의 팔로 옮겨간 것 역시 아무도 보지 못했다. 사람들의 광적인 믿음과 비정상적인 희망을 먹고 자란 '천령교'는 빠르게 몸을 불려갔다.


4


천령교 집회에서 찬이 처음에 옮겨왔던 것은 작은 상처들뿐이었다. 상처 부위는 넓으나 깊지 않은 것들. 효과적으로 사람들 눈을 현혹하되 찬이 버틸 수 있어야 하는 까닭이었다. 신자들의 몸에서 상처가 사라지는 대신 찬의 몸에는 새로운 상처가 생겨났기에 그는 늘 붉은 예복을 입어 몸을 가려야 했다. 그래야 피가 번지더라도 티가 나지 않았다.

새로 유입된 신자들은 눈앞에서 벌어지는 기적을 보고 처음에는 눈을 의심했으나 결국 맹목적인 믿음으로 형태를 바꾸었다. 그 편이 각자의 현실을 버티기에 훨씬 편했기 때문이다.

고통을 옮기는 것은 병을 낫게 하는 것과는 달랐다. 사라지는 것이 아니라 그대로 타인에게 넘어가는 것이다. 때문에 당시 찬의 몸은 온통 신자들에게 옮겨 받은 상처와 흉터로 가득했다. 걸치고 있는 옷가지마다 피와 고름이 묻어났다. 모두가 기적에 눈물 흘릴 때 찬은 홀로 고통을 감당하고 있었다. 란은 그것을 보고도 아무것도 할 수 없는 자신을 원망했다.

사람의 입에서 입으로 전해지는 말이란 것이 그렇듯, 도시 괴담처럼 떠돌던 작은 상처의 기적은 사람들 입에 오르내리고 점점 더 부풀려지기 시작했다. 산속의 교회에는 사람들이 걷잡을 수 없이 몰려들었고 들어오는 헌금도 어마어마하게 불어갔다. 한승목과 한승태는 태어나서 처음 만져보는 거액에 이성을 잃어갔다. 원래 재물은 가질수록 더 욕심이 나는 법이라고 그들은 결국 넘어서는 안 될 선까지 넘어버렸다.

신자들은 더욱더 큰 기적을 원했다. 피부의 찰과상을 없애거나 흉을 사라지게 해주는 정도를 넘어서 앉은뱅이였던 이를 일으켜 세우고 맹인이었던 이의 눈을 번쩍 뜨게 만들어줄 정도의 기적.

맹인이었던 이의 눈을 뜨게 해주면 찬이 시력을 잃게 된다. 앉은뱅이의 다리를 일으켜 세우면 찬이 앉은뱅이가 된다. 사실 찬이 맹인이 되든 앉은뱅이가 되든 한승목 형제는 별 상관이 없었다. 그러나 황금 알을 낳아주는 거위의 배를 그렇게 간단히 가르는 것은 어리석은 짓이다. 또한 기적을 일으키는 교주의 아이가 몸이 성치 않은 것도 신자들이 보기에 이상할 터였다. 그들은 생각했다. 찬의 고통을 옮겨 담을 수 있는 새로운 그릇이 필요하다고.

찬은 살짝 고개를 들어 집회장을 바라봤다. 평소와는 사뭇 다른 분위기였다. 원래도 정상이 아니던 신자들은 과하게 들떠 있었고 장로라는 직위를 가진 한승태는 평소보다 격정적인 연설로 사람들에게 광기를 불어넣었다. 한승태가 외쳤다.

"예수님이 그러하셨듯이, 저희 천령교의 교주님께서 하늘의 명령을 받아 기적을 보여드리겠습니다. 평생 낮은 곳을 바라봐야 했던 우리 신자님의 시선이 오늘 부로 더 높은 곳을 향할 수 있게 우리가 도울 것입니다. 교주님이 기적을 행하실 겁니다! 모두 두 눈을 똑바로 뜨고 봐주십시오!"

우렁찬 박수와 함성이 집회장을 가득 메웠다. 눈만 내놓은 채 붉은색 천으로 전신을 감싼 찬은 휠체어 위에 앉아 있는 선택받은 자를 바라봤다. 공사장 추락 사고로 하반신이 마비된 40대 남자였다. 한승목이 뒤에서 찬의 목을 틀어잡고 속삭였다.

"동생 얼굴 계속 보고 싶으면 일으켜 세워."

목덜미에 소름이 돋았다. 동생이란 말에 찬의 시선이 흔들렸다. 찬에게 란은 자신이 끝까지 지켜내야 할 이 세상의 유일한 생명체였다. 곧바로 의식이 시작되었다. 한승목이 눈을 까뒤집으며 기적을 행하는 자를 연기했다. 충분히 우스꽝스러운 장면이건만 그것을 보는 사람들의 모습은 더없이 진지했다. 집회장은 점점 달아올랐다. 찬은 다가가 선택받은 자의 손을 잡았다. 그러곤 눈을 감았다.

다시 눈을 뜸과 동시에 찬은 바닥으로 고꾸라졌다. 허리 아래로 감각이 사라졌다. 주저앉아 위를 바라봤다. 대리석 단상 위에는 자신의 두 발로 직접 일어난 앉은뱅이가 교주 앞에서 눈물을 흘리며 무릎을 꿇었다. 집회장에 탄성과 박수, 그리고 신자들이 흘리는 감동의 눈물이 넘쳐흘렀다. 교주를 향한 존경과 신앙심이 폭주했다.

그 많은 신자들 중 누구 하나 찬에게는 관심을 기울이지 않았다. 한승목이 신자들의 찬사와 눈물에 겸손하게 답하며 기적의 연설을 읽는 사이에 주저앉아 바닥을 더듬던 찬을 한승태가 집회장 밖으로 질질 끌고 나갔다. 예복이 목을 졸라 숨이 막혔지만 팔을 휘젓는 것 말고는 할 수 있는 것이 없었다. 찬은 바닥에 쓸리는 자신의 다리에 피가 맺히는 것을 보았다. 그러나 아무런 감각도 느껴지지 않았다. 그제야 찬은 다리를 잃었다는 사실을 실감했다. 참고 있었던 눈물이 흘러내렸다. 그를 낡은 트럭 뒷좌석에 처박은 한승태가 웃으며 말했다.

"질질 짜기는. 다리는 돌려줄 테니까 그만 처울어. 가는 김에 겸사겸사 동생 얼굴도 보고."

어떻게 다리를 돌려준다는 거지? 찬이 다시 두 다리로 땅을 밟으려면 다른 누군가는 앉은뱅이가 되어야 했다. 자신은 옮기는 자일 뿐 사람들이 바라보는 교주처럼 기적을 부리는 자가 아니다. 찬은 입술을 깨물었다. 초조할 때마다 나오는 습관이었다. 딱지가 진 지 얼마 되지 않은 입술의 상처가 다시 터졌다. 입 안에서 비릿한 피 맛이 났다. 운전대를 잡은 한승태가 실실 웃었다. 예감이 좋지 않았다.

낡은 트럭이 밤길을 달려 도착한 곳은 해변의 한구석에 자리한 횟집 건물이었다. 한승태가 인신매매 조직에서 잡일을 할 때 만난 지인에게 헐값에 사들인 것이었다.

해수욕장이라고 부르기도 민망할 만큼 작은 해변은 사람들이 버리고 떠난 쓰레기로 가득했다. 매년 찾아오는 사람들이 점점 줄어가는, 아무리 좋게 말해도 아름답다고는 볼 수 없는 바다였다. 한승태는 걷지 못하는 찬을 가뿐하게 어깨에 둘러메고 건물 안으로 들어갔다.

아직 정리가 되지 않은 가게의 잔재들이 널브러져 있었다. 왠지 모를 불길한 기분에 찬은 그다지 위협적이지 않은 발악을 했다. 그 반항이 한승태에게 어떠한 영향도 끼치지 못했음은 물론이다.

한승태는 건물의 주방으로 향했다. 주방 싱크대 옆의 묵직한 냉장고를 밀어내자 철판 뒤로 작은 문이 나타났다. 한승태는 주머니에서 열쇠를 꺼내 굳게 걸려 있는 자물쇠를 따고 문을 열었다. 그리고 한승태의 어깨에 얹힌 채 찬은 철제 계단의 삐걱거리는 소리와 함께 어둠 속으로 빨려 들어갔다.

5

불이 켜지자 찬의 눈에 수건으로 입이 틀어막힌 채 밧줄로 묶여 있는 남자아이가 보였다. 울다 지친 듯한 아이는 찬보다 두세 살은 어려 보였다. 누구지? 왜 여기서 울고 있었던 거지? 아이는 더 이상 울 힘도 없는 듯했다. 한승태는 입꼬리를 비틀어 웃으며 찬에게 뭐라고 말했다. 찬은 그 소리가 들리지 않았다. 아니, 말하는 소리를 분명히 들었지만 무슨 뜻인지 전혀 이해가 되지 않았다. 알아듣고 싶지 않았던 것이다.

"네 다리를 쟤한테 옮기라니까."

찬은 혼이 빠져나간 듯한 멍한 표정으로 한승태를 바라보았다. 그는 험악하게 얼굴을 구기며 이내 짜증을 냈다.

"너도 평생 다리병신으로 살고 싶진 않잖아? 우리 입장에서야 이제 네가 도망 같은 거 갈 생각도 못 할 테니 지금 상태가 더 편하다고. 그런데 명색이 교주 아들이 장애를 가지고 있으면 신자들이 이상하게 생각하지 않겠어?"

한승태가 눈앞의 아이에게 다가갔다. 손가락으로 작은 머리통을 툭툭 내리치며 말했다.

"그래서 이렇게 너 대신 다리병신 시킬 애새끼도 구해다 놨잖아. 이참에 네 몸에 있는 상처들 다 이 애새끼한테 옮기라고. 그래야 너도 좀 멀쩡해지지. 말귀 못 알아들어? 네가 멀쩡해야 우리도 이 짓 오래오래 해먹고 돈도 벌 거 아니야!"

찬은 눈앞의 아이로부터 컨테이너에서 처음 오두막으로 끌려갈 때의 자신들을 떠올렸다. 소년의 퉁퉁 부은 눈은 너무 많이 울어 잘 떠지지도 않는 상태였고 틀어막힌 입에서는 간헐적으로 엄마를 찾는 소리가 나왔다. 나보다도 어린 이 아이의 다리를 빼앗으라고? 한승태는 소년을 사람으로 보고 있지 않았다. 애초에 본인이 짐승만도 못한 존재이니 타인을 제대로 된 사람으로 볼 수 없는 것인지도 몰랐다. 옆에서 실실거리고 있는 그가 역겨웠다. 찬은 한승태를 똑바로 바라보며 고개를 저었다. 실실 웃던 한승태가 야차 같은 표정을 지었다.

성큼성큼 다가온 놈이 찬의 뺨을 후려쳤다. 의자 위에 있던 찬이 바닥으로 굴러떨어졌다. 입 안이 찢겨 피가 흘렀다. 그리고 언제나처럼 폭력이 쏟아지기 시작했다. 도망칠 다리도 없는 찬을 한승태는 벽 구석으로 밀어 넣고 발길질을 퍼부어댔다. 묶인 아이는 눈앞에서 펼쳐지는 무자비한 광경에 숨이 넘어갈 듯 끅끅거리며 울었다. 찬은 고통을 피하기 위해 움직일 수 있는 상체만을 최대한 둥글게 말았다.

곧 일방적으로 쏟아내는 발길질에 스스로 지친 한승태가 행동을 멈추고 숨을 골랐다. 하지만 광기가 서린 눈빛만은 아직 희번덕거리는 채였다.

"이렇게 나온단 거지. 괴물 새끼가."

한승태가 찬에게 침을 뱉었다. 찬도 똑같이 해주고 싶었지만 그럴 힘이 남아 있지 않았다. 혼자 분을 참지 못해 씩씩거리던 놈이 미심쩍은 표정을 지으며 계단을 올랐다.

다리가 괜찮았다면 이 틈에 아이와 함께 도망갈 수 있었을 텐데. 아니, 도망갈 수 있었을까? 찬은 란과의 탈주에 실패했던 그날을 떠올렸다. 그의 머리에 위험한 무언가가 스쳤다. 란? 란은 지금 어디에 있지? 분명 한승태가 차 안에서 동생 이야기를 꺼냈다. 제발 아니기를 빌었다.

철제 계단이 삐걱거리는 소리와 함께 다시 나타난 한승태는 손목과 발목이 묶인 란의 머리를 팔로 휘감고 있었다. 란의 목에 시퍼런 칼끝이 아슬아슬하게 닿아 있었다. 찬의 심장이 쿵 소리와 함께 내려앉았다.

"즉사하면 옮기고 뭐고 다 소용없는 거 알지? 동생 살리고 싶으면 빨리 하라는 대로 해."

찬의 눈빛이 흔들렸다. 한승목 형제는 찬을 움직일 수 있는 방법을 너무도 잘 알고 있었다. 바로 란이었다. 찬은 어서 빨리 란과 아이 둘 다 상처 입히지 않을 방법을 찾아내야만 했다. 찬은 란의 목에 칼을 댄 한승태를 노려봤다. 그들 중에 다리를 잃어 마땅한 사람. 그 단 한 사람은 바로 한승태였다. 그가 다리를 잃으면 셋 다 도망칠 수 있다.

찬이 무슨 생각을 하는지 가늠해 보던 한승태가 눈을 가늘게 떴다. 손목을 움직여 란의 목에 얇게 칼을 그었다. 하얀 란의 목에 그어진 가는 선 위로 순식간에 핏방울이 맺혔다. 찬은 심장이 다시 철렁 내려앉았다.

"허튼 생각하지 마. 삐끗 잘못했다가 네 동생 목이 날아가는 수가 있어. 너도 다리병신 벗어나고 동생도 살리고 시발, 돈도 벌겠다는데 도대체 뭐가 문제야?"

한승태가 분통을 터트렸지만, 란의 표정은 막상 셋 중 가장 태연했다. 란은 애써 무심한 얼굴로 고개를 옅게 저었다. 하지만 찬은 그럴 수 없었다.

"하, 할게요! 옮길 테니까 앞으로 데려다줘요!"

"진즉에 그럴 것이지 말이야. 아무튼 맞아야 사람 말을 듣지."

한승태는 란을 아무렇게나 집어던졌다. 찬의 머리채를 잡아끌어 묶여 있는 아이의 맞은편에 앉혔다. 잡힌 머리채가 화끈거렸다.

본래는 한승태가 자신을 잡아끄는 사이 손을 잡아 그에게 다리의 장애를 옮길 계획이었다. 하지만 곧 그것은 불가능하다는 것을 알았다. 한승태가 주머니에서 수술용 장갑을 꺼내 꼈기 때문이다. 한승태는 처음 찬의 능력을 알고부터 자기 보호 하나는 철저한 인간이었다. 찬은 다시 초조하게 입술을 씹었다.

찬은 계획을 바꾸었다. 그렇다면 일단 하라는 대로 다리의 장애를 아이에게 옮긴다. 그리고 자신의 다리가 자유로워지면 한승태가 모든 게 끝났다고 방심해 장갑을 벗는 틈을 타 아이에게 옮겨간 장애를 놈에게 옮긴다. 1분. 단 1분만 맨손을 잡고 버틸 수 있다면 이 지긋지긋한 놈들로부터 탈출할 수 있다. 기회는 한 번뿐이다.

찬은 맞은편 아이의 손을 잡았다. 능력을 쓰자 자신의 다리에서 검은 기체가 스륵 빠져나와 주위를 맴돌았다. 그것은 곧 묶여 있는 아이에게로 스며들었다. 찬의 콧잔등에 식은땀이 맺혔다. 결국 저질

러버렸다. 의자에 묶인 아이는 아직 자신의 몸에 무슨 변화가 생겼는지 알지 못하는 것 같았다. 퉁퉁 부은 아이의 눈이 찬을 향했다. 어쩔 수 없음에도 죄책감이 들었다. 미안해. 조금만 있으면 원래대로 돌려줄게. 찬은 속으로 중얼거렸다.

곧, 힘을 주어 발가락을 움직여봤다. 감각이 돌아와 있었다. 이제 두 다리로 아무렇지 않게 일어설 수 있었다. 찬은 그 당연한 사실이 그렇게 감격적일 수 없었다.

하지만 중요한 것은 지금부터였다. 찬은 옆에서 아이의 다리를 쿡쿡 찌르는 한승태를 바라봤다. 장애가 옮겨갔다는 것을 확인한 한승태는 만족스러운 웃음을 지었다. 답답했던 수술용 장갑을 벗어 바닥에 집어던지며 거친 말을 씨부렁거렸다.

"이놈의 장갑은 답답하게 달라붙고 지랄이야."

지금이다. 의자에서 일어선 찬은 조용히 한승태에게 다가갔다. 방치된 놈의 맨손에 깍지를 끼어 잡았다. 다른 한 손으로는 아이의 손을 잡았다. 절대로 놓치지 않을 거야. 1분만, 1분이면 충분해.

어리둥절해하던 한승태가 곧 상황을 파악했는지 욕지거리를 내뱉었다. 손을 떼어내기 위해 팔을 이리저리 흔들었다. 찬의 몸도 함께 이리저리 흔들렸다. 찬은 한승태의 팔에 거의 전신을 파묻다시피 매달렸다. 다른 손으로는 아이를 잡고 있어야 했기에 힘이 부쳤다. 한승태가 질색을 하면서 팔을 휘저으며 구타했지만 찬은 그를 잡고 놓지 않았다. 팔에 모든 힘을 집중해야 했다. 몸이 흔들려 아이를 잡고 있는 팔이 비틀렸다. 가까스로 잡고 있던 한승태의 두 번째 손가락이 찬의 무게에 의해 두둑 소리를 내며 기괴하게 꺾였다. 놈이 비명을 질렀다.

"아아아악! 이 새끼가! 이거 안 놔!"

그래도 아직 잡고 있으니 되었어. 거의, 거의 다! 그러나 다음 순간, 찬의 머리에 둔탁한 충격이 전해졌다. 팽팽히 당겨진 실이 가위로 잘리듯 아이와의 접촉이 끊겼다. 그의 마른 손은 더 이상 어떠한 맨살도 닿아 있지 않았다. 몸이 차가운 시멘트 위로 무너지며 이마에서 피가 흘렀다. 마찬가지로 바닥에 널브러진 란이 보였다. 울고 있는 란이 더 없이 붉었다. 전에도 한번 이렇게 시야가 붉었던 적이 있었는데.

"좆될 뻔했네."

울리는 귓가에 손을 털어내는 한승태의 탁한 목소리가 들렸다. 그리고 찬은 정신을 잃었다. 가물가물한 시야에 피 묻은 나무 의자를 든 채 차가운 얼굴로 그를 내려다보는 한승목이 보였다. 찬의 두 번째 실패였다.


6


실패를 반복할 때마다 상황은 더더욱 나빠졌다. 지하실의 아이는 앉은뱅이인 채로 남았다. 찬은 자신이 아이를 그렇게 만들었다는 죄책감에 시달렸다. 란은 이따금 한승태가 개밥 같은 걸 들고 폐건물에 다녀오겠다고 할 때마다 아직 아이가 죽지 않았다고 짐작할 뿐이었다.

한승목은 마치 보상이라는 듯이 찬과 란이 머무는 오두막을 신식으로 바꾸었다. 방 안에 수세식 화장실을 두고 벽지를 새로 발랐다. 자신들이 쓰던 낡은 텔레비전을 방에 놔주기도 했다. 그러고는 온갖 생색이란 생색은 다 냈는데, 찬과 란에게서 원하는 반응이 나오지 않으면 또 손을 올리는 시늉을 했다. 그러나 곧 찬의 몰골을 보고는 욕을 내뱉으며 돌아서곤 했다.

그즈음 찬은 이미 육체적, 정신적으로도 멀쩡한 사람의 몰골이 아니었다. 그는 천령교에서 한 달에 한 번 정기적으로 있던 축복의식 외에도 수시로 고통을, 병을, 상처를 옮겨야 했다. 기적에 대한 소문이 돌고 돌아 전국에서 불치병을 지닌 이들이 찾아왔다. 개중엔 소위 말하는 높으신 분들도 있었다.

한승목 형제가 거래를 한 것은 그 수많은 이들 중 돈과 권력, 둘 중 하나 혹은 둘을 모두 가진 자들이었다. 예를 들면 시한부 판정을 받은 재벌, 갑작스런 뇌졸중으로 하반신 마비가 된 국회의원, 사고로 얼굴에 지울 수 없는 화상을 입은 연예인 따위였다. 하나같이 죽거나 무언가를 포기하기에는 아쉬울 게 너무도 많은 이들이었다. 이 세상에 쥐고 있는 게 너무 많아 절대 그냥 두고 갈 수 없는 이들. 하나 죽음과 질병이라는 자연 앞에서는 모든 게 부질없었으므로 그들은 어떻게 해서든 건강해지기를 원했다. 재산의 일부로 새 삶을 사들이는 건 꽤나 저렴한 거래였다.

찬이라는 황금 알을 낳는 거위를 가진 한승목 형제가 거래를 받아들이지 않을 이유는 없었다. 돈은 돈을 낳는다. 그들은 찬이 제 살을 깎아먹는 노동으로 얻은 부 앞에서 오만했으며, 곧 거머쥐게 될 그보다 더 큰 부를 꿈꾸었다. 하지만 한 가지 문제가 있었다. 바로 찬의 몸은 단 하나뿐이라는 사실. 고통은 타인에게 옮겨질 뿐 줄거나 커지거나 사라지지 않는다. 본래의 모습 그대로 살을 파먹는 숙주를 바꿀 뿐이다.

어느 날 교회로 낯선 손님이 찾아왔다. 한 올의 머리카락도 남기지 않고 깔끔하게 넘긴 메마르고 창백한 인상의 그 남자는 칠흑처럼 검은 양복을 입고 있었다. 낯설지만 동시에 낯익은 듯한 모순적인 느낌은 그가 텔레비전 같은 데서 자주 볼 수 있었던 인물이었기 때문이다. 그는 서민정책을 내세우고 과거 해외봉사기관의 간부 경력을 기반으로 꽤 넓은 지지층을 두고 있는 젊은 국회의원이었다. 물론 당시 그들은 단순히 유명한 사람이 찾아왔구나, 할 뿐이었지만 시간이 흐른 뒤 그때를 기억하며 란은 코웃음을 쳤다.

한승목은 그가 올 것을 이미 알고 있었다는 듯이 정중하게 손님을 모셨다. 방구석에서 그를 훔쳐보던 찬과 란을 의원이 밖으로 나오게 했다.

"누가 찬이냐, 고놈 참 잘생겼네."

의원이 머리를 쓰다듬었다. 란은 그때까지만 해도 그가 좋은 사람이라고 생각했다. 그렇게 친절하고 다정한 목소리는 들어본 적이 없었다. 어쩌면 이 지옥에서 그가 자신들을 구해 줄지도 모른다. 한승목이나 한승태와는 다른 사람일 것이다. 그는 유명하고 텔레비전에도 많이 나오는 사람이니까. 그랬던 란의 기대는 곧 산산조각이 났다. 다 똑같은 괴물이었다.

한승목은 찬과 란을 차에 태웠다. 그동안 꽤나 돈을 모은 한승태는 낡아빠진 트럭을 버리고 새 차를 뽑았다. 매끈한 은색의 승용차가 바다에 반사된 햇빛을 받으며 도로를 달렸다. 이전의 트럭처럼 덜컹거리지 않는데도 란은 멀미를 할 것 같았다. 의원은 그들과 일정한 거리를 둔 채 광이 나는 검은 차를 타고 따라왔다. 20분가량을 달려 그들이 내린 곳은 전의 그 횟집 건물이었다. 그제야 찬과 란은 자신들에게 좋지 않은 일이 일어나리란 것을 직감했다. 바다 비린내가 코에 훅 끼쳤다.

한승목은 횟집 테이블을 가운데 두고 의원과 찬을 마주보게 앉혔다. 한승태가 손가락으로 열쇠 뭉치를 빙빙 돌리며 콧노래를 불렀다. 흥분을 감추지 못하는 걸음으로 지하실로 향했다. 한승목은 어디선가에서 밧줄을 꺼내어 나타났다. 그러고는 찬을 두 손만 빼놓은 채로 의자 등받이에 둘둘 묶기 시작했다. 란이 뭐 하는 거냐며 달려들었지만 곧 등 뒤에서 나타난 한승태에 의해 바닥에 패대기쳐졌다. 이미 찬의 입에는 재갈까지 물려진 후였다. 다시 란을 향한 구타가 시작되었고 의자에 묶인 찬은 몸을 떨며 맞은편을 바라봤다.

그 와중에 오직 검은 양복의 의원만이 고상하고 여유롭게 녹차를 홀짝였다. 란이 온몸으로 발길질을 버텨내는 와중에 보이는 의원의 느긋함이 찬은 역겨웠다. 구타를 멈춘 한승태는 한쪽 어깨에 둘러메고 있던 것을 찬 옆에 던지듯이 내려놓았다. 포대 자루에서 나온 것은 정신을 잃은 앉은뱅이 아이였다. 의원이 물었다.

"이게 그릇인가?"

"그렇답니다. 의원님의 병마를 이놈이 다 받아낼 겁니다."

한승목은 자신만만하게 웃었다. 의원은 이리저리 눈알을 굴려가며 아이를 훑더니 탐탁지 않은 표정을 지었다.

"꼴이 이래서 버틸 수는 있나?"

"걱정 마십시오. 설령 못 버티더라도 널리고 널린 게 거리의 아이들 아니겠습니까."

"그렇기야 하지."

"뒤처리만 잘 부탁드리겠습니다."

찬과 란의 눈이 커졌다. 정상적으로 받아들이기 힘든 대화들이 오갔다. 지난번 보았을 때도 그리 좋은 상태는 아니었던 아이는 그때와 비교도 할 수 없을 정도로 앙상하게 메말라 있었다. 죽지 않고 살아 있는 게 신기할 지경이었다. 한승목은 근처에 널브러진 의자 하나를 끌어와 아이를 들어 그 위에 앉혔다. 그러곤 고개를 돌려 찬의 눈을 바라보며 말했다.

"손님이 가진 병을 전부 이쪽으로 옮겨라."

손님은 분명 지금 찬의 맞은편에서 고상한 척 차를 홀짝이는 의원일 것이다. 그리고 한승목의 손가락이 가리키는 방향에는 정신을 잃은 아이가 있었다. 찬은 고개를 저었다. 입에 물린 수건 때문에 밖으로 나오지 못하는 울음이 건물 안에 뭉개져서 맴돌았다.

"이번에도 넌 할 수밖에 없어."

한승목이 찬의 고개를 돌리며 소름 끼치게 웃었다. 한승태가 란의 양손을 붙든 채로 뺨에 칼을 들이댔다. 칼끝은 이미 란의 살갗에 얇게 꿰어 있었다. 란의 얼굴에서 가늘지만 선명한 피가 흘렀다. 찬은 눈물범벅인 얼굴로 다시 한 번 간절하게 의원을 바라봤다. 녹차를 마시던 그와 눈이 마주쳤다. 의원은 고개를 돌려 붙들린 란을 슬쩍 바라봤지만 태연하게 계속 차를 음미했다. 한승태가 킬킬거렸고 한승목이 입을 열었다.

"전에도 한번 이런 적이 있었지 아마? 처음에 너희 형제를 떠맡았을 때는 왜 하나도 아니고 둘인가 짜증났었는데 이제 와서 보니 오히려 잘되었지 뭐야. 우리가 왜 쓸모없는 네 동생을 데리고 있는 거라고 생각하느냐?"

한승목이 찬의 머리를 쓰다듬으며 그의 귀에 대고 속삭였다. 그러고는 찬의 목덜미를 쥐고 인질인 란의 눈을 피할 수 없게 만들었다.

"다 널 위해서야. 그러니 너도 그 보답을 해야지. 그냥 옮기기만 하면 되는 거잖니? 시키는 대로 하지 않으면 동생이 어떻게 될지는 네 상상에 맡기마."

약을 먹인 것인지 의식이 없는 아이는 언뜻 보면 이미 시체 같았다. 아이의 상태는 어린 찬이 보기에도 만신창이였다. 그런 몸에 얼마나 위독할지 모를 남자의 병을 옮긴다면 아이는 죽을 수도 있다.

찬은 붙잡힌 동생을 바라봤다. 한승태가 칼을 움직여 란의 뺨을 길게 그어 내리려는 순간이었다. 찬은 아이의 차가운 손과 의원의 굳은살 하나 박여 있지 않은 축축한 손을 붙잡을 수밖에 없었다. 문득 고개를 들어 바라본 의원의 얼굴은 곧 가지게 될 건강한 육체를 향한 기대에 찬 흥분으로 번들거렸다.

찬은 눈을 감았다. 침묵의 시간이 흘렀다. 다른 때보다 전달하는 시간이 무척 길었다. 남자의 몸에서는 검푸른 진흙 같은 형태의 병이 끝도 없이 나왔다. 숨이 턱 막히고 코에서 피가 흘렀다. 이런 적은 처음이었다. 능력의 과한 사용에 몸에 무리가 가는 듯했다.

찬은 슬쩍 눈을 떴다. 의식을 잃은 아이가 울컥하고 검붉은 핏덩이를 토했다. 옮기기만 하는 자신도 이렇게 힘이 드는데 아이는 버틸 수 있을까. 손을 떼고 이 모든 것을 그만하고 싶었다. 차라리 자신이 고통스러운 것이 나을 것이다. 찬은 아이를 바라보며 손에서 힘을 서서히 뺐다.

그 순간, 아이의 얼굴에 란이 겹쳐 보였다. 눈 안쪽에 시퍼런 칼날과 그의 접점에서 흐르는 동생의 선연한 피가 그려졌다. 찬에게 제일 중요한 것은 란이었다. 그만둘 수 없었다. 그는 입술을 깨물며 다시 아이의 손을 쥐었다.

이윽고 모든 전달이 끝나자 찬은 결국 정신을 잃고 고개를 떨어뜨렸다. 한승태가 붙잡고 있던 란을 바닥에 내팽개치는 소리가 들렸다. 칼날이 떨어져 나갔다는 사실에 안도할 뿐이었다. 일어나면 란의 얼굴에 그어진 상처를 없애줘야겠다. 찬은 눈을 감았다.

바닥에 내팽개쳐진 란은 묶인 팔다리를 꾸물거려 구석에 몸을 밀어 넣었다. 한승목 형제와 의원 사이에 비밀스런 대화만이 오갔다. 란은 오한이 드는 몸을 떨었지만 눈만은 부릅뜨고 그들을 주시했다. 한승태가 포대 자루에 피투성이가 된 아이를 집어넣었다.


7


찬과 란은 며칠 뒤 한승태가 켜놓은 텔레비전 9시 뉴스에서 그 의원을 다시 볼 수 있었다. 그제야 알게 된 의원의 이름은 박용석이었다. 그는 전과는 다르게 생기가 넘쳤고 얼굴에 윤기가 흘렀다. 고아원에 몇천만 원을 기부했다는 내용이었다. 밖에서는 한승목과 한승태의 대화 소리가 들려왔다.

"화면으로 보던 것보다 훨씬 새파랗게 젊더구먼. 역시 눈에 독기가 있는 게 예사롭지가 않아."

한승태가 또 낮술이라도 한 듯 정확하지 않은 발음으로 낄낄대며 말했다. 이야기를 주고받는 한승목은 어째서인지 기대감에 잔뜩 부푼 목소리였다.

"그분 눈에 들었으니 이제 우리도 팔자 폈어."

"형님! 팔자가 피긴. 전에 사람 장사 망했을 때 나 몰라라 손 뗀 게 바로 그 인간 아니오?"

"생각 좀 해봐라. 그러니까 팔자 폈다는 거야! 앞날이 창창한데 웬 놈의 독한 병을 얻어 심란한 시점에서 바로 지금 우리가 딱 눈에 띈

거 아니냐? 사람 장사 손 떼고 뒷돈 챙길 구멍도 없어졌는데, 좀 두고 봐라. 내 말이 틀린지."

한승목은 만면에 미소를 지은 채 술을 홀짝였다. 한승태도 들뜬 기분으로 술을 병째 들이켰다.

하루하루가 즐거운 그들과 대비되게 찬의 눈동자는 빛을 잃어갔다. 만신창이가 된 지하실의 아이는 그 뒤로 볼 수 없었다. 먹다 남은 음식물을 가지고 폐건물로 향하던 한승태는 그날을 기점으로 단한 번도 지하실을 찾지 않았다. 찬은 가끔 초점이 없는 눈으로 란에게 물었다.

"그애 어떻게 됐을까? 죽었을까?"

란은 한승태가 쓰레기 버리듯 아이를 포대 자루에 집어넣던 장면을 떠올렸다. 시멘트 바닥을 울리던 둔탁한 소리, 어깨에 포대 자루를 이고 뒷문으로 향하던 한승태, 구석에서 떨고 있는 자신을 향해 하얀 이를 드러내며 웃던 박용석…… 그때마다 란은 힘주어 대답했다.

"아니, 살아 있을 거야."

찬은 무표정하게 고개를 돌렸다. 아마도 찬을 망가뜨린 것은 죄책감이었을 것이다. 그는 매일 밤 악몽에 시달렸다. 꿈속에서 무엇을 보는지 알 수 없었지만 란은 식은땀을 흘리는 찬의 손을 잡고 속삭였다.

"형이 한 게 아니야."

란은 찬에게 그런 능력을 준 신을 원망했다. 할 수만 있다면 자신이 그 능력을 대신 갖게 되기를 기도하기도 했다. 제일 원망스러운 건 바로 찬으로 하여금 한 목사 형제가 시키는 대로 움직일 수밖에 없게 만드는 자신이었다. 자신만 아니면 찬은 진즉 혼자 도망쳤을 수도 있었을 것이다. 찬이 도망쳤다면 천령교는 지금만큼 커지지 않았을 테고, 애초에 그 아이도 포대 자루에 들어가지 않았을 것이다.

"형 잘못이 아냐. 내가 잘못된 거야."

그런 생각을 시작하자 란은 스스로가 끔찍하게 싫어졌다. 모두 자기 때문에 잘못됐다는 생각에 깊게 휩싸였다. 그것은 꼭 찬이 느끼는 죄책감을 함께 나눠가지는 기분이었다.

한번 선을 넘은 한승목 형제는 더욱 대범해졌다. 교회에 낯선 이들이 찾아오는 일이 잦아졌다. 박용석 의원처럼 텔레비전 같은 데에서 보았던 이들도 있었고 생전 처음 보는 이들도 있었다. 드라마에 나오는 이들도 있었고 뉴스에 나오는 이들도 있었다. 청년도 있었고 노인도 있었다. 간혹 겉보기에 멀쩡해 보이는 이들도 있었는데 몸 안이 썩은 경우였다. 그들에게서는 죽음에 한 발을 내디딘 자들의 악취가 풍겼다.

그들이 자주 찾아올수록 찬이 바닷가의 폐건물을 드나드는 일도 잦아졌다. 어느 순간부터 란은 함께하지 않았다. 한승목 형제가 매번 둘을 데리고 다닐 필요가 없을 정도로, 찬은 어느새 학습되어 있었다. 그리고 생각하기를 거부했다. 놈들이 하란 대로 하지 않으면 란이 위험하다는 사실 말고는 어떤 것도 생각하지 않았다. 그러지 않으면 버틸 수 없었다. 생각하면 할수록 자신이 죽게 만든 아이들에 대한 죄책감에서 벗어날 수 없었으니까. 매일 밤 꿈에서 자신을 바라보는 허연 얼굴이 늘어날수록 찬의 눈은 생기를 잃어갔다.


## 8


찬이 앙상해질수록 교회에 드나드는 손님들은 들어올 때와는 달리 건강한 모습으로 떠나갔다. 그들의 병마가 어디로 옮겨갔는지 란은 상상하지 않으려 했다. 그리고 그쯤부터 천령교에는 신자들의 푼돈과는 비교할 수 없을 정도로 후원금이 쏟아지기 시작했다. 돈의 출처는 뻔했지만 그것 역시 생각하지 않기로 했다. 생각한다고 달라지는 것은 없었고 찬과 란은 하루를 버티는 것만으로도 벅찼다.

란은 하루 종일 찬을 기다리는 것이 일상이었다. 한 목사 형제는 밖에서 문을 잠그고 나갔고 란은 가늠이 되지 않는 시간을 그 안에서 버텨야 했다. 분명 창살 사이로 햇빛이 들어오는데도 여전히 바닷가 컨테이너의 질척한 어둠 속에 있는 듯한 착각이 들었다. 이번엔 손을 잡아주는 찬도 없었다. 란은 처음으로 옆에 없는 찬이 원망스러웠다.

달그락거리는 소리와 함께 문이 열렸다.

"깨어나면 네가 알아서 먹어. 네 건 먼저 먹든지 같이 먹든지 알아서 해."

바닥에 팽개쳐진 찬의 팔목은 항상 묶인 자국으로 붉게 쓸려 있었고 옷에는 코피가 묻은 채였다. 꼭 죽은 것 같았다. 지금은 죽은 게 아니더라도 곧 죽을 것 같았다.

밖에서 다시 문이 잠기고 란은 찬이 깨지 않도록 최대한 조심스럽게 포장을 풀었다. 아무리 살살 풀어도 거슬리도록 바스락거리는 비닐 소리가 서러웠다. 지금 자신의 얼굴에서 눈물이 흐르는 이유는 분명 그 비닐 소리 탓일 것이다. 그렇게 생각하기로 했다. 찬이 깨지 않도록 숨을 죽였다. 그의 잠을 방해하고 싶지 않았다.


9


다음 날 아침, 란은 실수로 죽을 엎었다. 개밥에 가까웠던 형제의 식단은 전에 비해 좋아졌는데 전부 찬 때문이었다. 음식을 잘 넘기지 못하는 찬은 점점 메말라갔다. 때문에 한 목사는 고급 음식점의 영양죽을 매일 주문했다. 아침마다 자주색 오토바이에 빨간 헬멧을 쓴 남자가 죽을 배달했다. 그 식단은 최고급 육질을 유지하기 위해 도축할 소에게 먹이는 고급사료에 가까웠다. 한승목 형제에게 찬은 더 이상 없어서는 안 될 소중한 가축이었다.

이번엔 전복죽이었다. 란은 작은 좌식 테이블에 찬의 것을 곱게 꺼내놓고 가운데에 밑반찬으로 따라온 반찬을 두었다. 그리고 자신의 것을 꺼내 뚜껑을 열려는데 손이 미끄러지더니 죽통이 그대로 바닥에 쏟아졌다. 양반다리를 하고 있던 란의 허벅지와 바닥에 흐른 전복죽에서 모락모락 연기가 피어올랐다.

"악!"

"괜찮아?"

란보다 더 놀란 것은 찬이었다. 그는 토끼 눈을 하고 묻고는 정신 없이 수건에 차가운 물을 묻혀와 란의 허벅지에 묻은 죽을 닦았다. 한승목 형제의 폭력으로 맷집이야 워낙 단련된 란이었지만 화상은 또 다른 아픔이었다. 차가운 물로 씻어 내리기까지 했지만 뜨거운 죽이 닿았던 부위는 발갛게 부어올라 홧홧하고 쓰렸다. 손을 갖다 대자 그 부위에서 열이 느껴졌다.

찬이 란의 손을 잡았다. 란의 화상을 자신에게 옮기려는 것이었다. 갑자기 참기 힘들 정도로 가슴이 답답해진 란은 찬의 손길을 내쳤다. 꼭 목구멍을 스펀지로 막은 것처럼 속이 막혔다. 코까지 물이 찬 것 같았다. 찬이 무안해진 손을 숨겼다. 정적이 흘렀다. 그 와중에 물에 흘려보낸 죽이 아까웠다.

분위기를 바꿔보려는 듯 찬은 그의 것이었던 전복죽을 란에게 슬쩍 밀었다. 그러고는 망설이는 란을 보며 피식 웃으며 말했다.

"난 원래 이 죽 안 먹어. 넌 동생이면서 그것도 몰라?"

그 말에 란은 쭈뼛거리며 죽을 받아들었다. 이윽고 게걸스럽게 죽을 먹기 시작했다. 전복죽은 약간 쌉쌀한 맛이 났고 참기름 냄새가 향기로웠으며 이따금 쫄깃했다.

란은 자신이 전복죽을 처음 먹는다는 걸 깨달았다. 찬도 마찬가지였다. 그들은 항상 같은 걸 먹었다. 한 번도 먹어보지 않은 것을 두고 원래 먹지 않는다는 것은 말이 되지 않았다.

자신이 아니면 찬은 진즉에 한 목사 형제의 손에서 도망칠 수도 있었을 텐데. 자신만 아니면 지하실에서 아이에게 병을 옮기지 않아도 되고, 지금처럼 죄책감에 메말라가지도 않을 텐데. 어쩌면 오래전 찬과 함께 탈출을 시도하지 않았다면, 찬의 능력은 들통 나지 않았을 테지. 그렇다면 형은 지금처럼 이렇게 죽어가지 않을 텐데…….

전부 나 때문이야! 자신이 찬을 죽이고 있다는 생각이 들었다. 찬의 맹목적인 희생을 더는 견디기 힘들었다. 방관자일 수밖에 없는 자신이 끔찍하게 역겨웠다. 란은 입으로 쑤셔 넣던 플라스틱 숟가락을 내려놓았다.

"다 먹지 않고 왜?"

"형, 어떻게 한 번도 안 먹어본 게 원래 안 먹는 게 될 수 있어."

"란아, 그러지 말고 마저 먹어."

"나한테 이러지 마."

"뭘?"

"그냥 다! 나도 몰라. 다 짜증나고 싫다고!"

란은 충격을 받은 듯한 찬의 얼굴을 외면했다. 란은 일어나 포장 용기에 든 죽을 변기에 쏟았다. 먹었던 것이 다 올라올 것 같았다. 레버를 내리자 죽은 소용돌이 속으로 빨려 들어갔다. 빨려 들어가고 싶은 건 자신이었다.

방문이 열리며 우스꽝스러운 교주복을 입은 한승목이 들어왔다.

한 손에는 그날 외울 기도문을 든 채였다.

"오늘 축복의식 있는 날인 거 알지? 무슨 이상한 희귀병 있는 여자라는데 그 아버지가 아주 극성이어서 신자들도 다 알아. 이번 의식이 끝나면 멍청한 동생놈 때문에 시끌시끌하던 것도 좀 줄어들겠지. 끝난 뒤에는 귀한 손님도 오신다. 네가 할 일이 많아. 신경 써서 챙기고 나와."

찬은 느린 몸짓으로 일어났다. 그리고 의식 때마다 착용하는 붉은 예복을 입었다. 사스락거리는 소리가 났다. 본래는 도와주어야 했지만 란은 화장실에 서서 변기만 노려보고 있었다.

혼자 준비를 마친 찬이 방을 나가자 란은 자리에 주저앉았다. 문이 닫히기 전 찬의 시선을 느낄 수 있었지만 란은 뒤돌아보지 않았다. 형제는 그렇게 말이 없었다.


10


란은 좁은 방 안에 홀로 남자마자 후회했다. 찬에게 미안하다는 말을 전하기 위해 문을 밀었지만 역시 밖에서 잠근 상태였다. 문은 이제 그들이 다시 돌아올 때까지 열리지 않을 것이다.

그는 후회하고 또 후회했다. 찬이 돌아오면 그 말은 형을 향한 게 아니었다고, 자기 자신을 향한 것이었다고, 정말 미안하다고 말해 줄 것이다. 이기적인 자신에게 화가 났다. 그냥 아무것도 하지 않고 그러고 있을 수밖에 없는 것이 아니었다. 자신은 찬의 울타리 안에서 스스로 보호받길 자처하고 있었다. 그 안에서 아무것도 하지 않는 주제에 찬의 고통마저 외면했다.

란은 방 안을 깨끗이 치우고 찬에게 편지를 쓰기 위해 연필을 들었다. 하지만 학교 공부도 제대로 하지 못한 란이 이 복잡하고 미안한 감정을 문장으로 전하기란 쉬운 일이 아니었다. 결국 그는 쓰던 편지를 쓰레기통에 쑤셔박았다. 말로 어떻게 전할까? 10분에 한 번씩 시계를 바라봤다. 바늘이 굼떴다. 마음이 초조해지자 시간이 유난히 느리게 갔다. 그러다 잠이 들었다.

꿈에서 란은 깔끔한 글씨로 쓰인 편지와 어디서 났는지 모를 선물 상자를 찬에게 전하며 미안하다고 말했다. 찬이 웃으면서 선물과 편지를 받아들었다.

"괜찮아, 란아. 신경 쓰지 마. 넌 원래 나한테 신경 안 썼잖아."

"뭐라고 형?"

"그런데 이거 정말 네가 쓴 거야?"

"응. 내가 썼어. 정말 미안해 형."

"아. 그래?"

찬이 편지를 다시 란에게 건넸다. 란은 얼떨결에 다시 자기가 쓴 편지를 받아 바라보았다. 역겨워, 라는 말이 한 장 가득 빼곡히 채워져 있었다. 란은 놀라서 편지를 떨어뜨렸다.

"난 이런 거 쓴 적 없어!"

찬은 여전히 해맑게 웃으며 말했다.

"왜 떨어뜨리고 그래. 네가 쓴 편지인데."

찬이 이번엔 선물상자의 예쁘게 묶인 리본을 잡아당겨 풀었다. 상자 안에는 술병 조각이 박힌 눈알이 들어 있었다. 갑자기 시야가 붉어졌다. 란은 손으로 얼굴을 더듬었다. 왼쪽 눈알이 없었다. 텅 빈 왼쪽 눈에서 피가 흘렀다. 그는 비명을 질렀다. 남은 한쪽 눈으로 찬을 바라봤다. 찬은 여전히 웃고 있었다. 웃는 모습으로, 아이스크림이 녹듯이 녹아내렸다. 붉은 시야만이 남았다.


11


잠에서 깨니 해가 거의 지고 있었다. 노을빛이 들어와 방이 주황색으로 물들었다. 꿈에서의 붉은 광경이 떠올랐다. 란은 중얼거렸다. 형이 돌아오면 미안하다고 말해야지. 그리고 전에도 미안했고 그 전에도 미안했다고. 그리고 고맙다고 말해야지. 무엇보다 이 지옥 같은 곳에서 나가자고 말해야지.

마지막 탈출 시도는 3년 전인 열 살 때였다. 그동안은 한승목 형제의 협박과 폭력에 도망칠 생각을 하지 못했다. 하지만 3년 사이에 형의 밥까지 빼앗아 먹은 자신은 골격도 굵어졌고 키도 커졌다. 본래 체격이 그리 크지 않은 한승목 정도는 무기를 이용하면 어떻게 할 수 있을 것 같았다. 란은 방 안에서 무기로 쓸 만한 것들을 찾았지만 눈에 띄는 것이라고는 낡은 나무 옷걸이 정도밖에 없었다.

갑자기 방문의 자물쇠가 달그락거리는 소리가 들렸다. 벌써 도착한 건가? 오늘 손님은 간단한 병이었나? 몇 번의 마찰음 끝에 걸쇠가 풀리는 경쾌한 소리가 났다. 란은 문을 열자마자 찬을 껴안고 준비해 둔 말을 전할 생각으로 그 앞에 섰다. 문이 열렸다.

"형! 내가 아침에는 정말……."

찬이 아니었다. 광기를 띤 형형한 눈빛의 중년 남자였다. 낯이 익은데 어디서 봤지? 란이 타인을 마주할 장소는 한정적이었다. 곧 란은 천령교 집회장에서 보던 얼굴임을 기억해 냈다. 교주의 축복을 바라며 항상 맨 앞줄에서 미친 듯이 기도문을 외쳐대던 사내. 이 아저씨가 도대체 왜?

그런 생각이 드는 찰나 란의 목구멍을 타고 뜨거운 덩어리가 올라왔다. 검붉은 피가 울컥 토해지며 창백한 입가가 붉게 적셔졌다. 문앞의 사내는 소름이 끼치도록 비열하게 웃었다. 란은 그때서야 배에서 느껴지는 통증을 알아챘다. 피가 역류하는 입을 막고 시선을 내렸다. 자신의 복부에 식칼이 박혀 있었다.

바닥은 어느새 피로 물들어 갔다. 무릎이 풀썩 꺾였다. 피 웅덩이 위에서 꿈틀거리는 란을 바라보던 사내가 그 앞에 쭈그려 앉았다. 배에 박힌 칼을 잡아 이리저리 비틀어대며 입이 찢어지게 웃었다.

"난 다 알고 있다고. 어떻게 네놈들이 나한테 이럴 수 있어. 희귀병이건 앉은뱅이건 척척 고쳐줬잖아. 내가 많은 걸 바랐어? 우리 아들 좀 고쳐달라고! 내가 헌금도 얼마나 많이 내고, 기도도 열심히 했는데. 육시랄놈들."

실성한 사내의 얼굴은 기름기로 번들거렸다. 그가 피 묻은 손으로 란의 뺨을 쓸어내리자 붉은 손자국이 남았다. 란은 찢어지는 비명을 질렀다. 그러나 도우러 오는 이는 아무도 없었다. 오직 미치광이만이 란의 귀에 대고 속삭였다.

"그렇게 기도를 하고 돈을 갖다 바쳤어! 천령님이고 기적이고가 다 무슨 소용이야. 전부 돈에 눈 돌아간 사기꾼들인데. 창수가 그 차가운 곳에서 얼마나 원통했을까. 마지막까지 밥 한 끼 제대로 먹지도 못했는데……. 못난 아비를 둬서."

란을 보는 사내의 눈빛은 차가웠다.

"그러니까 너희도 똑같이 당해야 해. 그렇게 감싸고돌던 지 자식 놈이 뒤져야 정신을 차리겠지. 너는 그런 놈을 아비로 둔 것을 원망하라고."

미치광이는 웃는 것인지 우는 것인지 알 수 없는 얼굴이었다. 하지만 란은 그가 하나는 맞고 하나는 틀렸다는 것은 알았다. 그런 쓰레기와 한 집에서 산다는 것을 원망하는 것은 맞았다. 하지만 한 목사 형제가 자신의 죽음을 슬퍼하고 정신을 차릴 것이란 말은 틀렸다. 의식이 점점 희미해졌다. 남자는 가져온 휘발유통의 내용물을 온 방 안에 뿌리기 시작했다. 기름 냄새가 진동했다. 미치광이는 라이터를 꺼내어 불씨를 댕겼다.

순식간에 번진 불길은 모든 걸 잡아먹을 것처럼 활활 타올랐다. 란이 꾸었던 꿈속에서처럼 온 시야가 붉었다. 그 꿈이 말해 준 게 이

것일까? 형에게 미안하다는 말을 하지 못한 것이 가장 마음에 걸렸다. 역시 편지는 쓰지 않기를 잘했다. 어차피 불길에 재가 되어버렸을 테니.

자신이 죽으면 이제 형도 조금 자유로워질 수 있을까. 마지막으로 형의 얼굴이 보고 싶었다. 불길 너머로 자신의 이름을 부르는 소리를 들으며 란은 눈을 감았다.


12


천장은 온통 하얀색이었다. 규칙적인 물결무늬가 꼭 하늘을 나는 갈매기 같았다. 란은 상체를 일으켰다. 여긴 어디지? 몸이 찌뿌드드했지만 딱히 아픈 곳은 없었다.

손등에 꽂힌 주삿바늘과 분주하게 돌아다니는 흰 옷의 사람들을 보고서야 란은 그곳이 시내의 병원이란 것을 눈치 챘다. 뇌리에 지난 이미지들이 스쳤다. 아들을 잃은 남자. 자신의 배를 찌른 칼. 웅덩이가 질 정도로 흘러 나오던 검붉은 피. 활활 타오르던 불길. 그 안에서 살아난 건가? 아니면 모두 꿈이었나? 그럼 난 왜 병원에 있지?

실감이 나지 않아 신자에게 찔렸던 복부를 손으로 더듬었다. 어떤 고통도 느껴지지 않았다. 란은 문득 자신의 배가 너무 매끈하다는 것을 깨달았다. 그럴 리가 없는데? 환자복을 벗고 자신의 상체를 살펴봤다. 칼에 찔린 상처는커녕 그동안 쌓이고 쌓였던 흉과 멍들도 없었다. 도자기처럼 매끈한 몸이었다. 자신의 몸은 이렇지 않았다. 항상 상처투성이였는데…… 끔찍한 생각이 스치고 지나갔다. 그가 상상할 수 있는 최악의 상황이 그려졌다. 형은 어디에 있지?

침대에서 벌떡 일어나 복도로 나갔다. 돌아다니는 간호사들을 무작정 붙잡았다. 같이 실려 온 일행은 없냐고 물었지만 다들 잘 모른다고만 대답했다. 손이 덜덜 떨렸다. 란이 놓아주질 않자 그들은 담당 의사를 불러왔다. 란은 다짜고짜 의사의 팔을 붙잡고 똑같이 물었다.

"저랑 되게 비슷하게 생겼는데 키는 약간 더 작고요. 또 약간 더 말랐어요. 그런 사람 없어요?"

멀쩡한 안경을 고쳐 쓰는 의사의 행동이 곤란함을 나타냈다. 유감스럽다는 표정의 의사는 한참의 침묵 끝에 입을 열었다.

"놀라지 말고 들어요. 구급차를 타고 도착했을 땐 안타깝게도 이미 너무 늦은 상황이었어요. 전신의 화상은 그렇다 치더라도 일단 피를 너무 많이 흘렸고 환자 본래의 건강 상태도 너무 나빠서…… 우리도 최선을 다했지만……."

의사는 꼭 찬이 죽었다는 듯이 말하고 있었다. 믿을 수 없었다. 칼에 찔린 것은 자신인데 도대체 형이 왜!

혼란스러워하는 란의 등 뒤에서 누군가가 그의 어깨를 톡톡 쳤다. 당연히 찬이어야 했다. 이렇게 소심한 손짓으로 자신을 부르는 것은, 뒤돌았을 때 항상 그 자리에 있던 것은 늘 찬이었다. 형밖에 없었다.

"형?"

하지만 란의 등 뒤에 있는 사람은 찬이 아니라 험상궂은 인상의 형사들이었다. 그중 나이 든 형사 하나가 주머니에서 수첩을 꺼내 보였다.

"몇 가지 질문에 대답해 주겠니?"

란은 아무 말도 할 수 없었다.


13


찬을 죽게 한 신자는 이미 경찰에 붙잡힌 상태였다. 불이 났던 그 밤, 마을 근처에서 피 묻은 칼을 들고 춤을 추는 남자를 주민들이 신고했다.

남자는 사이비 종교의 열렬한 신자였으며 정신이 온전치 못했다. 그가 살던 반지하에서는 실종 상태였던 아들의 시신이 발견되었다. 며칠 전부터 썩은 내가 난다던 이웃 주민의 신고가 있던 곳이었다. 시신은 이미 반쯤 썩어 있었고, 땅속 어딘가에 한 번 묻혔다가 다시 꺼내진 모양새였다.

경찰은 그 역시 남자의 범행이라는 가정 하에 수사를 진행했다. 하지만 어린 시신의 사인은 '병사'였고 증거는 발견되지 않았으므로 가정은 한구석에 미뤄둘 수밖에 없었다. 아들의 죽음에 충격을 받은 남자가 묻었던 시신을 다시 꺼내 왔을 거라고 확정지었다.

체포 당시 남자의 몸엔 휘발유가 묻어 있었고 흉기와 피해자의 상처 역시 일치했다. 불탄 곳에서 마을까지 이어진 질퍽한 흙길에 나 있던 족적도 정확히 일치했다.

그러나 경찰들이 보기에 이상한 게 한 가지 있었는데, 그것은 흉기에 묻은 혈액이 죽은 찬의 것이 아니라 몸에 상처 하나 없는 란의 것이라는 점이었다. 하지만 다들 절차상의 어떤 오류로 생각했고 결국 그 사건은 정신 나간 사이비 신자의 우발적 살인과 방화로 수사가 종결되었다.

"형. 난 이제 어떻게 해야 해. 나 혼자 뭘 어떻게 하라고 먼저 가?"

눈앞에 살아 있을 때보다 훨씬 더 작아진 모습의 찬이 있다. 손바닥만 한 항아리 안에 한 줌의 가루가 되어 담겨 있다. 이제는 말을 걸어도 답하지 않는 형 앞에서 란은 손바닥을 쥐었다 펴며 멍하니 서 있었다.

란이 병원에서 정신을 차린 지 얼마 되지 않아서였다. 병원으로 그를 찾는 한 통의 전화가 왔다. 사고 뒤로 한 차례도 모습을 보이지 않던 한승목이었다.

"네 형 시신은 우리가 태웠다. 병원 뒤쪽 공원에 있는 납골당에 물으면 될 거다. 우리는 이제 이 도시를 뜰 거야. 아무런 증거도 없으니 경찰에게 허튼소리 해봤자 소용없어. 이제 네놈도 알아서 조용히 살아. 그렇게 우리한테서 도망가고 싶어 했잖아? 어차피 모든 걸 말해 봤자 그걸 믿는 이는 아무도 없을 테니."

한승목은 할 말만을 내뱉은 채 전화를 끊었다. 감당하기 힘든 허무함이 전신을 휘감았다. 어떤 물음이나 생각조차 할 수 없었다. 한승목의 말대로 찬의 장례식은 치러지지 않았다. 대신 그의 시신은 화장터에서 태워진 후, 뒷산 공원 안쪽의 납골당에 안치되었다. 아마 경찰과 사람들에게 알려진 죽음이 아니었다면 한 목사 형제는 결코 찬의 주검에 그렇게까지 신경을 쓰지 않았을 것이다. 그곳을 찾는 이는 란을 제외하고 아무도 없었다.

란은 담당 형사로부터 범인이 정신감정을 받고 감옥이 아닌 병원에 수감될 것이라는 소식을 들었다. 너무도 확실한 범인이 잡혔으므로 진술 과정에서 아무것도 기억나지 않는다는 말로 일관했던 란은 용의자가 아닌 목격자가 되었다. 란은 형사들에게 범인의 얼굴을 보면 기억이 날지도 모르겠다는 의견을 내비쳤고, 약간 주저하던 그들은 상부에 제출할 보고서의 오류를 줄이기 위해 이를 승낙했다.

범인을 만나기로 한 날에도 란은 찬의 납골당을 찾았다. 또다시 말을 걸어도 대답하지 않는 찬 앞에서 손바닥을 쥐었다 폈다. 그러다 문득 제대로 함께 찍은 사진 한 장조차 없다는 것을 깨달았다.

언젠가 집회가 끝나고 돌아가던 길이었다. 청소를 하던 그들을 신자로 착각한 늙은 여자신도가 기념사진을 찍자며 불러 세웠다. 란은 무시했지만 찬이 붙들려 거의 반강제로 찍힌 사진이 아이러니하게도 납골당의 한쪽 벽면을 차지하고 있었다. 사진 속의 찬은 미묘하게 웃는 얼굴이었다. 찬의 목소리가 듣고 싶었지만 사진은 목소리를 낼 수 없었다.

어느새 형사들과 약속한 시간이 다가오고 있었다. 납골당을 빠져나가는 길에 란은 작정을 하고 병원에 들렀다. 찌든 소독약 냄새에 머리가 아팠다. 약간 휘청거리며 걷는 그의 앞에서 복도를 뛰어가던 어린아이가 발이 꼬여 넘어졌다. 아이가 서럽게 울어댔다. 환자복을 입은 것으로 보아 입원한 아이인 것 같았다.

란은 아이에게 다가가 손을 내밀었다. 멀뚱멀뚱 그를 바라보던 아이가 그 손을 잡았다. 그러곤 일어나 옷을 탈탈 털었다.

"고마워요, 형!"

쩌렁쩌렁 외친 아이가 다시 총총 뛰어 그를 스쳐지나갔다. 뒤를 돌아보니 엄마로 보이는 여자에게 폭 안겨 있었다.

"애, 형한테 고맙다고 해야지."

"했어!"

그들을 바라보던 란은 아이를 일으켜 세운 자신의 손을 바라봤다. 손을 몇 번 쥐었다 폈다 하자 급격히 몸의 상태가 안 좋아졌다.

병원에서 의식을 차린 후, 칼에 찔린 상처가 없는 매끈한 자신의 배를 바라본 순간부터 알게 된 사실이 있다. 누가 가르쳐주지 않아도 몸으로 알 수 있었다. 찬이 죽기 전 자기 몸에 란의 상처를 가득 빨아들여 채우고, 대신 자신의 능력을 란에게 밀어냈음을.


14


란은 그길로 병원을 빠져나왔다. 그리고 범인을 미주할 서로 향했다. 전신에 아이가 가지고 있던 병마가 퍼져나갔다. 그 작고 어린 아이가 생각보다 큰 병을 앓았나 보다. 코에서 피가 줄줄 흘렀다. 란이 지나가는 궤적마다 핏물이 떨어졌다. 지나가던 사람들이 고개를 돌려 란을 바라봤다. 과거의 단편이 떠올랐다. 꼭 옆에 형이 있을 것 같았다. 자신이 아니라 형이 흘리는 피처럼 느껴졌다. 그는 계속해서 피가 흐르는 코를 틀어막고 걸었다. 형은 매일 이런 엿 같은 기분이었겠구나.

자신이 아이에게서 빼내온 이 병마는 곧 형을 죽인 남자의 몸에 퍼질 것이다. 자신은 이 병의 위험도 병명도 어떠한 정보도 모른다. 단순히 그곳에 있어서 가져온 것일 뿐이다. 범인이 그로 인해 죽을지 살지는 알 수 없다. 단순한 몸살감기일 수도 있고 목숨을 위협하는 중병일 수도 있다. 이제 모든 것은 그의 운에 달렸다. 찬이 죽고 란이 살고, 란이 죽고 찬이 살 수도 있었던 것처럼.

"안색이 안 좋은데?"

범인을 심문하던 나이 든 형사가 란에게 영양음료를 건넸다. 그다지 내키지는 않았지만 란은 음료를 받아들었다. 병마 때문인지 아니면 눈앞에 범인을 둔 긴장감 때문인지 심장이 터질 듯 두근거리고 전신에 식은땀이 흘렀다. 란은 음료의 뚜껑을 돌려 열었다. 음료에서는 생강 냄새가 났다. 입술이 바싹 말라 한 모금을 들이켰지만 금방 다시 메말랐다.

"형사님, 잠깐 이 사람과 둘이서 이야기해도 될까요?"

"원래 안 되는 건데……."

나이 든 형사는 안쓰러운 눈으로 란을 훑었다. 그러고는 한참 뜸을 들이다 결국 고개를 끄덕였다.

　란은 범인을 마주보고 앉았다. 이미 경찰들 사이의 모든 조사는 끝난 상태였다. 사내의 살벌한 눈빛은 이미 사라지고 금치산자의 흐리멍덩함만이 그곳에 남았다. 란을 마주한 범인은 교주의 죽은 아들이 살아 돌아온 줄 알고 경기를 일으켰다. 대부분의 신자들은 찬과 란을 같은 사람으로 착각했다. 란은 범인의 달달 떨리는 손을 잡고 테이블로 고개를 숙였다. 란의 하얗고 가는 손과는 대조적으로 범인의 손은 투박하고 검붉은빛이 돌았다.

　회색의 방 안에는 란과 범인 둘뿐이었다. 정면에는 건너편이 보이지 않는 검은 유리창이 보였다. 유리창 너머에 형사들이 있는지 없는지는 알 수 없었다. 입모양을 감추려고 고개를 숙인 란은 흡사 범인과 마주하여 괴로워하는 목격자처럼 보일 것이다. 란은 조그맣게 입을 열었다.

　"당신 아들은 돌아오지 않아. 교주와 그 동생 장로는 멀쩡히 살아 있고 벌을 받지도 않았어. 당신 예상은 완전히 틀렸어. 그들은 형의 죽음에 하나도 슬퍼하지 않았어. 그들은 사람이 아니라 짐승이거든. 당신은 실패한 거야. 우리 형이 아니라 그들을 죽였어야지."

　목이 턱 막혔다. 누군가 소리를 내지 못하게 목구멍에 돌을 채워 넣은 것 같았다. 눈 주위가 뜨거워지고 축축한 것이 고였다. 하지만 말을 멈추지는 않았다.

　"물론 그들이 못할 짓을 저지른 건 나도 슬퍼. 하지만 우리가 그런

게 아니잖아. 우리도 얼마나 괴로웠는데. 왜, 왜 형을 죽인 거야! 나한텐 찬 형밖에 없었는데…… 차라리 교주를 죽이지 그랬어."

란은 고개를 들고 흐릿한 눈빛을 한 채 우는 범인을 바라봤다.

"그러니까 나도…… 이렇게 할 수밖에 없잖아."

자신이 웃고 있는지 울고 있는지 알 수 없었다. 마치 그날 밤 자신의 배를 쑤시던 남자의 표정 같았다. 그리고 그제야 붉다 못해 보라색으로 변한 범인의 손을 놓았다. 남자의 눈은 이미 이 세상을 바라보고 있지 않았다.

란이 회색의 방을 나오자 형사들은 떠오르는 것이 있느냐고 물었다. 란은 범인이 형의 배를 찌르고 집에 휘발유를 뿌리던 장면이 기억난다고 말했다. 자신이 피를 보고 패닉에 빠진 사이 범인은 불을 붙이고 사라졌다는 것도 덧붙였다. 형사들은 증언이 늘어나서 좋다는 얼굴이었다. 이 정도면 되겠지. 이제 그만 쉬고 싶었다.

"피, 이거 코피 아냐?"

누군가 소리쳤다. 란은 손을 코로 가져갔다. 선홍색의 피가 묻어 나왔다. 음료를 건넸던 나이 든 형사가 주머니에서 휴대용 티슈를 꺼내 주었다. 란은 코를 막고 속이 안 좋다며 자리를 피했다. 모두들 괜찮으냐고 물었지만 그를 따라오는 이는 한 명도 없었다. 오히려 그 편이 란도 편했다.

이제는 상처 하나 남지 않은 배가 아려오는 듯했다. 속이 메슥거려 화장실 변기에 얼굴을 처박았지만 먹은 것이 없었기에 생강향이 나는 위액 말고는 아무것도 올라오지 않았다. 란은 변기에 기대고 앉아 가만히 자신의 손을 응시했다.

그리고 보름 후, 정신병원에서 치료를 받던 남자가 갑작스런 심장 발작으로 사망했다는 소식이 들려왔다.


15


범인이 죽었다는 소식을 듣고 나서, 란은 그동안 자신이 찬에게 받은 능력을 의심했음을 알았다. 그러나 이제 애써 외면하던 사실이 란의 얼굴을 부여잡고 눈을 마주해 왔다. 피할 수 없다. 자신이 저지른 일이다. 이 손으로 그의 몸에 병을 주입한 것이다. 심장이 두근거리고 손끝에서 경련이 멈추지 않았다. 초조해서 시선을 한곳에 두는 게 힘들었다.

란은 아무 버스에나 올라탔다. 그리고 종점까지 그대로 있었다. 내리고 나서도 한참을 걸었다. 어느 순간 눈앞에 숲이 나타났다. 숲길을 정처 없이 걸었다. 억센 나뭇가지와 거친 풀들이 몸을 덮쳤다. 그럼에도 그는 걸었다.

이 능력의 정체는 뭘까. 단순히 옮기기만 하는 능력이 무슨 소용일까. 죽음과 고통의 대상자를 바꾸는 일밖에 하지 못한다. 물은 높은 곳에서 낮은 곳으로 흐른다. 모든 물체는 위에서 아래로 떨어진다. 마찬가지다. 고통 역시 위에서 아래로 떨어질 것이다. 삶의 밑바닥에서 질퍽하게 그 크기를 넓힐 뿐이다. 능력은 분명 악용된다. 이미 자신도 그것을 겪지 않았던가.

거대한 부담감이 그의 어깨에 올라탔다. 공포, 두려움, 책임감 따위의 감정들이 함께 줄줄이 따라왔다. 갓난아기처럼 매달려 떨어지지 않았다. 어느새 해가 지고 있었다. 숲이 검어진다. 다시 어둠이다. 여전히 컨테이너 안에 갇혀 있는 것 같다. 바다의 비린내가 난다. 검은 숲 안에서 희끄무레하게 빛나는 자신의 양손을 바라봤다. 차라리 잘라버리고 싶었다.

숲에 완전한 어둠이 내렸다. 사방이 어디인지 분간도 되지 않는 길을 란은 걸었다. 그대로 어둠에 묻혀버리면 좋으리라. 저 멀리서 산짐승의 울음소리가 들려왔다. 한없이 걷다 보니, 익숙한 넓은 공터가 나타났다. 폐허가 된 천령교의 뒤뜰이었다. 돌고 돌아서 결국 이곳으로 돌아온 스스로가 우스웠다. 까맣게 타버린 집채가 눈앞에 있었다. 란은 무엇에 홀린 듯이 그 앞으로 다가갔다. 떨어져 나간 문틀을 만지자 검은 재가 묻어났다.

손에 닿는 모든 것을 손으로 쓸었다. 까만 벽, 까만 바닥, 까만 창틀, 어느새 그의 손은 온통 재투성이가 되었다. 바지에 손을 닦았지만 이미 물든 어둠은 손에서 사라지지 않았다. 찬의 얼굴이 아른거렸다. 드물게 웃는 표정이었다.

밖으로 나오자 교회가 보였다. 란의 기억과는 꽤 다른 모습이었다. 신자들의 피땀 어린 헌금으로 치장했던 화려함은 온데간데없이 빛을 잃고 황량한 모습으로 그곳에 있었다.

깨지고 부서진 것들 속에 신자들이 축복 아닌 축복을 받던 하얀 대리석만이 멀쩡히 남아 있었다. 란은 여러 손길에 닳아 반질반질해진 그것을 손으로 쓸었다. 얼음처럼 차가웠다. 그 앞은 항상 찬이 무릎 꿇고 앉던 자리였다. 란은 그 자리에 웅크리고 앉아 눈만 내놓은 채 고개를 무릎에 파묻었다.

저 멀리 이쪽으로 다가오는 앙상한 흰 발이 보였다. 고개를 들어 얼굴을 확인했다. 그리운 얼굴이었다. 형. 여기 있었네. 란이 중얼거렸다.

"형, 내가 복수해 줄까?"

찬이 입을 우물거렸다. 그러나 아무 말도 들리지 않는다. 란이 다시 물었다.

"복수해 줘?"

찬은 여전히 입을 꾹 다문 채 하얀 얼굴로 그곳에 있었다. 란은 까무룩 잠이 들었다.


16


"학생, 학생!"

웅크려 잠든 란을 누군가 흔들어 깨웠다. 무거운 눈꺼풀을 가까스로 들어 올리자 교회의 깨진 스테인드글라스 사이로 햇살이 비치고 있었다. 눈이 부셔 얼굴을 찌푸렸다. 꿈인지 현실인지 몽롱했다. 분명 형을 봤는데? 목소리도 들었다. 란은 벌떡 일어나 주위를 두리번거렸지만 보이는 것은 삭막한 교회의 풍경뿐이었다.

"왜 이런 곳에서 자고 있어?"

란을 깨운 것은 촌스러운 줄무늬 양복의 중년 남자였다. 사내는 무언가를 바리바리 싸들고 온 채였다. 란은 기억이 날 듯 말 듯 한 얼굴을 쳐다봤다. 찬이 마지막으로 맡았던 의식에서 병을 옮겨준 여자의 아버지였다. 병원에서도 손을 놓은 희귀병이었다고 했나. 전 재산을 한승목 형제에게 바쳐놓고도 딸을 살려주었다는 사실 하나에 기쁨의 눈물을 흘리며 감사했겠지. 그 대신 애꿎은 생명 하나가 사라진 것도 모르고. 란은 속이 뒤틀리는 것 같았다.

"그런데 학생, 여기 신자였지? 교회 꼴이 왜 이래?"

란은 일부러 퉁명스럽게 대답했다.

"교주가 신자들 돈 들고 날랐어요. 천령교는 이제 없는 거예요."

줄무늬 양복의 사내가 란을 빤히 바라봤다. 그가 들고 있던 갖가지 선물 꾸러미들이 교회 바닥에 먼지를 일으키며 떨어졌다.

"그게 무슨 소리야! 천령님이 도망을 가다니! 어째서, 왜!"

"몰라요. 애초에 사이비였잖아요! 다들 이제 여기 올 필요 없어요. 돌아가세요."

사내가 허망한 표정을 지었다. 흙먼지가 가득한 바닥에 주저앉아 앓는 소리를 냈다. 견디기 힘들었다. 란은 더 이상 의미가 없어진 교회를 나가기 위해 입구로 향했다.

"학생!"

주저앉아 있던 사내가 뛰어와 란에게 챙겨온 꾸러미들을 냅다 안졌다.

"이거, 원래 축복 감사 선물로 가져온 건데 교회 꼴이 이러니……학생이 가져가."

그리고 나서 남자는 문 쪽으로 비틀거리며 걸어갔다. 란은 자신의 품에 안겨 있는 선물 세트들을 바라봤다. 홍삼원액, 한우 세트, 떡 따위의 것들. 온 몸에 힘이 쫙 빠져나갔다.

"아버지!"

교회 밖에서 사내를 부르는 소리가 들려왔다. 란보다 열 살 정도 나이가 많아 보이는 사내의 아들은 차에서 내려 의뭉스러운 표정으로 망가진 교회를 둘러보고 있었다. 키가 컸고 날카로운 눈매에 곧은 시선이었다. 어쩌다 눈이 마주치자 란은 먼저 고개를 돌렸다.

"응, 지금 간다."

차를 향해 가던 중년 남자가 란이 마음에 걸렸던지 뒤돌아보며 물었다.

"뭐 타고 왔니? 시내까지 태워다 줄까?"

"아뇨, 됐어요."

곧 중년 남자와 그 아들이 탄 차가 털털거리는 소리를 내며 산길을 내려갔다. 한우 세트와 홍삼을 든 란만이 홀로 교회의 마당에 서 있었다. 모든 것이 허망했다. 가죽과 뼈를 제외하고 내부를 채우고 있던 모든 것이 사라진 기분이었다. 란은 자신의 손을 바라봤다. 재가 묻은 손이 까맸다. 씻어도 지워질 것 같지 않았다.

17

란은 그 뒤로 모든 것을 혼자 해야 했다. 미성년이던 란은 지역의 보호센터로 보내져 열여덟 번째 생일 직전에 사회로 내보내졌다. 나와서 이런저런 아르바이트를 하며 고시원을 전전했다. 힘겹게 푼돈을 모은 후에야 지금의 옥탑방을 구할 수 있었다.

방을 구하고 란이 제일 먼저 한 것은 편지를 쓰는 일이었다. 보기 좋은 편지지를 사서 찬에게 보내는 편지를 썼다. 센터에 있는 사이에 중졸, 고졸 검정고시를 치렀기 때문에 원하는 만큼은 아니지만 과거보다는 마음에 드는 문장을 쓸 수 있었다. 끝내 하지 못했던 미안하고 고맙다는 말을 담았다. 편지지를 몇 번이나 구기고 다시 쓰기를 반복한 결과 드디어 편지가 완성되었다. 란은 찬이 안치되어 있는 납골당으로 향했다.

찬의 납골당 앞에 누군가가 서 있었다. 그곳에 자신 말고 누군가가 서 있던 적은 한 번도 없었다. 심장이 두근거렸다. 누구지? 한승태인가? 한승목? 둘 중 누구든 상관없었다. 꿈속에서 몇 번이나 죽였던 이들이었다. 란은 덜덜 떨리는 손으로 그의 어깨를 잡았다.

왜소한 체격의 남자가 깜짝 놀라며 뒤돌아보았다. 남자의 얼굴을 더듬어가던 란의 눈이 커졌다. 매일 아침 찬과 란이 먹을 죽을 가져오던 배달원이었다. 이 사람이 여길 왜?

"누구, 아, 동생! 이 아이 동생이 맞지?"

란을 알아본 남자가 꽤 반갑다는 말투로 말했다. 뜻밖의 등장에 당황한 란은 말없이 눈만 끔벅댔다. 란은 재킷 주머니에 든 편지를 꼭 쥐었다.

"어린것이 어쩌다 이렇게 되었나. 전에 죽 배달할 때도 못 먹어서 얼굴이 핼쑥하더니만……. 우리 딸도 살아 있었다면 딱 학생들 나이쯤이거든. 어렸을 때 폐렴으로 먼저 갔어."

남자가 가리킨 곳은 찬의 유골함이 있는 곳에서 얼마 떨어져 있지 않은 칸이었다. 투명한 유리 넘어로 세 살쯤 되는 아이의 사진이 보였다. 볼이 통통한 것이 사랑스러워 보였다.

폐렴이었구나. 착하고 힘없는 이들에 비해 악인들은 끈질기게도 건강했다. 란은 아침에 본 뉴스를 떠올렸다. 손님이었던 박용석이 국회에서 활동하는 모습이었다. 박용석은 반질반질한 얼굴로 가식적인 미소를 지으며 카메라 앞에서 절을 했다. 란은 그 절을 받지 않고 화면을 껐다.

"그런데 아이 쉬는 방이 왜 이렇게 허전해. 심심하지 않게 해줘야지. 뭐 이제 우리 현주랑 같이 놀면 되겠네."

남자가 자신의 아이가 있는 칸에 놓여 있던 꽃다발 중 한 송이를 빼내 찬의 칸에 놓았다. 찬의 칸에는 그 흔한 꽃송이 하나 없었다. 다른 칸에는 빼곡히 들어차 있는 그리움에 찬 쪽지나 생전 좋아했던 사탕 같은 것도 없었다. 아이의 방이 허전하다는 말이 무엇인지 란은 그제야 알 수 있었다.

눈가가 자꾸 뜨거워졌다. 울지 않으려는 린의 의지와는 상관없이 계속 뜨거운 게 흘렀다. 찬의 죽음 앞에서도 울지 않았던 란이었다.

자신의 울음이 형의 죽음을 인정하는 것이 될까 봐 이를 악물고 눈물을 참았다. 그런데 오늘, 남자의 말에 장벽이 무너지고 말았다. 란은 바닥에 주저앉아 흐느끼기 시작했다. 찬이 죽은 지 꼭 3년 만이었다. 결국 편지는 전하지 못했다.

납골당을 나왔을 때에는 이미 해가 지고 있었다. 그날 란은 남자와 함께 뼈해장국을 먹었다. 누군가와 함께 밥을 먹는 것은 센터에서 먹던 급식 뒤로 처음이었다. 음식이 맛있다고 느끼는 것 역시 찬이 죽은 뒤로 처음 있는 일이었다.

그날 꿈에 찬이 나타났다. 반가운 마음에 다가가려 하자 그는 매정한 손길로 란을 밀어냈다. 뜨거운 불길이 둘 사이를 가르고 찬의 몸이 녹기 시작했다. 어디선가 다른 아이들이 나타났다. 폐가의 지하실을 스쳐갔던 아이들이었다. 몸에 온갖 상처와 혹들을 지닌 채로 찬과 손을 잡았다. 둥글게 손을 맞잡고 강강술래를 하기 시작했다. 빙빙 돌더니 녹아내려 형체를 알 수 없는 덩어리가 되어 흘러내렸다. 그렇게 아무것도 남지 않았다.

그 뒤로 남자에게 종종 연락이 왔지만 란은 응답하지 않았다. 마음이 약해질 것 같았기 때문이다. 죄책감은 순간순간 혹은 불시에 찾아왔다. 자신은 방관자였다. 찬이 고통받은 시간 그리고 죽어간 아이들에 대한 대가를 치러야 했다. 그것이 자신이 죽지 않고 살아 있는 이유였다. 그래야 용서받을 수 있을 것 같았다.

매일 밤 찬과 희생당한 아이들이 나오는 꿈을 꿨다. 아이들은 얼굴이 없었다. 꿈에서도 란은 아무것도 벗어날 수 없었다. 아무것도 잊을 수 없었으며, 아무것도 이겨낼 수 없었다. 란은 자신이 아직 불길 속에 갇혀 있는 것 같았다. 이번에 찬은 없었다.

현실을 버티기 위한 방편으로 란은 일자리를 구하고 운동을 했다. 시급이나 조건을 크게 따지지 않고 얻은 자리는 빌라 근처 아파트 상가 지하의 이자카야였다. 사장 부부와 안면이 있던 란은 면접을 보러 간 날부터 일을 시작했다.

그리고 매일 달리기와 근력운동을 빼놓지 않았다. 나약함은 일종의 죄였다. 자신을 보호할 만한 충분한 완력이 필요했다.

종종 그런 생각도 들었다. 한승목 형제를 다시 만나면 버틸 수 있을까. 찬과 마찬가지로 란의 어린 시절 역시 폭력과 학대로 얼룩져 있었고, 때문에 몇 년의 세월이 지났지만 그에게 한 형제는 여전히 거대했다. 감당할 수 없이 포악한 공포의 존재였다.

다시는 볼일이 없을 줄 알았던 한승목이 란을 제 발로 찾아온 것은 찬이 죽은 지 정확히 10년째 되는 해였다.


18


이자카야에서 아르바이트를 하고 새벽 귀가를 하던 길이었다. 부랑자처럼 보이는 노인이 란의 앞을 막아섰다. 노인의 얼굴을 확인한 란은 뒷걸음쳤다.

"오랜만이다."

한승목이 누런 이를 드러내며 웃었다. 10년 만에 마주한 그는 생각보다 크지 않았다. 정수리는 란의 시선 아래에 있었으며 어깨는 굽어서 왜소했다. 10년이 지나는 동안 메마른 소년이던 란은 성인이 되었고 그만큼 한승목은 늙었다. 그런데 어찌 된 일인지 한승목은 10년이 아니라 20년은 더 늙어 보이는 몰골을 하고 있었다.

매일 밤 꿈속에서 자신을 괴롭혀대던 원흉의 하찮은 모습에 란은 허무하면서도 화가 났다. 공포심이 한 발 물러서자 그동안 억눌러왔던 분노가 폭발했다. 란은 앞으로 다가가 한승목의 멱살을 쥐었다.

"당신이 무슨 낯짝으로 나를 찾아와!"

"네가 지금 스물세 살인가 네 살인가? 이제 나에게 대들 수 있을 정도로 컸구나. 왜, 형의 복수로 나를 죽이기라도 하려고? 한번 해봐라. 하지만 이것만 알아둬. 죽이면 네 형이랑 똑같은 살인자가 되는 거야! 네 형이 그 많은 아이들을 죽게 한 것처럼 말이야!"

한승목이 핏대를 세우며 외쳤다. 란의 얼굴이 일그러졌다.

"닥쳐! 아이들을 죽인 건 형이 아니라 당신네들이겠지. 당신과 당신 동생과, 매번 찾아오던 그 인간들!"

"그래서 아무 잘못 없다고? 결국 병을 옮겨 아이들을 죽게 한 건 네 형이 한 짓이다. 그 사실은 바뀌지 않아. 네 형처럼 너도 날 죽여봐라! 어서!"

더는 참을 수 없던 란은 한승목의 얼굴에 주먹을 날렸다. 기분 나쁜 타격감이 전해졌다. 비틀거리던 한승목이 터진 입술 아래로 흐르는 피를 닦으며 몸을 전봇대에 기댔다. 그는 불쾌한 웃음을 지으며 바닥에 피 섞인 침을 뱉었다. 그러고는 가래 끓는 목소리로 말했다.

"란아, 우리 이러지 말고 다시 시작하자꾸나. 내가 다 알고 왔다."

"무슨 개소리야. 닥치고 꺼져. 진짜 내 손에 죽고 싶지 않으면 당장 꺼지라고!"

"언제까지 형의 그늘 아래서 죽은 듯이 살 거냐? 산 사람은 살아야지. 내가 한국에 들어오고 무슨 소리를 들었는지 말해 줄까? 그때 널 찌른 그놈이 잡히고 얼마 안 가서 희귀병으로 죽었다며?"

한승목은 구부정한 등을 떨며 킬킬 웃었다. 축 처진 눈두덩이 사이로 란을 바라보는 눈빛이 날카롭게 빛났다. 란의 전신에 오한이 들었다.

"그때는 우리가 곧바로 해외로 떠서 몰랐지. 나는 그게 우연이라고 생각하지 않아. 암, 우연일 리가 없지. 그건 누군가 일부러 병을 옮긴 거다. 콱 뒈져버리라고 옮긴 거야! 란아, 난 다 알고 왔어. 네 형의 그 능력, 너에게로 옮겨간 거지? 그렇지?"

한승목이 다리를 절며 다가와 뒷걸음질 치는 란의 어깨를 쥐었다. 란은 그의 마른 나뭇가지 같은 손이 닿자 옴짝달싹할 수가 없었다. 가까스로 내뱉는 말소리가 떨려 나왔다.

"말도 안 되는 소리 하지 마. 그건 우연이야. 형은 죽었고 이제 그 능력을 쓸 수 있는 사람은 아무도 없어."

한승목은 란의 말을 믿지 않았다. 웃음기 서린 그의 눈이 욕망으로 번들거렸다.

"그건 닥쳐보면 알겠지. 넌 능력을 쓸 수밖에 없을 거야. 네 형이 그랬듯이 말이야."

"무슨 개수작이야!"

"곧 반가운 분이 널 찾아갈 거다. 그럼 넌 얌전히 그 차를 타면
돼. 만약 거부하면 그다음 날 네 형이랑 비슷하게 생긴 어린애 시체
가 발견될 테니까."

한승목이 주머니에서 구겨진 사진 한 장을 꺼내 들이댔다.

"이게 뭐야?"

어두운 배경 때문에 잘 보이진 않았지만 그것은 분명 결박되어 철
창 안에 감금된 남자아이의 사진이었다. 사진의 한 구석에 표시되어
있는 날짜는 일주일 전이었다. 란의 얼굴이 순식간에 하얘졌다. 란
은 신고를 위해 급히 핸드폰을 꺼내들었다.

"경찰에 신고해도 마찬가지야. 이 아이는 죽어. 네가 차를 타지 않
거나 지금 신고를 해서 내가 경찰 조사를 받게 되면 내 동생이 이 아
이를 죽일 거야. 그래도 신고할 테냐? 넌 못 해. 넌 네 형이랑 똑같거
든. 지 한 목숨 부지하기 힘든 주제에 말이야."

한승목이 소용없다는 듯이 말했다. 란은 담벼락으로 그를 밀쳤
다. 멱살을 쥐고 흔들자 발끝이 들린 한승목이 캑캑거렸다.

"어차피 경찰은 우리를 못 잡는다. 우리 뒤엔 그분이 있거든!"

"역겨운 새끼. 도대체 왜!"

"다 잘 먹고살자고 하는 짓이다. 넌 내 부탁 하나만 들어주면 돼.
너도 기억하지? 맨 처음 우리와 거래를 하셨던 박용석 의원님. 그분
이 말이야, 암이 재발하셨다는구나."

란의 등줄기에 맺힌 식은땀이 결국 흘러내렸다. 멱살을 잡았던 양손에서 힘이 빠져나가고 두 다리가 후들거렸다. 눈앞의 한승목을 바라봤다. 악몽이 아니라 현실이었다.

"형에게 시켰던 짓을 나한테 지금 똑같이 시키는 거야?"

"네 형도 했는데 네가 못 할 이유가 없지! 성공만 하면 너한테도 충분히 보상하마. 모른 척하실 분이 아니잖아? 어차피 넌 할 수밖에 없어. 아이가 죽는 걸 바라진 않지, 그치?"

"병을 옮기면 아이는 죽어."

"그야 모르지. 그건 상대적인 거니까. 옮겨도 아이는 살 수 있을지 몰라. 하지만 옮기지 않으면 무조건 죽는다. 우리가 못 할 거 같나?"

그 반대였다. 란은 입술을 잘근잘근 짓씹었다. 놈들은 충분히 그러고도 남을 인간들이라는 것을 그는 너무도 잘 알았다. 한승목이 흙 묻은 옷을 탈탈 털었다. 그러고는 고개를 들어 혼란스러운 란의 눈을 마주하며 음흉하게 웃었다.

"이틀 뒤에 보자꾸나, 아들아."

한승목은 다리를 건들거리며 골목의 어둠 속으로 사라졌다. 잔뜩 긴장했던 몸에서 힘이 빠져나가자 란은 뱃속에 든 것을 모두 게워내고 싶었다. 깔끔하게 게워내고 싶었지만 목구멍에서는 묽은 위액만이 넘어왔다. 란은 고개를 숙인 채 한동안 담벼락 아래에 주저앉아 있었다.

## 19

란은 폐허가 된 교회 부지로 향했다. 지금은 사람의 발길이 끊어진 터라 그는 불안할 때마다 그곳에 몸을 숨기곤 했다. 그 폐허엔 자신을 어루만져주는 찬의 자취가 남아 있었다.

하얗고 메마른 찬이 부서진 탁자 위에 걸터앉아 자신을 보고 웃었다. 자신이 만든 환상이라 해도 상관없었다. 란도 찬을 보며 미소 지었다. 형은 언제까지 여기에 있을까? 나 때문에 떠나지 못하는 것은 아니야? 아이는 웃기만 했다. 10년이 지났지만 찬의 모습은 란이 기억하는 그대로였다.

한승목의 제안에 대해서 생각했다. 그가 자신의 능력을 알고 있다는 사실이 소름끼치게 무서워 도망치고 싶었다. 자신은 아직도 과거에 살고 있고 그곳은 허우적거릴수록 안으로 빨려드는 늪이었다. 그들을 생각하면 사지가 떨리고 어둠이 시야를 가린다. 여전히 컨테이너 안의 물비린내가 난다.

지금 당장 아무도 모르는 곳으로 가버린다면? 해외든 어느 깊은 산골의 절이든. 그렇다고 벗어날 수 있을까? 그들이 포기할까? 절대 그럴 리 없다. 란은 그 사실을 누구보다도 잘 알았다. 그리고 도망칠 수 없는 이유가 한 가지 더 있었다. 이미 그들 손에 납치된 아이. 자신이 도망가면 아이는 어떻게 되는 걸까. 무사히 집에 돌아갈 가능성은 희박하겠지.

도망가는 게 소용없다면 어떤 길이 남아 있나. 자신의 능력을 알아버린 이상 한승목 형제는 과거를 반복하려 할 것이다. 애꿎은 생명들을 빌미로 또다시 자신을 옭아맬 것이다. 이 굴레에서 벗어날 수 있는 길이 과연 있을까?

란은 차가운 교회 부지의 구석에 몸을 기댔다. 탁자 위에서 다리를 흔들던 찬이 폴짝 내려와 란의 앞에 섰다. 다리를 굽히고 앉아 란과 눈을 마주했다. 란은 까마득한 언젠가를 떠올리며 다시 그에게 물었다.

"형. 내가 복수해 줄까?"

찬은 이번에도 말이 없다. 그냥 하얀 얼굴로 그곳에 있었다.


한숨도 못 잔 다음 날이었다. 꿈에서는 병에 걸려 상처 입은 아이들이 질퍽하게 녹아내렸고 현실은 피하고 싶은 선택지들이 장벽처럼 둘러싸고 있었다. 머리가 깨질 것처럼 아팠다. 미쳐가는 것 같았다. 무거운 몸을 겨우 이끌고 가는 출근길이었다. 쉬었던 며칠 사이 상가 게시판에 전단지 한 장이 붙었다. 녹이 슨 게시판과는 다르게 전단지는 막 뽑아온 것처럼 빳빳한 새 종이였다. 란의 시선이 그곳에 멈췄다.


실종된 아이를 찾습니다.


심장이 내려앉았다. 한승목이 보여준 사진 속의 아이였다. 전단지 속의 아이는 세발자전거를 탄 채 해맑게 웃고 있었다. 란이 무의식적으로 입술을 깨물자 피가 흘러 입 안이 비릿했다.

순간 결심이 섰다. 자신은 형처럼 되지는 않을 거라는. 어떤 방법을 써서라도 이 굴레를 벗어나겠다는.


20


봄비가 내리는 저녁이었다. 다행히 가게는 쉬는 날이었다. 사장 형에게서 저녁이나 같이 먹자는 연락이 왔지만 몸이 좋지 않아 쉬겠다고 거절했다. 죽이라도 사먹고 집에서 편히 쉬라는 답신이 도착하자 죄책감에 가슴이 쿡쿡 쑤셨다. 사장 형은 지금 자신이 행하려는 짓을 상상이나 할까.

곧 란의 낡은 동네에는 어울리지 않는 외제차가 나타났다. 차에서 마네킹 같은 얼굴의 운전기사가 내려 뒷문을 열어주었다. 란이 차에 올라타려 하자 갑자기 팔을 내밀어 저지하더니 란의 주머니를 뒤졌다. 순식간에 날렵한 손짓으로 채간 것은 란의 핸드폰이었다. 운전기사는 란의 눈앞에서 핸드폰의 배터리를 분리시키며 말했다.

"일이 끝나면 드리겠습니다."

"그러시죠."

뒷좌석에는 이미 타고 있는 사람이 있었다. 10년 전 검은 양복을 입고 찾아왔던 의원. 눈앞에서 아이가 죽어가는 와중에 고상하게 차를 마시던 남자. 박용석이었다.

"이거 오랜만이구먼. 10년 만이지? 자네, 형을 쏙 빼닮았어."

형의 얼굴은 기억도 못 하면서. 박용석의 가증스러운 말에 주머니 속 주먹에 힘이 들어갔다. 의원이 고개를 돌려 정면으로 란을 바라봤다. 정면을 향하고 있을 때에는 보이지 않던 그의 왼쪽 얼굴은 온통 엄지손톱만 한 종양으로 뒤덮여 있었다.

"보기 좀 흉하지? 이래봬도 옮는 병은 아니야. 암이라는 게 말이야, 한번 사람 몸에 뿌리 내리면 없애도 계속 생겨나. 자네 형이 없애준 이후로 내가 참 열심히 살았어. 보답하는 마음으로 사람들 위해서 좋은 일도 많이 하고, 돕기도 많이 돕고. 그런데 하늘이 얼마나 무심한지."

박용석이 왼손을 들어 울퉁불퉁한 자신의 얼굴을 더듬었다. 눈알을 굴려 슬쩍 란의 반응을 살피고는 말을 이었다.

"아직 생명에 큰 지장이 있는 수준은 아니네. 하지만 다른 기관으로 전이가 시작되면 그때는 가망이 없다지. 자네, 내가 요즘 대선 출마를 코앞에 두고 있다는 건 알고 있나?"

"집에 텔레비전이 있는 사람이라면 모르지 않겠죠."

온화했던 박용석의 언성이 점점 높아졌다. 눈을 부릅뜨고 이를 갈았다.

"내 인생의 반평생은 그걸 위해서 달려왔다고 해도 과언이 아냐. 그런데 이제 와서 이런 암 덩어리 때문에 모든 걸 그만둔다는 건 너무 안타깝지 않나? 난 여기서 끝낼 수 없네. 암, 그렇고말고. 내가 자네와 형이 힘든 걸 알면서도 도와주지 못한 건 참 미안하게 생각해.

하지만 이번엔 달라. 이 암 덩어리들만 내 몸에서 몰아내준다면 자네가 원하는 것은 뭐든 다 들어주지! 설령 대선에서 당선되지 못해도 괜찮아."

흥분한 박용석의 얼굴이 붉게 달아올랐다. 란은 그와 악수했던 자신의 손을 빤히 바라봤다. 지금 그의 암 덩어리를 전부 자신의 몸으로 옮긴다면 아이는 살아서 돌아갈 수 있을까? 한승목 형제가 정말 돌려보낼지는 장담할 수 없다. 그러지 않을 가능성이 훨씬 크다. 그리고 만약 오늘 자신이 그들의 요구대로 해준다 하더라도 그들은 멈추지 않을 것이다. 아니, 지난 시간을 보상받기 위해서 더 잔인해질 게 뻔했다. 주머니에 손을 넣은 채 조용히 달리는 창밖을 응시하던 란이 입을 열었다.

"박용석 의원님. 10년 전 그 아이 기억하십니까?"

박용석이 노골적으로 미간을 찌푸리며 란을 돌아봤다. 란은 창쪽으로 고개를 돌려 얼굴을 괴었다. 박용석과 눈을 마주치기는 싫었다. 익숙하게 스쳐지나가는 풍경들을 바라보며 그는 무심하게 내뱉었다.

"당신의 암 덩어리들을 대신 가져간 그 아이."

"기억하지. 그 얘긴 왜?"

"그 아이가 어떻게 됐는지 아세요? 전 그 뒤로는 본 적이 없어요."

"그때 내 병을 생각하면 뭐, 죽었겠지."

"그 아이를 생각하면 무슨 생각이 드세요?"

"대를 위한 소의 희생은 어쩔 수 없는 거야."

"그때를 후회하지는 않으시는군요."

박용석이 코웃음을 쳤다.

"후회라니! 내 삶에 후회는 없네. 난 항상 가장 완벽한 선택만을 하지."

"그런가요?"

차창 밖으로 잿빛의 바다가 펼쳐졌다. 란은 그 도로를 알았다. 버려진 바다의 폐건물과 끔찍한 지하실. 차는 어김없이 그곳으로 달리고 있었다.

"의원님. 궁금한 게 하나 더 있는데요."

"말해 보게."

"손님을 받을 때마다 한승목은 아이를 어떻게 데려왔나요?"

"갑자기 그건 왜 묻는가?"

"전 형처럼 살다가 죽지는 않을 겁니다."

"그게 무슨 의미지?"

아직 종양이 퍼지지 않은 박용석의 한쪽 눈이 뱀처럼 빛났다. 그는 자신을 떠보고 있었다. 란은 그의 눈을 똑바로 바라보며 말했다. 그 목소리는 나지막하지만 분명했다.

"전 제 욕심껏 살 거예요. 의원님이 대선에 나가신다는 말을 듣고 확신이 섰습니다. 이 능력으로 먹고살 겁니다. 그러려면 재료의 유통 과정 정도는 알아둬야 하니까요. 아무리 생각해도 아버지와 작은아버지 둘이서 그렇게 깔끔하게 아이들을 데려올 수는 없었을 거 같아서요. 별로 믿음직스럽지 못하거든요."

"진심인가?"

"저도 먹고살아야죠. 형처럼 허무하게 가고 싶지는 않습니다."

"괜한 걱정은 말게. 널리고 널린 것이 거리의 아이들 아닌가."

입가를 비틀며 웃던 의원이 갑자기 인상을 구겼다. 붉게 달아오른 종기가 터져 통증이 느껴지는 듯했다. 의원은 손수건을 꺼내 목덜미에서 흐르는 고름을 닦았다. 물끄러미 그를 바라보던 란은 손수건을 쥔 그의 손을 덥석 가로채 쥐었다. 울퉁불퉁한 살결이 느껴졌다.

"의원님. 잘 보세요."

박용석의 왼쪽 손등을 뒤덮고 있던 종기들이 지글거리더니 점차 가라앉았다. 남아 있는 것은 이미 흘러나온 고름뿐이었다. 그리고 그와 동시에 란의 미끈했던 손등이 울룩불룩하게 튀어나오기 시작했다. 이내 콩알만 한 종양들이 그의 오른쪽 손등을 뒤덮었다. 박용석은 경이롭다는 표정으로 그 단순하고도 비현실적인 일련의 과정을 바라봤다. 란은 싱긋 웃었다.

"나머지는 목적지에서 마저 하죠."

"이거야…… 역시 시프트는 달라. 의사 따위와 비교할 게 못 돼. 참, 이제부터 자네를 시프트라 부를 생각이네. 우리가 이름을 부를 사이는 아니지 않나? 자네에게 이보다 좋은 애칭도 없을 걸세."

박용석은 마치 자신의 피부처럼 변한 란의 손등을 쓸었다. 란이 다시 손을 맞잡자, 종양은 본래 있던 그의 손으로 돌아갔다. 박용석은 몸을 숙이고 넋이 나간 표정을 지었다. 박용석의 정수리를 바라보던 란이 물었다.

"쓰임새가 다한 아이들은 어떻게 처리하나요?"

"다 루트가 있지. 납치한 아이가 탈출이라도 하는 날에는 일이 커지지 않겠나. 애가 사고를 칠 수도 있고. 내가 워낙에 탈 없는 걸 좋아해서 말이야. 10년 전에도 아이들 시체가 한 번이라도 발견된 적이 있나? 괜한 걱정 말게."

"제가 직접 하는 일이니 좀 불안하네요."

"그럴 필요 없어. 아주 깔끔하게 데려왔고 절대 시체도 찾을 수 없을 거야. 애들이란 하루에도 수십 명씩 사라지고 또 태어나니까."

"곧 도착하겠네요."

저 멀리 어두운 바다와 폐건물이 보이기 시작했다. 박용석의 얼굴은 곧 얻게 될 건강한 육체에 대한 기대와 흥분으로 붉게 달아올랐다. 란은 그 얼굴을 보며 씨익 웃었다. 그러고는 주머니에 다시 손을 집어넣었다.


21


10년 전과 똑같았다. 오래된 테이블의 건너편에서는 박용석이 고상하게 종이컵에 담긴 싸구려 차를 마셨고, 자신의 옆에는 밧줄에 묶인 아이가 정신을 잃고 널브러져 있었다. 변한 것이 있다면 찬과는 다르게 자발적으로 이곳에 서 있는 자신이었다. 란은 그때저럼 묶여 있지 않았다. 어쩐 일인지 한승태는 보이지 않았다. 란이 고개를 두리번거리자 준비를 하던 한승목이 빤히 바라봤다.

"당신 동생은?"

"난 또 뭐라고. 그 새끼는 글렀어. 이 늙은 형이 어떻게든 잘살아 보려고 노력하는 것도 모르고 말이야. 지금쯤 어느 술집에서 여자 엉덩이나 주무르고 있겠지."

한승목이 탁한 목소리로 중얼거렸다. 란은 맞은편의 아이를 바라 봤다. 얼굴 곳곳이 멍투성이였다. 속에서 말로는 할 수 없는 감정이 부글부글 끓었다. 한승목은 주방 서랍을 뒤적이며 험담을 늘어놓았 다. 성질이 급한 박용석이 헛기침을 해댔다.

"마카오에서도 그놈 때문에 돈을 다 날린 거나 다름없는데. 책임 감이라고는 없는 새끼. 이제 란이 네가 도우니 그런 놈은 필요 없지. 우리끼리 제대로 잘 먹고 잘 살아보는 거야."

"당신 동생이 잘도 그러겠네."

"쯧, 지가 뭘 어쩌겠어! 아이고, 의원님 거의 다 됐습니다."

한승목은 박용석 의원에게 차 한 잔을 더 대접했다. 박용석은 다 비운 종이컵을 손으로 구겨 비서에게 넘겼다. 비서는 그것을 챙겨온 봉투에 넣었다. 차에서 내리면서부터 박용석은 팔짱을 끼고는 손을 거의 빼지 않았다. 비서는 내내 수술용 장갑을 끼고 있었다. 이 공간 안에 흔적을 남기지 않기 위해 안간힘을 쓰는 그들을 보며 란은 삐 걱거리는 나무의자에 엉덩이를 붙이고 앉았다. 초조한 표정을 감추 기 위해 일부러 맞은편의 의원을 보며 입꼬리를 올려 웃었다.

"이 녹차도 먹을 만하군."

의원이 한 모금 들이마시며 말했다. 동네슈퍼에 파는 싸구려 티백으로 우린 녹차였다.

"시작하겠습니다."

란은 아직 정신도 차리지 못하는 아이의 작은 손을 쥐었다. 하얗고 보들보들했다. 이제 몇 분 뒤면 박용석 의원의 피부 종양들이 전부 이 작은 아이에게로 옮겨가겠지. 아이의 손은 더 이상 보들보들하지 않게 될 것이다. 그의 마음에서 죄책감이 피어났다.

한승목은 10년 전과 마찬가지로 테이블에서 두 발짝 떨어져 모든 것을 지켜보았다. 인간을 인간으로 보고 있지 않은 시선. 찬은 어떻게 저 소름끼치는 눈을 매번 견뎌냈을까. 비장한 표정의 란은 아이의 손을 꼭 쥐었다. 그 고사리 같은 손은 놀랍게도 따뜻했다.

그 어느 때보다 신중했다. 박용석의 울퉁불퉁한 손으로 감각이 이어졌다. 자신의 몸이 살아 있는 통로가 되는 느낌은 불쾌했지만 그럼에도 해야 했다. 맞잡은 아이 손의 감촉을 되새겼다. 곧 란은 눈을 감고 의원의 신경세포 하나하나를 헤아렸다.

란은 박용석의 전신을 둘러싼 종양의 크기를 진단했다. 면적을 잡은 후엔 종양이 내부로 얼마나 깊게 뻗어 있는지와 상태를 가늠했다. 생각보다 거대한 면적이었다. 거구인 의원의 반쪽을 뒤덮은 종양을 그대로 떼어내어 아이에게 옮긴다면 체구가 작은 아이는 전신이 종양에 뒤덮일 것이다. 란은 빤히 그려지는 그 모습에 미간을 찌푸렸다.

아직은 때가 아니었다. 손과 손을 타고 의원의 암 덩어리들이 란을 통과해 아이에게로 넘어갔다. 아이의 매끈한 피부가 부풀어 오르더니 점차 일그러지기 시작했다. 퍼질 대로 퍼진 변형된 세포들은 그의 몸을 통과하는 와중에도 데미지를 입혔다. 울컥 검붉은 핏덩이가 올라왔다. 코에서도 피가 흘렀다.

다시 눈을 떴을 때, 란은 제일 먼저 고개를 돌려 아이의 모습을 확인했다. 충분히 예상은 하고 있었지만 차마 눈 뜨고 바라보기 힘든 몰골이었다. 아이는 아직 약물에 정신을 잃은 채였지만 숨은 쉬고 있었다. 큰 병일수록 새로운 몸에 뿌리내리는 데 시간이 걸리는 덕분인 듯했다. 만약 아이가 의식을 차리더라도 이 공간에 거울이 없다는 건 그나마 다행이었다.

그와 반대로 맞은편 박용석의 얼굴은 윤기가 자르르 흘렀다. 주머니에서 손거울을 꺼내 매끈해진 자신의 피부를 확인하는 그의 얼굴에 주체할 수 없는 기쁨과 흥분이 흘렀다. 충혈된 박용석의 눈에 테이블 건너편에서 죽어가는 아이는 보이지 않았다.

자신과 마찬가지로 그 역시 사람이 아니었다. 란은 한승목에게 건네받은 티슈로 계속해서 흐르는 코피를 막으며 말했다. 입 안에서 아직도 비릿한 피맛이 맴돌았다.

"의원님. 아이는 어떻게 할까요?"

"뭐, 일단 숨만 끊어놓게. 그 뒤에는 내가 사람을 보내서 처리하지. 수고했고, 차액은 내 사람에게 들려 보내지. 또 보세."

"아이고, 감사합니다. 앞으로도 잘 부탁드립니다, 의원님! 대선에서도 분명 좋은 결과 있을 것입니다."

"암, 그래야지!"

"전 사업 이야기 좀 하고 가겠습니다. 먼저 살펴 가십시오."

마네킹 같은 운전기사가 란에게 핸드폰을 돌려줬다. 박용석은 타고 왔던 검은색 외제차를 타고 사라졌다. 해가 지고 있었다. 어두운 바다에 노을이 졌다. 남빛에 주황색이 섞여 들었다. 피처럼 검붉은 바다였다. 이제 폐건물 안에 남은 것은 란과 한승목과 아이, 단 셋이었다.

"네가 웬일로 마음을 그렇게 먹은 거냐? 처음 얘기 꺼냈을 땐 그렇게 기겁하더니. 뭐 나야 좋다만."

"별 다른 이유는 없어요. 저는 형처럼 살다가 가지는 않을 겁니다. 그렇게 생각하게 된 이유는 당연히 당신네들 탓이 커요."

한승목은 어이없다는 듯이 웃었다. 퍽 유쾌해 보였다.

"하하! 이유가 뭐든 무슨 상관이냐. 네가 그렇게 마음먹었으니 된 거지. 이제 와서 하는 말이지만 네 형은 너무 착했어. 우리야 덕분에 쏠쏠했다만 사람 살아가기에 그렇게 호구처럼 착해서는 멍청하단 소리 듣는다. 너는 그래도 똑똑해서 다행이야."

"이 아이는 이제 어떻게 합니까?"

"뭐 의원님이 숨통만 끊어놓으라고 했으니 그래야겠지. 사실 그냥 놔둬도 저 몰골로는 뒈질 거 같다만 의원님은 일 처리가 깔끔한 걸 좋아하시거든."

애초에 아이를 살려서 돌려보낼 생각이 없었다. 란은 주방으로 향하는 한승목의 구부정한 어깨와 절뚝거리는 걸음을 바라봤다. 란의 시선을 느꼈는지 그는 호쾌한 목소리로 외쳤다.

"첨에 너한테 했던 이야기 때문에 그러냐? 네가 병만 옮겨주면 돌려보내준다던? 뭐 당연한 걸 가지고 그러니. 이제 너도 나와 같은 배를 탔으니 된 거 아니냐."

"아버지."

란이 기계 같은 억양으로 한승목을 불렀다. 살아생전 다시는 부를 일 없을 줄 알았던 단어였다. 한승목은 크게 껄껄 웃었다.

"그 말 오랜만이구나. 앞으로는 계속 그렇게 불러."

"찬을 죽인 범인 기억나요?"

"기억나다마다. 그놈의 사망 소식을 듣고 널 떠올린 건데."

"왜 절 찔렀는지 이유는요?"

"미친놈이었다면서. 원래 미친놈은 이유가 없다."

한승목은 주방에서 콧노래를 흥얼거렸다. 란은 자신이 죽인 범인을 떠올렸다. 그는 찬을 죽였을망정, 지금 눈앞의 이 물건보다는 사람다웠다.

"아들이 결국 선택받지 못해 죽었댔어요. 당신들에게 복수하기 위해서 저를 찔렀대요. 그런데 죽은 건 형이고, 당신은 눈 하나 깜짝하지 않았죠. 그 사람의 복수는 실패한 거예요."

"다 지난 얘기는 왜 꺼내는 거냐?"

"그냥, 당신을 아버지라고 부르니 생각나서요. 그렇다고요."

한승목이 허리에 낡은 가죽 앞치마를 둘러맸다. 그리고 수납장에서 날이 빠진 칼을 한 자루 꺼냈다. 장난스럽게 빙빙 돌리며 한쪽 눈을 감고 널브러진 아이의 목을 따는 시늉을 했다. 곧 칼의 상태를 확인하더니 갈 만한 숫돌을 찾아 선반으로 몸을 돌렸다. 앉아서 한승목을 바라보던 란은 조용히 자리에서 일어났다. 코피는 어느새 멈춰 있었다. 평범한 목소리로 말을 걸었다.

"다리는 왜 그런 겁니까?"

"아아 이거, 뭐 뻔하지. 마카오에서 사채업자놈들에게 쫓기다가."

한승목이 선반 구석에 박혀 있던 숫돌을 찾아 기쁜 표정으로 고개를 돌리는 순간, 란은 들고 있던 쇠 파이프로 놈의 머리를 가격했다. 선반의 잡동사니들이 떨어지는 요란한 소리와 함께 말을 끝맺지 못한 한승목의 단말마가 낡은 건물에 울려 퍼졌다. 란은 눈만 껌벅껌벅하며 정신을 차리지 못하는 한승목을 박용석이 앉았던 자리에 끌고 가 앉혔다. 그리고 아이를 묶는 데 썼던 테이프를 꺼내 의자에 묶기 시작했다. 이마에서 피를 흘리는 한승목이 무의식중에 낮게 욕지거리를 내뱉었다.

벌써 정신을 차렸나? 란은 바닥에 떨어뜨린 쇠 파이프를 살며시 다시 쥐었다. 그러나 오락가락하던 한승목이 흰자위를 내보이며 고개를 떨어뜨리자 란은 다시 한숨을 쉬며 파이프를 내려놓았다. 때마침 한승태가 없어서 다행이었다. 놈이 있었다면 혼자 힘으로 제압하기 쉽지 않았을 것이다.

한승목을 의자의 등받이에 고정시킨 란은 다시 아이의 손을 쥐었다. 아이의 손은 더 이상 하얗지도 보들보들하지도 않았다. 그가 쥔 부위에서 고름이 터져 진물이 흘렀다. 다른 한 손으로는 의자 손잡이에 고정시킨 한승목의 손을 잡았다.

바로 지금이었다. 13년 전, 찬의 두 번째 실패를 만회할 기회. 란은 손끝의 감각에 모든 신경을 집중시키며 한승목을 바라봤다. 이번엔 절대로 놓치지 않을 것이다. 무슨 일이 있어도 놓지 않을 거야. 란은 눈을 감지 않았다.

한승목이 정신이 든 것은 그로부터 얼마 지나지 않아서였다. 머리가 깨질 것처럼 아픈데 눈이 잘 떠지지 않았다. 가위에라도 눌린 것처럼 몸이 움직여지지 않았다. 그 와중에 누군가 자신의 손을 세게 쥐고 있었다. 이게 어떻게 된 거야? 내가 뭘 하고 있었더라? 그런 와중에 목의 살갗이 갑자기 따끔거리고 아프기 시작했다. 쇄골과 목 주위에서 시작된 통증은 점차 퍼져나가 얼굴 한쪽 면을 뒤덮었다.

그제야 한승목은 란이 자신을 기습했다는 것을 기억해 냈다. 정신이 잘 들지 않는 와중에 눈을 번쩍 뜨니, 눈앞에 보이는 것은 박 의원의 그릇으로 사용된 아이였다. 무언가 이상하다. 아이의 온 얼굴을 뒤덮었던 암 덩어리가 거의 사라져 있었다.

이런 씨발! 욕을 내뱉으며 잡힌 손을 빼려 했지만 자신의 팔을 비롯한 몸은 테이프로 의자에 결박되어 있었다. 한승목의 몸부림에 나무 의자가 들썩거렸다. 목에서 느껴지던 통증은 어느새 그의 왼쪽 얼굴을 전부 뒤덮었다. 살갗이 녹고 진물이 흐르는 게 느껴졌다. 한승목은 비명을 질렀다. 란의 코에서는 다시 피가 흘렀다. 란은 분노로 가득 찬 한승목의 눈을 바라보았다.

다 끝났다. 아이는 원래의 매끈한 모습으로 돌아와 있었다. 한승목이 변해 버린 자신의 신체를 바라보며 비명을 질렀다. 흡사 짐승 같은 모습이었다. 아니면 그것이 그의 원래 모습이었다. 그때, 약기운도 함께 넘어갔는지 아이가 눈을 떴다. 마찬가지로 약기운 때문인지 의식을 차렸던 한승목은 우왕좌왕하며 정신을 못 차렸다. 란은 허겁지겁 의자에 묶여 있는 아이의 밧줄을 풀었다. 매우 단단히 묶은 탓에 끊을 것이 필요했다. 란의 눈에 테이블의 칼이 들어왔다. 팔을 뻗는 찰나였다. 등 뒤에서 무언가 부서지는 소리가 났다. 란은 바닥의 쇠 파이프를 쥐고 뒤돌아봤다.

◉　◉　◉

한승목의 격한 몸부림에 금이 가 있던 나무 의자가 마침내 부서졌다. 테이프로 고정된 상반신의 등받이를 제외하고는 사지가 자유로워진 그가 몸을 날려 눈앞의 칼을 가로챘다. 한승목은 칼을 휘두르며 진물이 흐르는 얼굴로 몸부림쳤다. 뜨거운 광기가 느껴졌다.

"내 몸 돌려내! 원래대로 만들어놓으라고!"

그는 고함을 지르며 정신없이 칼을 휘둘러댔다. 약기운에 취해 방향을 가늠하지 못하고 휘청거렸다. 정신을 차리자마자 눈앞에서 벌어지는 칼부림에 놀란 아이는 눈물도 흘리지 못했다. 란은 마음이 급했지만 근접할 수가 없었다. 그러다 겨우 놈의 복부를 가격해 넘어뜨렸다. 여기서 빨리 나가야 해. 란은 파이프를 내려놓고 아이의 밧줄을 푸는 데 집중했다. 한참 만에 풀어낸 밧줄을 내던지고 아이를 등에 업고 나가려는 순간이었다.

좀비처럼 다시 일어난 한승목이 떨어뜨린 칼을 쥐고 란의 등 뒤로 돌진했다. 여린 살을 가르는 느낌과 함께 흘러나온 붉은 피가 시멘트 바닥을 적셨다. 자신이 란이 놈의 배를 뚫었다 생각한 그는 킬킬거리며 웃어댔다. 크게 비틀어 빼낸 칼을 바닥에 던졌다. 그러더니 자신의 얼굴을 손으로 더듬고 괴로워하다 기괴하게 웃기를 반복했다.

"이 새끼들 다 죽여버릴 거야!"

란의 동공이 커졌다. 등 뒤로 어떤 둔탁한 충격은 느껴졌지만 고통은 없었다. 그럼 바닥에 흐르는 이 피는……. 사고가 멈췄다. 업고 있던 아이를 바닥에 내려놓았다. 아이의 복부에서 울컥거리며 피가 쏟아져 나오고 있었다. 자신에게 무슨 일이 일어났는지 이해하지 못한 아이는 입 안에서 소리가 되지 못한 신음을 앓았다. 아이의 얼굴에서 점점 핏기가 사라졌다. 붉었던 아이의 볼이 점점 창백해졌다.

란의 손이 갈 곳을 잃은 채 허공에서 초조하게 흔들렸다. 안 돼. 아이를 살리는 것, 오직 그것만이 형처럼 되지 않기 위한 그의 유일한 목표였다. 란은 다급하게 아이의 심장에 귀를 갖다 댔다. 맥박이 점점 옅어지고 있었다. 주위를 두리번거리자 구석에 처박힌 야외용 철제 의자가 눈에 띄었다.

란은 순식간에 들어 올린 그것으로 한승목의 배를 후려쳤다. 놈이 비명을 지르며 쓰러졌다. 그는 한승목의 손목을 꺾어서 잡고 아이 곁으로 질질 끌고 갔다. 다른 한 손에 아이의 손을 쥐고 한승목의 몸 위에 올라탔다. 몸부림치는 놈의 다리에 테이프로 고정되어 있던 나무 파편의 날선 부위가 란의 종아리를 긁었다. 그러나 다리의 고통은 지금 중요한 게 아니었다. 한승목이 몸부림칠수록 란은 그의 손목을 더욱 거세게 비틀었다. 관절이 뒤틀려 부서지는 소리와 함께 란의 코에서 피가 줄줄 흘렀다. 눈앞에 하얗게 빛나는 점들이 점멸했다. 란은 핏발이 일어난 눈을 부릅뜨고, 점점 핏물이 번져가는 한 승목을 노려봤다. 놈의 복부에서 진득한 피가 흘러나오기 시작했다.

◉　◉　◉

그 뒤 상황은 잘 기억나지 않았다. 내부를 대충 정리하고 자신의 흔적이 남았을 파이프와 나무의자 파편, 밧줄 따위는 그냥 바다에 던져 버렸다. 어차피 쓰레기 천지인 바다니 괜찮을 것이다.

그리고 아이를 품에 안고 도망치듯이 그곳을 빠져나왔다. 소나무 숲을 지나, 동이 틀 때까지 차 한 대 다니지 않는 길을 걸었다. 선명하게 남아 있는 것은 귀를 후벼 파는 파도 소리와 비린내가 스민 새벽 공기였다. 언제부터인가 깬 아이는 아무 말도 없었다. 이름이 뭐냐고 물었지만 대답은 없었다. 그러다 아이가 추울 것 같아 자신의 겉옷을 벗어 입혀주었고, 맨 처음 눈에 보이는 경찰서 안으로 들여보냈다. 품에 안았던 온기마저 사라지자, 지난밤에 벌어진 일이 꿈처럼 느껴졌다. 그길로 집에 처박힌 란은 오후 출근 시간까지 깊은 잠에 빠졌다. 그리고 자신이 벌인 일과, 이제 곧 벌일 일이 실감나기 시작한 것은 하루가 지나고 한 통의 전화가 걸려오면서부터였다.

출근해서 사장 부부와 함께 있으면 마치 아무 일도 일어나지 않은 것 같았다. 아이가 납치당했던 것도, 자신이 한승목을 죽인 것도 모두 없었던 일 같았다. 그러다 홀로 집에 있을 때면 흐릿했던 그때의 장면이 놀랍도록 선명히 찾아왔다. 깊은 잠을 잘 수가 없어 얄팍한 선잠으로 밤을 새웠다. 아이는 잘 돌아갔을까? 자신을 빤히 보던 아이의 눈이 계속 마음에 걸렸다. 그때, 점성 짙은 어둠 속에서 전화벨이 울렸다.

분명 박용석일 것이다. 란은 발신인이 누구일지 알면서도 액정 창을 확인하고 흠칫 숨을 들이마셨다. 기다려왔던 전화임에도 심장이 내려앉았다. 헛기침 후에 목소리를 가다듬고 여전히 칠흑 같은 어둠을 응시하며 그는 전화를 받았다. 핸드폰을 쥔 손에 힘이 들어갔다.

"의원님, 무슨 일이세요?"

핸드폰 너머로 박 의원의 거친 숨소리가 들려왔다. 분을 삭이려 애쓰는 모양이었다. 란은 그가 눈앞에 없는데도 눈을 내리깔았다. 건너편의 박 의원 역시 보이지 않는 란의 반응을 관찰하듯 둘은 한동안 아무 말도 없었다.

"자네, 알고 있었나? 일부러 그런 것인가?"

"도대체 뭘요?"

"이 망할 놈의 암 덩어리! 이게 왜 아직도 내 몸에 남아 있냐고!"

"이제 아셨군요. 생각보다 좀 늦으셨어요."

"원하는 게 있으면 이딴 꼼수 부리지 말고 그냥 말해. 그딴 해괴한 능력 믿고 설쳤다가는 명줄 오래 못 가."

"저도 보험은 필요하니까요. 정말로 별거 아닌 부탁을 하려고요."

"그러니까 그게 뭐냐고!"

"한승태를 처리하세요."

란은 박용석의 암을 전부 옮기지 않았다. 일단 전부 옮기기에는 아이가 가질 부담이 너무 컸고 이후 박용석을 상대로 거래를 제안하기 위해 남겨둘 미끼가 필요했다. 그래서 박용석과 한승목의 눈을 속일 정도의 종양, 눈에 확 띄는 걸 피부 조직만 아이에게로 옮겼던 것이다. 내부에 종양이 남아 있다는 것을 안 박용석이 먼저 연락을 해올 테고 그때 한승목 형제를 처리하라고 거래를 할 생각이었다. 받아들이지 않는다면 다른 미끼를 던질 생각이었다. 어쨌든 지금 아쉬운 것은 박용석일 테니까. 그런데 얼결에 자신이 한승목을 죽였으니 한승태만 맡기면 된다.

란의 제안에 박용석은 답을 주지 않은 채 전화를 끊었다. 전화가 끊기고 손에 힘이 빠지자 쥐고 있던 핸드폰이 바닥으로 굴러떨어졌다. 배터리가 분리되었지만 내버려두었다. 박용석이 거래를 받아들일까? 분명 그럴 것이다. 그래야만 해. 란은 계속해서 스스로 되뇌었다. 그리고 그날 저녁, 한승목의 변사체가 발견되었다.


22


한승태는 초조했다. 이제 다시 10년 전처럼 떵떵거리며 살 수 있다고 좋아하던 형이 죽었다. 사인은 자상으로 인한 과다출혈이었고 형의 한쪽 얼굴은 종양으로 뒤덮인 채였다. 도대체 그날 무슨 일이 있었던 거지?

사건이 있던 날 아침 그는 형과 싸웠다. 별 이유 없이 기분이 더러워져 잡아온 아이를 후려 팼다. 어차피 죽을 애새끼, 좀 괴롭혀도 상관없겠다 싶었다. 그런데 형이 잔소리를 했다. 의원님의 병을 받을 소중한 그릇인데 상하게 하면 안 된다느니, 그러다가 픽 죽어버리면 어떡할 거냐면서 괜히 케케묵은 지난 얘기까지 꺼냈다.

"네가 마카오에서 지랄만 안 했어도 내 다리가 이렇게 되진 않았 잖아!"

"형님이 다리 병신이 된 게 그 깡패 새끼들 탓이지 왜 내 탓이오? 그리고 나야 그저 제안을 했을 뿐인데 거기에 휙 넘어간 건 형님이 잖소! 지가 저질러놓고 왜 나한테 지랄이야!"

"그래서 너 지금 그 돈을 다 잃은 게 내 탓이라는 거냐? 애초에 네 가 마카오로 뜨자는 말만 안 했어도 한국서 조용히 살면 평생 먹고 살 돈이었어!"

"좋다고 같이 비행기 탔던 게 누군데. 기분 잡쳤네."

바닥에 널브러진 아이를 괜히 발로 걷어찼다. 아이가 콜록거리며 고통에 몸을 말았다. 한승태는 그게 벌레 같다고 생각했다. 그에게 벌레는 죽여도 상관없는 것이었다.

둥글게 몸을 만 아이 너머로 10년 전에 존재했던 어떤 실루엣이 겹쳐졌다. 다시 기분이 더러워졌다. 그 찬이란 놈만 안 죽었어도 이

고생을 하지는 않을 텐데. 한승태는 둥글게 웅크린 아이에게 침을 퉤 뱉었다. 그러고는 몸을 돌려 현관으로 향했다.

"어디 가?"

"오늘 일은 형님 알아서 하슈. 난 뭐 할 일도 없잖소. 애새끼도 잡아왔겠다. 란이 그놈도 의원 차 타고 온다면서. 난 시내로 가서 술이나 마시겠소."

"못난 놈!"

등 뒤로 의자가 넘어지는 소리가 났다. 한승태는 건물을 빠져나왔다. 밤이 새도록 술을 진탕 마셨고, 엉덩이를 만지려 하자 기겁하는 여종업원에게 오히려 난동을 부렸다. 그리고 엎어져 있다가 해가 뜰 무렵 나와 근처 무인 모텔로 가서 잠이 들었다. 정신을 차려보니 어느새 저녁이었다. 형에게는 아직 연락이 없었다.

그래. 이딴 식으로 나온다 이거지? 란이 자기편으로 돌아섰으니 나는 이제 필요 없다 이건가? 그래봤자 집에서 키우던 개새끼만도 못한 놈인데. 오기가 생긴 한승태 역시 먼저 연락하지 않았다. 기분도 엿 같은데 잠이나 더 자자. 모텔 앞 가게에서 소주를 두 병이나 사온 한승태는 병나발을 불고 다시 잠들었다.

눈을 떴을 땐 새벽이었다. 거의 종일 잔 꼴이었다. 너무 오래 자서 머리는 좀 아팠지만 몸은 한결 개운했다. 그는 침대 옆 탁자를 더듬어 핸드폰을 확인했다. 문자가 한통 와 있었다. 보나마나 형이 보낸 문자겠지. 미안하단 말까진 아니어도 일이 다 끝났으니 같이 술이나 마시자는 연락이겠지. 그는 메시지함을 열어 내용을 확인했다.

오늘 아침 10시 구 부두 앞. 상의할 게 있습니다.

문자의 발신인은 박용석 의원의 비서였다. 거래 관련한 것이라면 형에게 보내야 할 텐데 왜 자신에게 보낸 것인지 알 수 없었다. 그러나 돈을 주는 높으신 분이기에 한승태는 별 생각 없이 그곳으로 향했다.


23

한승태는 자신이 어딘가에 묶여 있다는 사실을 깨달았다. 시야가 온통 깜깜했다. 뭐지? 분명히 협의할 게 있다고 나를 불러냈는데? 형은 어디에 있지? 난 왜 묶여 있는 거지? 이성적인 생각이 드는 순간, 뒤통수 쪽으로 통증이 몰려왔다.

그와 동시에 낯선 기억이 머리를 스쳤다. 부두에 일찍 도착해서 기다리자 검은 양복을 입은 의원 쪽 사람들이 다가왔다. 반갑게 인사하는 자신에 비해 분위기가 유달리 험악했다. 그중 한 명이 들고 있던 각목으로 자신의 머리를 내리쳤다. 그리고 정신을 잃었고 눈을 떠보니 지금 이 상태인 것이다. 이게 뭐 하자는 거지? 거래가 틀어졌나? 젠장, 형은 일을 어떻게 처리한 거야!

곧 시야가 깜빡거리더니 눈이 아플 정도로 쨍한 불빛이 들어왔다. 한승태는 고개를 돌리며 미간을 찡그렸다.

176

"정신이 좀 드나?"

각목을 휘두른 자는 박용석 의원의 비서였다. 비서는 여전히 피 묻은 각목을 들고 있었고 표정에 변화가 없었다. 이제 보니 각목의 다른 끝부분에는 못이 박혀 있었다. 거기에 제대로 머리라도 맞으면 정말로 죽을 것이다.

비서의 등 뒤에서는 작업복을 입은 자들이 분주하게 무언가를 만들고 있었다. 한승태는 그들이 손에 든 게 무엇인가 보기 위해 눈을 가늘게 떴다. 그를 보던 비서가 등 뒤의 이들에게 손짓을 했다.

"궁금해서 그래? 하긴 뭐. 사용할 사람인데 알아둬야지. 그거 가져와."

작업복을 입은 이가 만들던 것을 마무리한 듯 비서에게 선뜻 내밀었다. 비서가 눈앞에 들이민 것은 매듭지은 굵은 밧줄이었다. 꼭 사람 목매달 때 쓰는 것처럼 둥근 고리 형태로 매듭지어 있었다. 내가 사용할 거라고? 한승태의 커다란 눈이 부릅떠지며 사지가 떨리기 시작했다. 입 안이 바싹 말라갔다. 애원하는 그의 목소리는 비굴하고 추했다.

"도대체 저한테 왜 그러십니까. 이유는 알아야 되지 않겠습니까!"

"이유?"

비서가 피식 웃으며 밧줄의 고리를 한승태의 목에 떡하니 걸었다. 목덜미에 닿는 따가운 느낌이 섬뜩했다. 그리고 이어서 고리 모양과 이어진 기다란 부분을 컨테이너에 설치된 도르래에 걸었다. 만약 저 뒤에서 누군가가 밧줄을 잡아당긴다면 교수형처럼 목이 졸려 죽을 것이다. 한승태는 공포감에 정신이 나갈 지경이었다.

"우리 의원님이 어떤 분인지는 알지?"

"그럼요! 감사한 분이죠. 우리 형제를 구제해 주시고, 살아갈 밑천도 주신."

"그런 고마운 분에게 이렇게 뒤통수를 치면 안 돼지."

"네? 그게 무슨?"

비서는 머리카락이 한 올도 삐져나오지 않게 넘긴 머리를 만지며 한승태를 보고 불쌍하다는 표정을 지었다.

"너 말고 네 잘난 아들놈 말이야."

비서가 큰 보폭으로 다가왔다. 한승태의 앞에 쪼그려 앉고는 손을 들어 따귀를 때렸다. 눈앞에 별이 보였다. 끝난 게 아니었다. 그 뒤로 계속 양 뺨을 번갈아 때렸다. 결국 한승태의 얼굴이 형태를 잃어버릴 정도로 퉁퉁 붓고 난 뒤에야 그는 자리에서 일어났다. 비서가 손수건을 꺼내 자신의 손을 쓱쓱 닦았다. 항상 폭력을 가하는 입장이었는데 막상 당해 보니 죽을 맛이었다. 한승태는 잘 감기지도 않는 눈꺼풀을 힘겹게 들어올렸다. 그리고 살기 위해 다짜고짜 죄송하다는 말을 반복했다.

"흐, 죄송합니다……. 근데 정말로 전."

"당신이 죄송할 게 뭐 있어. 연좌제 같은 거라고 봐야 하나?"

"도대체 어떻게 된 것인지 설명을 좀!"

비서가 눈웃음을 지으며 바닥에 널브러져 있던 각목을 다시 쥐었다. 높게 쳐들고는 순식간에 한승태의 다리를 가격했다. 찢어지는 비멍이 어두운 공간 안에 울렸다. 비명이 메아리치는 와중에 비서는 배를 잡고 킬킬거렸다.

"엄살 부리지 마. 못 박힌 쪽으로는 안 쳤으니까 걷는 데 지장은 없을 거야. 함께 일할 팀원들끼리는 서로 행동을 조심해야지, 응? 그 것도 이제 막 합류한 신입이 이렇게 미친 망아지처럼 날뛰어서 물을 흐리면 쓰나."

"그게 무슨 말인지……."

"무슨 말인지 모르고 가는 게 편해."

비서가 손짓을 하자 주변에 있던 작업복을 입은 자들이 한승태의 뒤에 섰다. 그리고 도르래에 걸친 밧줄을 잡아당기기 시작했다. 한 승태는 졸지에 목이 졸리기 시작했다. 목이 타들어가는 것 같았다. 몸이 의자째 허공에 떠 꺽꺽거렸다. 정말로 죽을 것이다. 이유도 모른 채! 그는 필사적으로 외쳤다.

"억, 무슨, 일인지 알려만 주시면, 윽, 제가, 바로잡겠……."

비서가 팔짱을 풀고 다시 손짓을 했다. 작업복을 입은 이들이 단번에 밧줄을 놓자 한승태는 의자에 묶인 채 나뒹굴었다. 붉어진 얼굴로 끊임없이 새된 기침을 내뱉었다. 눈에서 눈물이 줄줄 흘렀다.

"분명히 말했다. 바로잡는다고."

"캑, 네, 네!"

비서가 널브러진 한승태를 다시 제대로 앉혔다. 손수건을 꺼내 여전히 숨을 캑캑거리는 한승태의 얼굴을 닦아주며 나긋하게 말을 이었다.

"의원님에게 종양이 남아 있지 뭐야."

"네? 분명이 란이 놈이 옮겼을 텐데!"

"놈이 우리를 엿 먹이려고 반만 옮긴 거지. 그리고서는 의원님을 상대로 협박을 하더군. 이게 말이 된다고 생각해?"

"아, 아뇨! 절대 아뇨!"

한승태는 지금 상황을 이해하기 힘들었다. 그러니까 란이 그 새끼가 감히 박용석 의원을 협박했다는 건가? 손수건을 쓰레기통에 던진 비서가 다시 각목을 들었다. 못이 박힌 부위로 한승태의 목덜미를 쓸었다. 쇠가 스치자 등골에 소름이 돋았다.

"당신도 알다시피 우리 의원님은 굉장히 꼼꼼하신 분이거든. 아무리 사소한 것이라도 이런 건 싹을 잘라야겠지?"

목덜미에서 못이 멀어졌다. 러닝셔츠만 걸친 상체에 땀이 흥건했다. 한승태는 참았던 숨을 크게 뱉어냈다. 그 순간이었다.

"윽!"

의자 팔걸이에 묶인 손등에 타들어가는 고통이 엄습했다. 갑작스러운 통증에 비명이 채 나오지 않았다. 가까스로 눈알만을 돌려 확인하니 각목의 대못이 자신의 손등을 관통한 게 보였다. 비서는 무표정하게 내려다보다가 구둣발을 들어서 각목을 꾹 밟았다. 못이 더 깊게 파고들자 한승태는 짐승 같은 비명을 질렀다.

"내 말은 그거야. 그 친구는 상대를 골라도 한참 잘못 골랐어."

"저, 저는 전혀 모르는 일입니다! 그 뒤로 형과 놈을 보지도 못했어요! 정말입니다!"

얼굴이 눈물과 땀으로 범벅되어 일그러진 한승태가 필사적으로 외쳤다. 비서는 각목을 한승태의 손등에서 잡아 빼서 바닥에 내동댕이쳤다. 못이 뽑혀나간 손등에서 피가 뿜어져 나왔다. 비서가 핸드폰으로 인터넷 기사 하나를 한승태의 얼굴에 들이댔다.

"형이 죽은 것도 모르나?"

"네? 그게 무슨 말…… 형님이 죽다니요!"

"보나마나 그 친구 짓이겠지."

"란, 란이 그 새끼가!"

"난 누가 네 형님을 죽였는지는 별 관심이 없어. 그래서 너에게 이러는 거야. 그 란이라는 친구를 잡아와. 죽이진 말고 산 채로. 그러면 너는 이번엔 넘어가줄게."

비서는 한승태의 피로 더러워진 각목을 발로 살살 건드리면서 말했다.

"만약에 실패하면 바다의 고기밥이 되는 거야. 알겠어?"

"네, 네! 알겠습니다!"

한승태는 눈을 부라리며 이를 악물었다. 란, 놈을 잡아야 내가 산다.


24


한승태는 붕대를 감은 손으로 텔레비전을 틀었다. 뉴스는 형의 죽음을 보도하고 있었다. 이게 무슨 날벼락인가. 형의 죽음만으로도 혼란스러운데 작업을 하던 지하실까지 발견되어 세간의 관심이 너무 컸다. 지하실에서 발견된 노트는 형이 고객을 받을 때마다 작성한 비밀장부였다. 나에 대한 이야기는 없겠지? 자신은 사건 당일 알리바이도 있으니 문제될 것은 없었다. 란이 그놈만 찾는다면.

분명 어딘가에 란이 놈의 집 주소를 적어두었을 텐데 막상 찾으려니까 보이지 않았다. 한승태는 신경질적으로 책장 안에 들어 있는 것들을 전부 집어던졌다. 좀 먹고살아보겠다는데 왜 이렇게 되는 일이 없냐고! 지금 해외로 도망가면 살 수 있지 않을까? 란이 놈을 데려가도 살려준다는 걸 어떻게 믿는데! 한승태는 머리를 쥐어뜯으며 몸부림쳤다.

전부 그 재수 없는 놈들 탓이었다. 중국 선박으로 넘기기 직전에 놈들을 봤을 때도 눈이 재수 없게 생겼다고 생각했다. 꾀죄죄한 몰골로 둘이 꼭 붙어 있는데 눈꼴이 시렸다. 선박에 탈 자리가 없어 낙오된 아이들을 조직 때문에 자신이 반강제적으로 떠맡았다. 적당히 죽지 않을 정도로만 데리고 있다가 어느 정도 크면 다시 팔아버릴 생각이었다.

분명히 그 요상한 능력을 알게 되기 전까지는 그랬다. 자신이 집에 들인 건 괴물들이었다. 그놈들 때문에 인생이 이렇게 풍비박산 나다니, 나는 그저 떵떵거리며 살고 싶었을 뿐인데!

집 안의 서랍이란 서랍, 수첩이란 수첩은 전부 뒤진 끝에 겨우 놈의 집 주소를 찾을 수 있었다. 허무하게도 형이 자신에게 보냈던 문자 메시지함에 떡하니 있는 게 아닌가. 황당함에 속이 터질 지경이었지만 분풀이할 대상이 없었다. 이렇게 된 거 당장 쳐들어가야지. 한승태는 혼자 이를 바득바득 갈더니 자리를 박차고 일어섰다. 구름에 가려 달도 잘 보이지 않는 한밤중에 한승태는 그 빌라를 찾아갔다.

오밤중에 입주자들에게 행패를 부려 란이 머무는 곳은 옥탑이라는 사실을 알아냈다. 놈을 보자마자 단박에 때려눕히겠다며 문을 열어젖혔지만 휑한 실내에는 아무도 없었다.

다시 속이 뒤집힌 한승태는 집을 뒤져 애꿎은 집 안을 난장판으로 만들었다. 그러던 중 뒤에서 갑자기 누군가가 그를 덮쳤다. 한승태는 란이 돌아온 것이라고 생각했다. 재수 없는 새끼. 뒈졌어. 그는 한동안 몸싸움을 벌였다. 주전자로 머리를 내리쳤는데도 녀석은 쓰러지지 않고 버텼다. 뭐 이런 놈이 다 있어! 그런데 이놈이 이렇게 덩치가 커졌나?

옥탑방의 창으로 흘러드는 빛으로 머리에서 피를 흘리는 상대의 얼굴을 확인해 보니 란이 아니었다. 엇, 누구지? 하는 새에 남자는 유리 물병을 높게 쳐들었다. 곧 싸늘한 목소리가 들려왔다.

"기브 앤 테이크지."

머리에서 피가 흘렀다. 등 뒤로 꺾인 손목에는 수갑이 채워져 있었다. 하필 짭새였을 줄이야. 운 한번 더럽게 지랄 맞네. 한승태가 란으로 착각했던 형사가 그를 경찰서로 끌고 갔다. 원래도 부산스러웠던 서가 더 소란스러워졌다.

형사는 한승태의 맞은편에 앉았다. 형사의 표정엔 아무런 변화가 없었지만 한승태는 그 안에서 숨길 수 없는 초조함을 읽었다. 형사가 한승태에게 이런저런 질문을 던졌다. 개중엔 란에 관한 질문도 있었다. 한승태는 자신에게 불리하지 않은 정도에서 되는 대로 대답을 했다. 형사놈에게 맞은 부위들이 쑤셨다. 갑자기 눈을 가늘게 뜬 형사가 한승태의 눈을 바라봤다.

"너. 네 형이랑 공범이지?"

한승태는 최대한 크고 뻔뻔하게 웃었다. 분명 자신을 떠보는 말이다. 그리고 수갑이 채워진 손을 뻗어 와락 형사의 멱살을 잡아 얼굴을 당겼다. 자신에 비하면 새파랗게 젊은 형사놈의 미간에 주름이 깊게 졌다.

"증거 있습니까? 내가 거기 가담했다는 증거. 없지? 있을 리가 있나. 뒤질 거면 나보다는 란 녀석을 쑤셔보는 게 나을걸? 그 괴물 새끼 말이야. 시발, 그 형에 그 동생이라고, 그 괴물 새끼들 아직도 소름이 돋아."

그런 게 있었으면 이런 번거로운 과정은 필요 없이 진즉에 자신을 잡아넣었겠지. 한승태는 몸은 만신창이가 됐지만 자신이 이긴 기분이었다. 경찰서에 있다는 사실도 잊고 유쾌하게 낄낄거렸다. 문득 이 잘난 척하는 형사를 놀려주고 싶다는 생각이 들었다. 힌트라도 줘볼까. 졸지에 몸을 가까이 붙였다. 일부러 아래에서 올려보며 눈을 크게 뜨고는 속삭였다.

"그놈의 손목을 잘라버려야 됩니다. 그 손, 저주받은 손이에요."

25


형사들은 얄밉게 서를 빠져나가는 한승태를 보고 억울한 표정을 지었다. 주택 무단 침입을 제외하고는 다른 범죄에 대한 증거가 없었으므로 한승태는 하루 만에 풀려났다.

하지만 한승태 역시 기분이 엉망이었다. 형사에게 맞은 머리통은 시간이 지날수록 더욱 쑤시고 못이 관통한 손등이 아파왔다. 되는 일이 하나도 없었다. 한승태는 근처 가게에서 달걀 하나를 사 멍든 부위를 문질렀다.

서에서 한참을 벗어난 인적 드문 골목에서 인상을 잔뜩 찌푸리며 걷는 한승태의 앞을 누군가가 막아섰다. 어둠 속에서 나타난 얼굴을 누런빛의 가로등 불빛이 비추었다. 한승태의 눈이 튀어나올 것처럼 커졌다. 그가 그렇게 찾느라 고생했던 란이 놈이었다. 그놈이 스스로 모습을 드러낸 것이다.

"오랜만이네요. 그런데 꼴이 왜 그 모양이에요? 머리가 멍청하면 몸이 고생한다던데."

"너 이 새끼야! 네놈 때문에 내가, 네가 무슨 짓을 저지른 줄 알아? 오늘 씨, 죽었어."

"상스러운 말은 여전하네요. 제가 무슨 짓을 했는지는 잘 알죠. 죽어가던 죄 없는 어린애를 살렸죠. 당신 형은 그 과정에서 죽었고요. 원래 악역의 최후는 죽음이에요."

"미친 새끼, 네놈 때문에 내가 죽게 생겼다고!"

"하하, 당신이 죽고 말고는 중요하지 않고요. 죽어주면 좋죠."

제 분을 이기지 못한 한승태가 와락 란의 먹살을 잡았다. 한승목처럼 누런 이에서 역겨운 냄새가 났다. 옷에 쓸려 숨이 막혔지만 란은 그 상황이 재미있어 견딜 수가 없었다. 입에서 실실 웃음이 새어나왔다. 저런 표정을 보게 될 줄이야. 그는 이제 껄껄거리면서 히스테릭하게 웃었다. 그 웃음에서 한승태는 어떤 공포를 느꼈다. 웃음을 멈추게 하기 위해 그는 란의 목을 졸랐다. 숨이 통하지 않아 껄껄거리던 란이 다리를 들어 한승태의 급소를 걷어찼다.

한승태가 괴로워하며 바닥을 굴렀다. 평소였으면 막을 수 있었을 텐데, 그는 분함에 이를 악물었다. 형사에게 구타당한 몸이 성하지 않은 까닭이었다. 아, 아, 목을 가다듬은 란은 바닥에 주저앉은 한승태에게 다가와 쪼그려 앉았다.

한승태는 란에게서 10년 전의 모습을 찾아볼 수 없었다. 어딘가 모르게 차가운 눈이었다. 아무것도 담겨 있지 않았다. 좀 전 형사의 등 뒤에 나타났던 얼굴과 흡사했다. 한승태의 등에 소름이 돋았다. 란은 너무나도 태연하게 말했다.

"언제까지 힘으로 누르려고요. 전 예전만큼 작지 않고, 당신은 젊지 않는데."

"재수 없는 새끼."

"박용석이 잡아오라고 시켰죠? 실패하면 당신을 죽일 거라고."

"그래! 뒈질 뻔했다고!"

한승태는 자신의 손등을 들어 보이며 고래고래 소리 질렀다.

"혹시 뭐 다른 이야기는 없었어요?"

"원하는 게 뭐야?"

란은 분에 차 씩씩거리는 한승태를 바라봤다. 자신이 박용석에게 무엇을 사주했는지는 아직 모르는 것 같았다. 그나저나 박용석이 이렇게 나온단 말이지. 어차피 쉽게 들어주지 않을 거라고 생각은 했다. 두 번째 미끼를 던질 때다.

"제가 어렸을 때 뭐라고 불렀는지 기억해요? 작은아버지라고 불렀죠. 오랜만에 감회가 새롭네요. 작은아버지, 살고 싶으세요?"

한승태가 배를 움켜쥔 채 이를 갈았다. 란은 싱긋 웃는 얼굴로 구질구질한 한승태의 점퍼 주머니에서 핸드폰을 찾아 꺼냈다.

"이 새끼가 날 우습게 봐?"

"박용석한테 전화하세요. 제가 앞에 있다고."

"뭐?"

"이해 안 되세요? 의원한테 전화하라고요. 제가 당신 살려주겠다잖아요."

"지, 지금?"

"연결되면 저 바꿔주세요."

란의 알 수 없는 행동에 한승태는 떨리는 손으로 통화를 시도했다. 신호음이 떨어지자마자 기계음처럼 차가운 목소리가 들려왔다.

"놈을 벌써 잡았나?"

삭목을 휘두르던 박용석의 비서였다. 목소리만 들어도 손등의 상처가 쑤셨다. 한승태는 잽싸게 전화를 란에게 넘겼다. 란은 태연하게 말했다.

"안녕하세요. 란입니다. 의원님께 드릴 말씀이 있는데 좀 바꿔주시
겠어요?"


## 26


전화기 너머로 얼마간의 침묵이 흘렀다. 곧 다시 비서의 목소리가
들렸다.

"의원님은 지금 바빠요. 우리 날짜를 정해서 만납시다."

"만나고 말고는 제 마음이죠. 아쉬운 건 의원님이실 텐데요?"

"잠깐……."

바쁘다는 말이 무색하게 박용석의 목소리가 나왔다. 아마도 옆에
서 대화를 전부 듣고 있었을 것이다. 자네, 하고 란을 부르는 것과
동시에 무언가 박살나는 소리가 났다. 화분이라도 깨뜨렸을까.

"지난번에 봤을 때 예사롭지 않다는 생각은 했지만 이렇게 상도가
없을 줄은 몰랐네."

노여움을 꾹꾹 눌러 담는 목소리였다. 그래. 약 오르겠지. 란은
핸드폰을 든 손이 떨리는 와중에도 그런 박용석이 우스꽝스럽다고
느꼈다. 하지만 이건 시작일 뿐이다.

"의원님, 상도가 없는 건 의원님이죠. 전 분명히 조건을 말씀드렸
는데요. 간단한 길을 왜 돌아서 가실까요?"

전화기 너머로 유리가 깨지는 파열음이 들려왔다. 란에게는 무슨 코미디처럼 느껴졌다. 하지만 아직 제일 중요한 말이 남아 있었다. 란은 웃음을 참느라 숨을 한 번 크게 들이쉬었다.

"의원님이 망설이시는 것 같으니 제가 선물을 하나 더 보내죠. 그럼 다시 잘 생각해 보세요. 좋은 밤 보내시길."

전화 너머로 욕설이 들려왔다. 란은 일방적으로 전화를 끊었다. 다시 몇 통의 전화가 걸려왔지만 받지 않았다. 한승태는 어안이 벙벙한 표정으로 란을 바라보았다. 입에서 침이 떨어질 것같이 멍청해 보이는 얼굴이었다. 한승태가 보는 앞에서 그의 핸드폰을 발로 밟아 뭉갰다. 발로 툭 차니 바닥을 미끄러져 바로 앞에 있던 하수구로 빠져 들어갔다. 씨익 웃는 란을 한승태가 악마를 보듯 쳐다봤다.

"이야기 다 됐죠? 제가 당신 살려준 거예요. 의원은 제가 상대할 테니 이제 도망가는 게 좋을걸요. 멀리멀리 가세요. 최대한."

"미, 미친 새끼."

"당신들만 할까."

넋이 나간 한승태는 한동안 그 자리에 그대로 주저앉아 있었다. 란이 자리를 뜨지 않자 그제야 느리게 일어나 뒷걸음질 치더니 반대쪽 골목으로 뛰어 사라졌다. 란은 이제 아무것도 보이지 않는 어두운 길목을 응시했다. 누런 불빛의 가로등이 깜빡거렸다.

아무렇지 않은 척했지만 란 역시 떨리기는 마찬가지였다. 박용석 의원을 상대로 협박에 가까운 거래를 제안했다. 주머니에서 자신의 핸드폰을 꺼내, 떨리는 손으로 메시지 창을 켰다. 그리고 저장해 둔 파일을 박용석에게로 전송했다. 그가 이번에는 거래를 받아들일까? 강박증에 가까운 박용석의 완벽주의적인 성격을 믿을 수밖에 없었다.

란은 거의 제정신이 아닌 상태로 정처 없이 걸었다. 그러다 보니 자신의 낡은 빌라에 도착해 있었다. 그는 유일한 보금자리인 옥탑방으로 올랐다. 도착해 문을 잠그자 다리에 힘이 쭉 빠졌다. 쓰러져도 침대에 쓰러져야 다음 날 안 걸리는데, 다리가 후들거려서 걸을 수가 없었다. 거의 기다시피 몸을 움직여 바닥과 별반 다르지 않은 차가운 시트에 몸을 뉘였다. 빛바랜 시멘트 천장이 눈에 들어왔다.

드디어 저질렀다. 이제 사건이 어떻게 흐를지는 그도 알 수 없었다. 최대한 자신의 계획대로 되어가기를 바랄 뿐이다. 란은 박용석에게 보낸 파일 내용을 다시 확인했다. 분명 자신이 보낸 것임에도 실감이 나지 않아 눈을 뗄 수 없었다. 어둠 속에서 환하게 빛나는 전송 완료. 그리고 수신 확인. 박용석은 여전히 답이 없었다.

◉　◎　◉

란에게서 도착한 음성 메시지를 들은 박용석은 책상을 내리쳤다. 핸드폰에서는 계속해서 란이 녹음한 대화가 흘러나왔다. 당시 핸드폰도 빼앗고 필요한 조치를 취했다고 생각했는데, 방심했다는 사실이 박용석을 더욱 분노케 했다.

쓰임새가 다한 아이들은 어떻게 처리하나요? 다 루트가 있지. 납치한 아이가 탈출이라도 하는 날에는 일이 커지지 않겠나. 애가 사고를 칠 수도 있고. 내가 워낙에 탈 없는 걸 좋아해서 말이야. 10년 전에도 아이들 시체가 한 번이라도 발견된 적이 있나? 괜한 걱정 말게. 제가 직접 하는 일이니 좀 불안하네요. 그럴 필요 없어. 아주 깔끔하게 데려왔고 절대 시체도 찾을 수 없을 거야. 애들이란 하루에도 수십 명씩 사라지고 새로 태어나니까……

대화는 끝이 아니었다.

의원님, 아이는 어떻게 할까요. 뭐, 일단 숨만 끊어놓게. 그 뒤에는 내가 사람을 보내서 처리하지. 수고했고, 차액은 내 사람에게 들려 보내지. 또 보세. 아이고, 감사합니다. 앞으로도 잘 부탁드립니다. 의원님! 대선에서도 분명 좋은 결과 있을 것입니다. 암, 그래야지!

반복해서 나오는 목소리가 마치 자신을 약 올리는 것 같아 그는 핸드폰을 던져버렸다. 박 의원에게 란은 인생의 치트키이자 어디로 튈지 알 수 없는 위험 분자였다. 박 의원은 자신의 피부를 쓰다듬으며 입맛을 다셨다. 아깝긴 하지만 조만간 처리해야겠군. 그렇다면 사용가치가 떨어지고 한 큐에.

3부

끝자락

1

　그날 천령교 부지에서 이창과 마주한 뒤 란이 굳이 가게로 다시
돌아온 것은 역시 미련 때문이었다. 단 며칠이라도 마음을 정리할
시간이 필요했다. 그래서 마지막 욕심이라고 생각하고 전화를 걸었
다. 전화기 너머 침묵 뒤로 사모님의 떨리는 한숨이 느껴졌다. 그리
고 이내 아무렇지도 않은 듯 내일 보자며 맞아주었다.

　놀라울 만큼 평온한 날들이 계속되고 있었다. 말없이 돌아온 란
을 보며 사장 부부는 무슨 일이 있었는지 궁금해하는 눈치였지만 캐
묻지 않았다. 아무 말도 할 수 없는 자신이 싫으면서도 일부러 모르
는 척해 주는 그들이 고마웠다. 자신은 앞으로 어떻게 될까. 지금처
럼 살아갈 수 있을까? 아마도 힘들겠지. 박용석 쪽에서는 아무런 연
락이 없었다. 한승태도 감감무소식이었다. 지금쯤이면 반응이 와야
했다.

　언제 무너질지 모르는 평온함은 피를 마르게 했다. 삭막한 방 안

에 혼자 있을 때면 온갖 잡념이 휘몰아쳤다. 그것들은 대개 피하고 싶은 비극이었다. 거의 뜬눈으로 밤을 새우느라 안색은 점점 칙칙해지고 눈은 벌겋게 충혈되었다.

란은 멍한 얼굴로 이미 닦은 곳을 또 닦았다. 일에 집중하지 못하고 산만하게 실수를 반복하는 그를 사장 부부가 걱정스럽게 바라봤다. 감은 눈을 꾹꾹 눌렀다. 잠시나마 눈의 피로가 풀리는 것 같기도 했다. 손을 떼고 다시 눈을 뜨자 낮인데도 불을 켜지 않으면 어두운 가게의 내부가 시야에 들어왔다. 눈의 피로는 여전히 그대로다. 등 뒤에서 란을 부르는 익숙한 목소리가 들려왔다. 한숨이 나왔다.

"여기, 사이다 한 병만 더!"

란이 잠들지 못하는 이유는 한 가지 더 있었다. 숨 막히는 평온함 속에서 한 가지 변화라면, 그 뒤로 매일같이 자신을 찾아오는 형사였다. 란은 휙 고개를 돌렸다. 뻔뻔한 얼굴의 이창이 한 손으로 사이다 병을 흔들고 있었다. 가게 제일 구석의 2인용 테이블에 혼자 앉아 있던 그는 소주잔에 사이다를 따르더니 술처럼 홀짝였다. 테이블 위에는 이미 사이다 병만 잔뜩 쌓인 채였다. 대낮에 술집에서 이게 뭐 하는 짓이람. 란은 얼굴을 구겼다.

교회에서 마주한 뒤로 이창은 집, 일터를 가리지 않고 거의 스토커처럼 따라다녔다. 형사라면서 하는 일도 없는지 허구한 날 눈앞에 나타났다. 사이다를 신경질적으로 내려놓고 등을 돌리는 란의 손목을 이창이 붙잡았다.

"솔직히 말해 봐. 다른 방법이 있는 거지? 그렇지 않고서야 십 년 전에는 어떻게 그 많은 사람들을 낫게 한 건데? 말이 안 되잖아."

"전 분명히 사실을 말했어요. 가세요."

이창은 말없이 이를 갈았다. 그 뒤로 사이다가 아닌 진짜 소주를 주문해 한참을 마시더니 결국 비틀거리며 가게를 나갔다. 이창이 한 번 다녀가면 온몸에 힘이 빠졌다. 퇴근 시간까지 기진맥진한 상태로 겨우 일을 끝낸 란은 가게 마감까지 돕고서야 갈 채비를 했다. 어차 피 집에 가봤자 쉬지도 못할 텐데 하는 마음이었다. 겉옷을 챙겨 입 는 란을 보는 사장의 입에서 지나치듯이 한마디가 튀어나왔다.

"란아. 너무 무리는 하지 마."

깊게 숨을 들이마신 란은 사장에게 애써 웃어 보였다.

"저 퇴근할게요."

상가를 나온 란은 밤하늘을 바라봤다. 구름이 많아 달은 보이지 않았다. 주머니에 손을 구겨 넣은 채로 그는 자신의 옥탑방으로 향 했다.


2


빌라에 도착해 느린 걸음으로 계단을 올랐다. 엘리베이터 하나 없 는 건물은 지어진 지 한참이라 층계가 가팔랐다. 꼭대기까지 오르는 동안 다리가 낭기고 숨이 거칠어졌다. 그때 한승목에게 당한 상처가 빨리 낫지 않았던 것도 분명 이 계단 탓이다. 그 상처만 아니라면 형사에게 능력을 들키지 않을 수 있었을까? 부질없는 상상을 하며 란은 옥상의 녹슨 문을 밀었다. 요란한 소리를 내며 철문이 열리자, 자신의 방 앞에 쭈그려 앉아 있는 익숙한 실루엣이 보였다. 란의 표정이 순식간에 굳어졌다.

"언제부터 거기 그러고 계신 거예요?"

"가게 나오고부터."

"남의 집에서 행패 부리지 말고 가세요. 신고하기 전에요."

자리에서 벌떡 일어난 이창이 어디에서 묻혀왔는지 모를 흙먼지를 털었다. 그를 지나친 란은 잠겨 있는 옥탑방의 문에 열쇠를 넣고 돌렸다. 잠금쇠가 풀려 덜컥이는 소리와 동시에 이창이 서 있는 란을 끌고 안으로 들어갔다. 요란한 소리와 함께 순식간에 현관문에 밀쳐진 란은 양손으로 자신의 어깨를 짓누르는 이창을 노려봤다.

"이게 뭐 하는 짓이야!"

"다른 방법이 없을 리가 없어. 네 형은 무슨 불로불사였나? 그 많은 신자들의 병을 어떻게 전부 옮겨 받고도 살아 있었던 건데? 그러니까 날 이해시키라고!"

"……."

"거 봐, 말 못 하잖아. 넌 숨기는 게 있어. 원하는 게 뭐야? 네가 바라는 대로 다 해줄게."

"제가 바라는 건 당신이 눈앞에서 사라지는 것뿐이에요."

"그럼 말하라고!"

"도대체 뭘! 뭘 말하라는 건데! 십 년 전엔 어떻게 된 거냐고? 그

망할 놈의 기적 때문에 얼마나 많은 애들이 사라져간 줄 알아? 우리 형이 얼마나 괴로운 밤을 보냈는지 알기나 해? 나한테 그짓을 또 하라고?"

머칠 동안 잠을 자지 못해 날카로워질 대로 날카로워진 상태였다. 누군가가 조금이라도 건드린다면 가느다란 신경줄이 바로 툭 끊어질 것 같은. 그런데 이 인간이 눈치도 없이 바로 그 누군가를 자처하고 나섰다. 한번 폭발한 감정은 주체할 수가 없었다. 자신이 무슨 말을 내뱉는지도 모르는 채 란은 혼자 묵혀두었던 말들을 이창에게 모조리 쏟아냈다.

"다들 왜 이 거추장스러운 재주 가지고 난린데! 내가 지난 세월 동안 얼마나 부담감을 가지고 살아왔는지 알아? 당신은 몰라. 할 수만 있다면 손을 잘라버리고 싶었다고! 그런데 난데없이 나타나서는…… 하, 됐어요."

시간이 멈춘 것 같은 침묵이 흘렀다. 이창이 당황스러운 얼굴을 했다.

"고통을 받아내는 아이들이 따로 있었다고?"

"그래. 그럼 당신 말대로 불로불사도 아닌 우리 형이 어떻게 남아났겠어? 결국엔 그 능력 때문에 형도 죽었지만."

한참 동안 란을 응시하던 이창은 부서질 듯 세게 문을 닫고는 빌라를 뛰쳐나갔다.

◎　◎　◎

"정말로 단순히 옮기는 것, 그뿐이란 말이지."

란의 옥탑방을 나온 이창은 같은 말을 중얼거리며 밤길을 하염없이 걸었다. 아무 생각도 들지 않았고 오로지 폭발하듯 외친 란의 말들만이 머릿속을 빙빙 맴돌았다. 그는 거짓말을 하고 있는 게 아니다. 이제는 인정할 수밖에 없다. 그제야 이창은 아무렇게나 내딛던 걸음을 멈췄다. 주위를 둘러보니 진즉에 문을 닫은 가게들이 늘어서 있었다. 어떤 문도 열릴 틈이 보이지 않는 것이 꼭 자신의 상황 같았다. 이창은 진심으로 울고 싶었다. 이제 어떻게 해야 할까? 정말로 자신이 대신 죽는 방법밖에 없는 건가? 자살 사이트 같은 곳에서 사람을 구하는 것은? 하지만 그게 살인이랑 뭐가 다른가. 물어봐도 답을 주는 이는 아무도 없었다.

얼마나 걸어온 것인지 돌아갈 길도 막막했다. 온통 새까맣고 인기척이라고는 없어서 이곳이 어딘지조차 감이 잡히지 않았다. 결국 그는 한참을 그 자리에서 서성이다가 지나가는 택시 하나를 붙잡아 탔다.

"삼흑동으로 가주세요."

택시가 미터기를 켜고 달렸다. 택시기사가 심심했는지 이런저런 말을 걸었지만 이창은 대꾸할 정신이 아니었다. 넋이 나간 사람처럼 멍하니 창밖만 바라봤다. 답답한 마음에 창문을 약간 내리자 쌀쌀한 바람이 훅 밀려 들어왔다. 5분가량을 달리자 창밖으로 다시 익숙한 풍경이 나타났다. 항상 다니던 동네의 뒷골목인데 왜 그렇게 낯설었던 걸까. 택시는 계속 달려 어느새 목적지 근처에 다다랐다. 이창의 집 앞에 있는 호수공원을 지나는 순간이었다. 이창의 머리에 과거의 한 장면이 스쳐 지나갔다.

"기사님, 여기 내려주세요."

"엥? 여기? 이 새벽에 공원은 뭣 하러!"

"잔돈은 괜찮습니다."

이창은 널브러진 취객 말고는 아무도 없는 적막한 공원을 바라봤다. 호수를 가로지르는 다리는 조명마저 꺼져 있어 스산하게 느껴질 정도였다. 이창은 그 다리로 향했다. 다리 한가운데에서 그는 호수를 응시했다. 호수 한가운데에는 어째서인지 제자리로 돌아가지 못한 백조 보트 하나가 덩그러니 떠 있었다.

지금은 모습이 많이 바뀌었지만 공원은 이창이 어렸을 때부터 줄곧 이 자리에 있었다. 이 공원에서 이창 자신도 누나도 아버지도 잘 기억이 나지 않는 어머니도 그리고 채린도 함께 뛰어놀았다. 아버지는 위험하다고 싫어했지만 이창은 가끔 누나와 둘이 몰래 백조 보트를 탔다. 그러고 보니 채린은 저걸 탄 적이 없구나. 이창은 천천히 눈을 감았다 떴다. 저 멀리 산책로의 가로등 불빛이 깜빡였다. 이창은 느린 걸음으로 집으로 향했다.


3


그 후로 며칠 동안 란은 이창을 볼 수 없었다. 처음에는 홀가분했다. 그런데 또 항상 보이던 얼굴이 갑자기 안 보이니 왜인지 불안한 마음이 들기 시작했다. 자신이 너무 많은 말을 했나? 무슨 일이 생긴 건 아닌가 싶은 생각이 들려는 찰나였다. 점심 타임 오픈 준비를 하고 있는 와중에 가게 입구에 달아놓은 종이 울렸다.

"어서 오세요."

"오랜만이네."

떡하니 가게에 나타난 이창은 태연하게 음식을 주문했다. 쉽게 자리를 뜰 생각이 없는지 늘 앉던 구석의 2인용 테이블에 자리를 잡고 넥타이까지 풀었다. 란은 어이없다는 얼굴로 그를 멀뚱히 바라봤다.

역시나 사이다에 제일 싼 메뉴인 꼬치만 세 접시였다. 그러고는 아무 말도 하지 않고 란만 힐끗힐끗 쳐다봤다. 누가 봐도 할 말이 있어 보이는 얼굴이었다. 그 노골적인 시선에 사장 부부에게 괜히 눈치가 보일 정도였다.

때마침 이창이 주문한 안주가 나왔다. 음식을 가지러 주방으로 가자, 사장이 결국 이창의 정체를 물었다. 란은 무안한 얼굴로 그냥 아는 사람이라고 설명할 수밖에 없었다. 주방을 나온 란은 심란하다는 듯이 한숨을 쉬며 주문한 음식을 내려다보았다. 이번에도 꼬치였다. 질리지도 않나? 란은 꼬치와 추가 주문한 사이다를 이창의 앞에 퉁명스럽게 내려놓으며 쏘아붙였다.

"형사님은 일도 안 합니까?"

이쑤시개로 이를 쑤시던 이창이 눈알을 굴렸다.

"나 지금 일하고 있는 건데? 너 용의자잖아. 난 지금 잠복근무 중이라고."

"아, 그러세요."

어처구니가 없었다. 이창이 뻔뻔한 표정으로 꼬치를 질겅거리며 란을 올려다보았다. 맑은 종소리와 함께 가게 문이 열리고 손님이 들어오자 란의 입에서 자동적으로 어서 오세요 인사가 튀어나왔다. 지난번에 이창과 함께 왔던 단골손님이었다.

좁은 가게 안을 훑던 준혁은 신경질적인 걸음으로 이창 앞에 섰다. 이창은 애써 모르는 척 시선을 피하며 기계적으로 양념꼬치를 씹었다. 란은 딱 봐도 무슨 상황인지 알 것 같았다. 준혁이 이창의 어깨에 손을 올리자 이창은 움찔거렸다.

"선배, 저 좀 볼래요?"

"누구신지."

이창은 슬쩍 고개를 돌렸다. 아오, 속 터져. 준혁이 가슴을 턱턱 쳤다.

"이 사람이 진짜, 일은 나한테 다 떠맡겨놓고 대낮부터 술집에서 지금 뭐 하는 거예요!"

"아니, 그게 아니라…… 지금 잠복근무 중인데?"

"잠복근무는 개뿔. 빨리 나오지 못해요!"

곧 이창의 테이블을 본 준혁이 무슨 꼬치랑 사이다만 이렇게 많이 먹었대? 하고 기겁했다. 우물쭈물하며 일어선 이창은 겉옷을 챙겨 입고 카운터로 향했다. 준혁은 란과 가게 사장에게 고개를 숙이며 대신 사과했다.

"거 봐요. 땡땡이 맞잖아요."

란은 무표정하게 이창이 건넨 카드를 받아들며 응대했다. 란의 눈치를 슬쩍 본 이창은 의미 없는 헛기침을 뱉었다. 한참 뜸을 들이더니 본래의 목적을 알렸다.

"이만 삼천 원입니다."

"내일 가게 쉬는 날이지?"

"그렇긴 한데, 왜요?"

"나랑 어디 좀 가자."

"제가 왜요?"

"그동안…… 미안했어. 이제 그럴 일은 없을 거다."

선배, 뭉그적거리지 좀 마요! 먼저 나가 있던 준혁이 밖에서 빽 소리를 질렀다. 아 씨, 성격 한번 급하네. 이창이 중얼거렸다. 영수증을 받아들고는 란을 마주봤다.

"가는 거다?"

그리고 그는 툴툴거리면서 가게를 빠져나갔다. 란은 그 뒷모습을 잠시 동안 바라봤다.


4


란의 낡은 빌라 앞에서 소나타 한 대가 시끄럽게 경적을 울려댔다. 미간을 잔뜩 찌푸린 란이 빌라의 입구에 모습을 드러내자 이창은 그제야 소음을 멈췄다. 차 안에서 창문만 빼꼼 내린 채 얼굴 좀 풀라며 알은척을 해왔다. 란은 그를 깔끔하게 무시하고 차의 조수석에 올라탔다. 뒷좌석은 커다란 토끼인형이 자리를 차지하고 있었다.

이창이 란을 끌고 간 곳은 병원이었다. 이창의 조카가 입원해 있는 병원은 공교롭게도 10년 전 란이 입원했던 그곳이었다. 또한 찬이 잠들어 있는 납골당 근처이기도 했다. 어쩌면 당연한 일이다. 이 좁은 항구도시에서 하나밖에 없는 대학병원이었으니까.

그쯤 되니 이창이 언제 어떻게 자신을 발견하고 그 교회까지 쫓아왔는지도 짐작이 갔다. 납골당에 들러서 병원 뒷마당을 지나던 자신을 어디선가 보고 쫓아왔을 것이다. 먼저 내린 란은 병원 주차장에 아무렇게나 차를 대고 뒷좌석의 거대한 토끼인형을 꺼내 옆구리에 끼는 이창을 바라봤다. 그다지 조화롭지 못한 모습이었다. 란이 이상하게 바라보자 이창은 손가락으로 토끼인형을 가리켰다.

"네가 들든가."

란은 질색하고 고개를 저었다.

"만날 사람이 세 명이나 있다. 시간 없어."

대형 토끼인형을 품에 안은 이창이 란을 재촉했다. 란은 자신이 경찰서에 데려다주었던 소년도 이 병원에 있다는 사실을 알았다. 아이의 이름은 준서였고, 말을 잃었다고 했다. 모두 자신의 탓인 것 같았다. 준서는 평생 정신적인 상처를 안고 살아갈 것이다. 겉보기에 멀쩡해 보인다고 상처가 치유된 것은 아니다. 기억이란 불시에 찾아온다. 사라지지 않는 기억의 굴레 안에서 허우적거리겠지. 자신이 그렇게 살아온 것처럼. 란은 무기력했다. 차라리 기억을 지우는 능력이 있다면 도움이 됐을까.

"못 보겠어요. 제가 어떻게 봐요."

"네가 못 보면 도대체 누가 보는데. 네가 살린 아이야."

이창이 란의 손목을 잡고 다짜고짜 준서가 있는 병실로 그를 이끌었다. 란은 마지못해 끌려갔다. 블라인드 틈새로 침대 위 작은 아이의 모습이 비쳤다. 그 밤 칼에 찔렸던 아이가 맞았다. 아직 치료 중인 아이에게 무리가 갈까 싶어 차마 안으로 들어가지는 못했다. 병실에는 준서와 간병인밖에 없었다. 말을 잃은 아이가 있는 병실은 꼭 소리를 잃은 것 같았다. 현실이라고 믿어지지 않을 정도로 고요했다. 가만히 바라보던 이창이 입을 열었다. 란은 입술을 씹고 있었다.

"네 능력 말이야. 저런 실어증 같은 건 못 고쳐?"

"아마도 그럴 거예요. 제가 알기로는 물리적인 상처나 질병에만 효과가 있어요, 정신적인 문제는 어떻게 할 수 없어요."

"참 애매한 능력이네."

"그러게 말이에요."

이창이 어떤 말을 하려 입을 달싹였다. 한참을 생각하더니, 본래 하려던 것과는 다른 듯한 말을 꺼냈다. 뭐, 필요하면 다시 말하겠지. 란은 굳이 캐묻지 않았다.

"그럼 이제 채린이 보러 가자."

"채린이?"

"어. 내 조카."

결국 거추장스러운 토끼인형을 등에 업은 이창의 발걸음은 가벼워 보였다. 날카로운 눈매 때문에 매서워 보이는 그가 씨익 웃자 전혀 다른 사람처럼 보였다. 란은 이번에도 역시 얼떨결에 그에게 손목을 잡힌 채 질질 끌려갔다. 준서가 있는 병실보다 한 층 위에 위치한 장기 입원실이었다.

이창이 성큼성큼 병실로 향했다. 가까이 가자 안에서 시끄러운 소리가 새어나왔다. 같은 층에 입원해 있는 또래 아이들이 모여서 노는 듯했다. 어떻게 알았는지, 이창이 문을 열기도 전에 작은 몸집이 튀어나와 그의 다리에 폭 안겼다.

"삼촌!"

란은 눈에서 꿀이 뚝뚝 떨어진다는 느낌이 무엇인지 알 것 같았다. 이창의 눈이 지금 그러했다. 채린의 얼굴에 자신의 얼굴을 비비고 뽀뽀를 하고 난리였다. 그 차가운 인상의 형사가 그러고 있다는 게 좀 어이가 없을 지경이었다.

"채린이 잘 있었어? 삼촌이 선물 사왔지."

이창이 통통한 아이의 양쪽 볼을 두 손으로 짜부라뜨리며 콧소리를 냈다.

"뭐야? 인형이야? 삼촌 근데 이제 손 좀 놔줘. 아파!"

"맘에 들어?"

"응. 근데 삼촌, 난 인형보다 삼촌이 더 자주 오는 게 좋은데."

아이가 토끼의 머리를 쓰다듬으며 고개를 숙이고 말했다. 란의 가슴이 약간 따끔거렸다. 쪼그려 앉은 이창의 뒤통수가 바닥으로 떨어졌다.

"지금 바쁜 것만 지나면 삼촌이 훨씬 많이 놀아줄게. 하루 종일."

"진짜? 하루 종일이랬다?"

"그럼."

"옆에 이 오빠는 누구야?"

자신의 키만 한 토끼인형을 안은 채린이 고개를 갸웃거리며 란을 가리켰다. 똘망똘망한 작은 눈이 자신을 응시하고 있었다. 난데없이 식은땀이 났다. 나를 뭐라고 소개해야지? 네 삼촌이 쫓던 살인용의 자란다. 아니, 그러기엔 아이의 동심이 깨질 거 같은데. 천진하게 깜빡이는 채린의 눈이 당황스러웠다. 란이 곤란해하는 것을 알았는지 이창이 먼저 입을 열었다. 여전히 징그럽도록 어울리지 않는 콧소리를 내고 있었다.

"채린이 작은삼촌."

"헐, 나 작은삼촌도 있었어?"

아이가 굉장히 감격스럽다는 표정으로 란을 바라봤다. 언제부터 들었는지 병실 안쪽에서 떠들던 아이들도 문 쪽으로 나와서는 란을 신기하게 바라보았다. 무리지어 고개를 쳐든 폼이 꼭 텔레비전에서 본 미어캣 같았다. 란의 얼굴이 빨갛게 달아올랐다. 그런 눈빛은 란이 태어나서 처음 받아보는 종류의 것이었다. 병실에서 도망치고 싶었다.

민망함에 고개를 돌리니, 비웃는 표정일 거라는 예상과는 달리 이창은 꽤 진지한 눈으로 란을 보고 있었다. 살인 사건 용의자인 자신을 조카에게 작은삼촌이라고 소개하다니……. 그는 도대체 무슨 생각인가.

란은 그 뒤로 아이들에게 한참을 시달렸다. 오랫동안 병원 생활을 해온 아이들은 새로운 얼굴인 란을 가만히 놔두지 않았다. 덩치 큰 장난감으로 아는 듯했다. 매달리고 잡아당기고 목말을 타고 뛰어다니던 아이들이 스스로 놀다가 지치자, 이번에는 질문 공세를 퍼붓기 시작했다.

"형, 진짜 채린이 삼촌이에요? 그럼 왜 그동안은 안 왔어요?"

"진짜 이창 형사님 동생은 아니고 그냥 친하게 아는 사이야."

친했나? 병실 아이들과 만난 지 하루도 지나지 않아 졸지에 거짓말쟁이가 되어버렸다. 란은 간지러운 죄책감이 들었다.

"아, 그렇구나. 근데 그러면 친하다는 거예요 아니라는 거예요?"

"응? 그 중간쯤?"

"그럼 이제 여기 자주 올 거예요?"

"아마도?"

"와! 진짜 자주 와야 돼요! 여기 되게 심심하거든요."

란은 얼결에 아이들과 새끼손가락까지 걸고 약속을 해버렸다. 그 뒤로도 목말을 두 번, 노래 세 번을 시달리고 난 후에야 병실에서 빠져나올 수 있었다. 온몸에 진이 다 빠져버린 것 같았다. 힘들어 죽겠다는 얼굴로 이창을 바라보자 그는 남 일이라는 듯 킬킬거렸다. 딱 한 대만 쥐어박고 싶었다. 금세 웃음을 거둔 이창이 란의 어깨에 손을 올리며 말했다.

"산책이나 하자."

병원 건물을 나와 얼마 안 가서 뒤뜰이 나왔다. 환자복을 입은 이들이 삼삼오오 모여 햇볕을 쬐고 있었다. 볕이 좋았다. 란은 그 평온한 광경이 꽤 마음에 들었다. 분수를 지나자 수풀 사이로 오솔길이 나타났다. 이창은 오솔길로 향했다. 란은 말없이 그를 따라갔지만 왜 그 길을 가는지는 짐작할 수가 없었다. 그곳은 찬이 잠들어 있는 납골당으로 향하는 길이었으니까. 형사님, 하고 부르려는 찰나 이창이 먼저 입을 열었다.

"네가 내 조카를 봤으니까 나도 네 형님 얼굴 한번 봐야지."

"……."

"왜 갑자기 말이 없어? 네가 형 이야기할 때마다 그렇게 죄지은 표정인 걸 알면 네 형이 하늘에서 참도 좋아하겠다. 어린놈이."

"그쪽이랑 나이 차이 뭐 얼마나 난다고요."

"근 열 살 차이면 큰 거지."

납골당이 있는 공원으로 향하는 뒷길은 고요했다. 아무도 관리를 하지 않아 잎이 무성한 나무가 바람에 흔들리는 소리만이 들려왔다. 한동안 둘은 말없이 걷기만 했다. 오솔길이 끝나고 넓은 공터가 나타났다. 주차장으로 쓰이는 공터를 지나 공원을 오르면 찬이 있는 납골당이 나온다. 공터에 발을 들이기 전, 이창이 갑자기 몸을 틀어 란을 마주봤다. 여전히 바람 소리만 가득했다.

"하나 물어볼 게 있어. 그러니까 네 능력이 병을 없애는 게 아니라 옮겨주는 거라면…… 우리 누나의 병은 누구한테 옮겨갔어?"

란의 심장이 쿵 하는 소리를 내며 내려앉았다. 이창은 대답을 재촉하지 않았다. 차분히 그를 바라보며 기다렸다. 알 수 없는 표정으로 침묵을 지키던 란이 마침내 입을 열었다.

"제 형이요."

"네 형이면…… 지금 보러 가는 찬?"

이창의 되물음에 란은 고개를 끄덕였다. 단순히 사실만을 전하는 것임에도 란은 이를 악물어야 했다. 잠시 동안 잊고 있던 죄책감들이 안에서 아우성을 쳤다.

"형사님 누나가 형이 병을 옮겨준 마지막 사람이었으니까. 형은 저를 살리느라 형사님 누나의 병을 다른 아이에게 옮기지 못하고 가진 채 죽었어요. 축복의식이 끝나고 얼마 지나지 않아서 집에 불이 났으니까요."

이창이 입술을 깨물고 고개를 숙였다. 꽉 쥔 양손이 부들거렸다. 란은 계속해서 진실을 전했다.

"경찰의 개입에 한승목 형제는 겁을 먹었어요. 본래 병을 받아낼 예정이었던 아이는 포대 자루에 넣어져서 산속에 버려졌죠. 지나가던 등산객이 발견했지만 집에 돌아갈 수는 없었어요. 원래 집이 없는 아이였거든요. 이제 질문에 대한 답이 되었나요?"

이창은 지하실에서 발견된 노트를 떠올렸다. 그곳에 적힌 이름들. 실종된 수많은 아동들. 신고가 된 아이들도 있었지만 그렇지 않은 아이가 더 많았다. 그런 아이들은 신원 확인조차 제대로 할 수 없었다. 이창의 표정이 참담했다. 란의 표정도 별반 다르지 않았다.


　　5


　이창은 납골당의 한 칸을 차지하고 있는 사진 속 찬을 바라봤다.
한참 어렸을 때의 모습이기도 했지만 란보다 조금 더 가냘픈 인상의
소년이었다. 하지만 누가 형제 아니랄까 봐 자연스럽게 란을 떠올릴
정도로 닮은 얼굴이었다. 이렇게 작은 아이가 제 살을 깎아가며 병
을 옮기고 기적을 이뤘다니. 아, 기적은 아니구나.
　찬과 란이 그 미친놈들 사이에서 얼마나 힘든 시간을 보냈을지는
상상도 되지 않았다. 제대로 된 사진 한 장 없었다. 갑작스럽게 찍은
것 같은 단체사진 속에서 찬은 웃는 것도 우는 것도 아닌 애매한 표
정을 짓고 있었다. 그를 바라보는 란의 표정이 궁금했지만 떨리는 뒷
모습만이 보일 뿐이었다. 찬의 사진 옆에는 작은 편지 봉투가 놓여
있었다. 누가 두고 간 것일까. 란일까. 그 말고 또 찾아오는 이가 있
기는 할까.
　아무 말 없이 사진을 바라보다 납골당을 나서니 어느새 노을이
지고 있었다. 멀리 보이는 창백한 색깔의 병원이 붉게 물들어갔다.
둘은 또 말없이 한참을 걸었다. 할 말이 있기는 둘 다 마찬가지였다.
　"야."
　"형사님."

말이 겹쳤다. 괜히 무안해지자 이번에는 서로에게 말하라고 떠밀기 시작했다. 결국 답답해진 이창이 먼저 준비했던 이야기를 꺼냈다. 아마도 란이 하려고 하는 말 역시 자신의 말과 같은 주제일 것이라고 어렴풋하게 예상했다.

"채린이 병, 나한테 옮겨줘."

란의 동공이 커졌다. 말문이 막힌 듯 한참이나 입을 달싹이기만 했다.

"그럼 형사님이 죽어요. 병은 결코 없어지지 않아요."

"나도 알아. 그래도 상관없어. 예수님도 내 나이에 죽었는데 뭐."

황당한 얼굴의 란이 끼어들었지만 이창은 말을 잘랐다.

"정말 상관없어요?"

이창은 허탈한 표정을 지었다. 상관없을 리가. 힘겹게 기적을 찾아 헤맸는데 그게 기적이 아니었다. 누군가의 목숨, 아마도 자신의 목숨을 담보로 걸어야만 겨우 이룰 수 있는 거였다. 이런 상황에서 아무렇지도 않을 수 있는 사람이 과연 있을까. 눈에 보이는 모든 것들을 다 부숴버리고 싶었다. 속이 답답해서 뒤집어질 것 같았다. 하지만 그래봤자 소용없다는 것을 안다. 때문에 하지 않는 것뿐이다. 자신은 채린을 살려야만 한다. 그래야만 하는 이유가 있다.

이창은 공기 중에 떠다니는 먼지만을 무감하게 좇았다. 자신이 찾아다니던 게 바로 이런 거였군. 나풀거리기만 하고 잡으면 보이지 않는 먼지. 이창은 속으로 조소했다. 어이없다는 얼굴로 이창을 바라보던 란이 이해할 수 없다는 듯이 되물었다.

"왜요? 도대체 왜요? 어째서 그렇게까지 하냐구요!"

이창은 이를 악물었다. 지극히 평범했던 그날의 풍경이 눈앞에 펼쳐졌다. 왜냐고? 그야 매형과 누나, 아버지가 나 때문에 죽었으니까. 기억의 커튼이 젖혀지고 그 안의 맨살이 드러났다.


6


"같이 못 가는 것도 아쉬운데, 네 차 좀 빌려주라. 더 크잖아."

"그러든가."

평소와 똑같은 아침이었다. 딱히 이상한 점이라거나 어떤 불길한 징조 따위는 없었다. 때문에 갑작스러운 죽음은 생각한 것보다 훨씬 폭력적이었다. 매형의 차보다 이창의 차가 더 컸다. 그뿐이다. 이창은 별 생각 없이 선뜻 차를 넘겼다. 그리고 그의 가족은 사라졌다. 하나를 무너뜨리면 순서대로 넘어지는 도미노처럼 그것은 어떤 연쇄 작용의 결과였다.

사고 영상을 차마 두 눈으로 확인하기 힘들었다. 외면하고 외면하다 조사 차원에서 어쩔 수 없이 보아야만 했을 때 어딘가 이상한 점을 발견했다. 동영상을 찍은 건 바로 뒤에서 달리던 차량 조수석에 앉아 있던 사람이었는데, 앞서가던 대형 레미콘이 과하게 흔들리는 모습을 보고 이상하게 느껴 촬영을 시작했다고 말했다. 분명 뒷사람이 이상하게 여길 정도로 그 레미콘은 상태가 좋지 않았다. 그런데 이창의 누나가 탄 차는 그 레미콘을 향해 속도를 줄이지 않고 달렸다. 동영상에는 촬영한 부부의 대화도 함께 녹음되어 있었다.

"어머, 저 차 왜 저래?"

"저대로 가면 위험할 거 같은데?"

차는 이미 형체도 없이 뭉개져 상태를 확인할 수 없었다. 이창은 자신이 차를 사용한 마지막 순간부터 누나가 차를 타고 나가기 직전까지 모든 CCTV를 조사했다. 그리고 이상 현상의 원인은 금방 확인되었다.

아파트 주차장에 자리가 없어 근처 공터에 주차해 둔 사이, 누군가 이창의 차 브레이크를 고장 내는 모습이 선명히 찍혀 있었다. CCTV 속 남자는 자신에게 쫓기다가 교통사고를 당해 죽은 성폭행범의 아들이었다. 이창은 그 후로 아무것도 할 수 없었다. 말로 다 할 수 없이 참담했다.

술에 절어서 하루 종일 하는 것이라고는 후회의 쳇바퀴를 돌리는 것뿐이었다. 그때 그 성폭행범을 쫓지 않았다면? 내가 차를 빌려주지 않았다면?

자신 대신 그들이 죽은 거나 다름없었다. 그러므로 자신은 채린을 살려야만 했다. 란이 자신에 대해 어떤 상상을 하든 그건 알 바가 아니다. 결국은 이마저도 자신의 이기심이나 마찬가지니까. 더 이상 꿈에 나와 붉은 얼굴로 내 목을 조르는 누나를 보고 싶지 않았다. 그뿐이다.

    란은 말을 잇다 말았다. 이창의 휘몰아치는 속을 알 리가 없는 란
은 겉으로 보이는 그의 태연함을 이해하기 힘들었다. 주위엔 그런 사
람이 단 한 명도 없었다고, 말하려 했다. 지금까지 아무리 지위가 높
고 권력이 있는 자들이라도 다들 죽음 앞에서는 추해졌다. 하지만
그렇지 않은 이가 딱 한 명 더 있었다는 것을 떠올렸다. 이창의 얼굴
에 찬이 겹쳐졌다. 란은 부어터진 입술을 깨물었다.

    "형사님이 해달란 대로 해드릴 수 있어요. 그렇지만 그 후에는요?
형사님이 죽고 난 뒤 조카는요? 가족이 없다면서요. 그 아이는 그럼
어떻게 살아갑니까. 살아 있다고 사는 게 아니에요……. 저랑 형도
그랬어요."

    란이 물기 어린 목소리로 나지막이 말을 이었다.

    "누가 우리를 낳은 건지 원망도 많이 했어요. 원망할 대상조차 기
억이 나지 않았다는 것이 어떻게 보면 다행이었죠. 그래도 저한테는
형이 있었어요. 그런데 형사님 조카는요? 형사님이 죽으면 누가 남나
요?"

    이창이 고개를 떨어뜨리고 머리를 헝클었다. 괜히 땅에 널브러
져 있던 나뭇가지를 신경질적으로 걷어찼다. 흙먼지가 공중에 흩날
렸다.

    "아무도 없잖아요. 대신 죽겠다는 것 역시 형사님의 이기심일지도
몰라요."

"그래서 지금 살릴 수 있는 아이를 죽게 내버려두자고?"

"살릴 수 있는 게 아니에요! 그 대신 형사님이 죽으니까 단지 좀 더 신중해지라는 겁니다."

"네가 무슨 말을 하는지는 알겠어. 네 말이 맞을지도 몰라. 다 내 이기심일 수도 있지. 하지만 그래도 상관없어. 난 내가 살아 있는 동안 그 아이가 죽는 건 못 봐. 그 후는 생각해 봐야지. 나도 방치할 생각은 없어."

란은 그 뒤로 말이 없었다. 찬이 불길 속에서 날 살렸을 때도 저런 기분이었을까. 이창의 지금 기분이 궁금했다. 어째서인지 하나도 닮지 않은 그의 얼굴에 계속 찬이 겹쳐 보였다.

"형사님. 지금 기분이 어때요?"

"어떻긴. 좆같아."

잠시 멈췄던 바람이 불기 시작했다. 나무들이 기괴한 소리를 내며 흔들렸다. 하늘이 회색이었다. 곧 비가 올 것 같았다. 자신의 손을 계속 바라보던 란이 입을 열었다.

"저랑 거래를 해요."

"거래?"

이창은 눈을 가늘게 뜨고 되물었다.

"채린이랑 형사님 둘 다 살 수 있어요. 대신 저 좀 도와주세요."

7

　적막한 어둠이 내린 병실에 두 사람의 인기척만이 스몄다. 채린은 깊게 잠든 상태였다. 이창과 란은 행여 아이가 깰까 싶어 작은 목소리로 대화를 주고받았다. 속삭이는 목소리에서 비장함이 느껴졌다. 둘을 둘러싸고 있는 공기는 무거웠다. 그 때문인지 갑자기 채린이 앓는 잠꼬대를 하며 몸을 뒤척였다. 하지만 이창이 다시 이불을 덮어주며 땀이 밴 이마에 입을 맞추자 놀랍게도 아이는 고요히 잠들었다. 이창은 고개를 들고 란을 바라봤다. 그의 눈빛은 어떤 흔들림도 없이 확고했다.

　"정말로 후회하지 않겠어요?"

　"이왕 할 거 빨리 해버리지."

　"그럼 시작할게요."

　란이 누워 있는 채린의 손을 잡았다. 준서와 또 다른 수많은 아이들과 마찬가지로 따뜻한 손이었다. 그 느낌은 비슷하게 골고루 사랑스러웠다.

　자신의 손은 앙상하고 차가웠다. 괜한 생각에 가슴이 미어졌다. 란은 애써 생각을 돌려 능력을 쓰는 데 집중했다. 한쪽 손으로 채린의 손을 잡고, 다른 한 손을 이창에게 내밀었다.

　병이 어떻게 옮겨가는지 대충 설명을 들었던 이창은 어떤 망설임도 없이 선뜻 란의 손을 잡았다. 저렇게 군더더기 없는 의지라니. 란은 그가 부러웠다. 이창은 란이 그런 생각을 하는지도 모르고 퉁명스럽게 중얼거렸다.

"여자 손도 제대로 못 잡아봤는데."

"저도 마찬가지예요. 하지만 손을 잡아야 능력이 발현되는 걸 어
쩌겠어요."

"진짜 손만 잡으면 돼? 무슨 초능력이 이렇게 허접해?"

"그러게 말입니다. 이왕이면 멋있고 쓸모 있으면 좋을 텐데요."

"그래도 아주 쓸모가 없지는 않아."

이창이 머쓱하게 코를 긁으며 대답했다. 란은 눈을 감고 웃었다.
능력을 쓸 때마다 어쩔 수 없는 긴장이 따랐다. 란은 크게 심호흡을
했다.

"이제 시작할게요."

여전히 익숙하지만 불쾌한 느낌이 전신을 휘감았다. 양팔이 신체
와 신체를 연결하는 터널이 되었다. 아이의 병은 박용석 의원의 암
과 달리 구체적인 형태가 없었다. 박용석의 것이 종양이라는 형태로
존재했다면 채린의 병은 추상적인 형태였다. 어떤 기관이 제대로 된
역할을 하지 못하여 문제가 되는 기능적인 이유의 병일 때 그랬다.

아이의 몸에서 기분 나쁜 젤리 같은 것이 뭉텅 빠져나왔다. 그것
이 그대로 사라져버리면 좋으련만, 썩은 초록색의 젤리는 역겨운 느
낌을 내며 터널처럼 열린 란의 팔로 흘러들었다. 숨이 턱 막혔다. 병
마가 자신의 몸으로 흘러들었다. 손이 일시적으로 검게 변했다.

병마가 침입하는 순간 속은 메스껍고 코에서는 피가 흘렀다. 내부
가 뒤틀리는 것 같았다. 두둑, 회색의 병실 바닥에 검붉은 것이 점점

이 찍혔다. 잡고 있는 이창의 손 근육이 경련했다. 갑작스런 출혈과 창백해지는 란의 안색에 그가 당황한 것이 느껴졌다. 새삼스럽게 손을 잡는 것만으로도 감정을 알아챌 수 있다는 것이 놀라웠다.

태연한 척은 다 해놓고 놀라기는. 이창이 남은 한 손으로 코피를 막을 티슈를 찾느라 뒤척거리자 란이 가만히 있으라며 잡아당겼다. 이창은 어정쩡한 자세로 란과 채린을 번갈아 바라봤다.

그가 어떤 표정을 짓고 있을지는 모르겠지만 특유의 어이없어 하는 얼굴일 것 같았다. 갑자기 찬의 마지막 표정이 보고 싶었다. 그는 마지막 순간에 어떤 표정을 지었을까. 웃었을까? 기왕이면 그랬으면 좋겠다.

길지도 짧지도 않은 시간이 흘렀다. 란이 잡고 있던 손들을 모두 놓았다. 모든 과정이 끝났음을 의미했다. 연결된 온기들이 떨어져 나갔다. 빈손이 허전했다. 갑자기 차가운 바닥에 내팽개쳐진 것 같았다. 몸살이라도 난 것처럼 전신이 아리고 무거웠다. 어깨가 오슬오슬 떨렸다. 이창은 일어나자마자 쥐고 있던 티슈로 피가 흐르는 란의 코를 틀어막았다.

"코피 가지고 되게 호들갑 떠시네요."

부산스러운 이창과는 다르게 란은 꽤 기분이 좋았다. 누군가의 염려와 관심을 받는다는 게 이런 거구나. 란의 코피를 대충 지혈한 이창이 새 티슈를 둘둘 말아 란의 코에 마구잡이로 끼웠다. 그러고는 여전히 깊게 잠들어 있는 아이에게 다가갔다.

"원래 이런 거야? 아니 왜 병을 받는 나는 멀쩡한데 그냥 옮기는 네가 다 죽어가는 꼴이 되는 거냐고."

"원래 이래요. 몸의 감각들을 다 열어서 질병이 지나가는 통로를 만드는 거니까요."

병실 벽에 몸을 기댄 란이 콜록거리며 기침을 내뱉었다. 시야가 약간 흐릿해져 몸이 휘청거렸다. 넘어질 뻔했으나 탁자에 간신히 기댔다. 이창은 여전히 평온하게 자는 채린을 보느라 정신이 없었다. 란은 애써 아무렇지 않은 척 말을 이었다.

"능력을 쓰면 병의 증상이 일시적으로 저에게도 나타나요. 그런데 얼마 전에 능력을 많이 써서 그런지 오늘 좀 힘들긴 하네요. 다 끝났으니 된 거죠."

"네 몸에 많이 안 좋은 거 아니야?"

"시간이 약이에요."

"괜히 미안해지네. 그런데 진짜로 다 끝난 거야? 채린이도 그대로 자고 있고……. 좀 더 극적이어야 되는 거 아냐? 너무 그대로여서 안 믿겨."

"내일 아침에 채린이 데리고 종합검사 한번 해보세요. 당장 퇴원해도 괜찮다고 할 겁니다."

"세상에……."

이창은 넋이 나간 표정으로 잠든 채린의 얼굴을 조심스럽게 쓰다듬었다. 채린이 칭얼거리며 몸을 뒤척이자 그제야 그는 아이에게서 몸을 뗐다. 채린이 잠에서 깰까 싶었던 란은 눈을 떼지 못하는 이창을 병실 밖으로 끌고 나왔다. 새벽의 병원 휴게실은 적막했다. 란이 자판기 커피를 한 잔 뽑아 건네자, 그때까지도 혼이 나가 있던 이창이 비로소 정신을 차렸다. 종이컵을 받아든 그가 귀신에 홀린 듯이 중얼거렸다.

"정말 채린이 병이 나은 거야?"

"정말이에요. 그런데 엄밀히 말하면 나은 것은 아니에요. 형사님한테로 옮겨갔을 뿐이니까."

"그런데 난 아무렇지 않은데?"

이창이 자신의 몸을 더듬으며 바보 같은 표정으로 물었다. 란은 커피를 홀짝거렸다. 입 안에 익숙한 단맛이 맴돌았다.

"원래 묵은 병이 새로운 몸에 뿌리 내리려면 적응 기간이 좀 필요해요. 언제 갑자기 쓰러질지 몰라요. 아이의 병은 발작형이라면서요. 그러니 조심하세요."

이창은 김이 모락모락 나는 커피를 급하게 들이마시고는 애먼 종이컵을 구겨 쓰레기통에 던져 넣었다. 란은 주머니에 있는 자신의 핸드폰을 만지작거렸다. 순간적으로 눈앞이 흐려졌다. 휴지로 막힌 코에서 통증이 느껴졌다.


8


의사는 눈앞의 결과를 믿을 수 없었다. 30년 경력 동안 이런 경우는 처음이었다. 기적이라고밖에 부를 수 없었다. 돋보기안경 너머의 눈에서 당혹스러움이 느껴졌다.

"뭔가 검사 상 오류가 있었던 거 같습니다. 이게 이럴 리가 없는데……."

이창은 의사가 바라보고 있는 검사 결과지를 빼앗아 자신의 눈으로 확인했다. 수년 동안 채린의 질병 연구로 그는 웬만한 검사 결과지는 스스로 해석할 수 있었다. 그리고 눈앞의 종이는 분명 채린이 완치되었음을 나타내었다. 실감이 나지 않았다. 이창은 자신의 눈을 비비고 다시 결과지를 확인했다. 결과는 그대로였다. 설마 꿈일까? 난데없이 손을 들어서 스스로의 뺨도 때려봤지만 얼굴에 가해지는 아픔은 진짜였다. 뺨이 벌겋게 부어올랐다.

이창의 손에 힘이 탁 풀렸다. 의사가 안절부절못하는 것이 느껴졌다. 구겨진 검사지가 조용한 원장실 방 안에 나뒹굴었다. 기적은 놀랍도록 고요했다. 하하. 진짜, 진짜 나았어! 의사가 믿을 수 없다며 우왕좌왕했다. 이창은 마음을 진정시키려고 애를 쓰며 말했다.

"채린이 조만간 퇴원시키겠습니다."

"네? 그러시면 안 됩니다. 잘못 나온 결과일 겁니다."

"이제까지 이 기계로 환자를 판단하고는 지금은 잘못 나왔다고요? 선생님 병원에 얼마나 계셨죠? 결과가 이렇게 말도 안 되게 잘못 나온 적이 한 번이라도 있습니까?"

"그건 그렇지만, 이건 정말 이해할 수 없는 결과입니다. 만약에 진짜라면, 정말 아이의 병이 하룻밤 새에 완치된 것이라면 기적이라고밖에……."

"맞아요. 기적이 맞을 겁니다. 아무튼 전 채린이를 퇴원시킵니다. 그리고 다른 사람들에게는 비밀로 해주세요."

"이, 이창 씨!"

이창은 원장실 문을 닫고 나왔다. 그제야 손에 이어서 다리에 힘이 쭉 풀렸다. 이상이 없다는 결과지를 두 눈으로 확인하니 모든 것이 실감났다. 채린은 죽지 않는다. 성인이 될 수 있다.

그는 바닥에 주저앉아서 손으로 얼굴을 가린 채 실실 웃었다. 복도를 지나가는 사람들이 수군거리는 소리가 들렸다. 마음 같아서는 한 명씩 붙잡고 외치고 싶었다. 완치! 완치되었답니다! 병원 한복판에서 춤이라도 추고 싶은 심정이었다.

앉아 있던 이창은 벌떡 일어나서 채린의 병실을 향해 뛰었다. 엘리베이터를 기다릴 수 없어서 계단을 올랐다. 드라마나 영화에서 왜 항상 급한 상황에 계단으로 갈까 궁금했는데, 이창은 이제 그 이유를 알 것 같았다. 뛰지 않고서는 흥분을 주체할 길이 없었다. 이제는 더 이상 환자가 아닌 아이를 보아야 했다.

쾅, 하고 병실 문을 열자 밥 먹고 나서 이를 닦는 채린이 보였다. 란은 옆에서 칭얼거리는 채린의 양치질을 돕는 중이었다. 그 모습이 생각보다 잘 어울려 이창은 웃었다. 자신의 선택은 틀리지 않을 것이다. 물로 입 안을 헹구던 채린이 이창을 발견하고는 총총 뛰어왔다.

"삼촌! 나 막 힘이 넘친다?"

이창의 앞에 선 아이의 표정이 갑자기 침울해졌다.

"삼촌, 근데 왜 울어?"

손으로 자신의 얼굴을 아무렇게나 쓸었다. 얼굴이 온통 축축했다. 좋아서. 작게 중얼거린 이창이 사랑스러운 아이를 꼭 껴안았다. 아이가 숨 막힌다고 바르작거렸다.

"채린아. 우리 어디 놀러 갈까?"

"놀이동산! 솜사탕 먹고 싶어! 란이 삼촌도 같이 가는 거지?"

"란이 삼촌 좋아?"

"웅! 삼촌 친절해. 엄마 같아."

"그래. 같이 가자. 들었지? 너도 같이 가는 거다. 거절은 거절한다."

이창이 란에게 일방적인 통보를 했다. 란은 아무 대답도 하지 않았다. 이창은 아이가 귀찮다고 도망갈 때까지 뽀뽀 세례를 퍼부었다. 채린은 그런 삼촌을 피해 란의 다리 뒤로 도망쳤다.

평소처럼 시비도 걸지 않고 말없이 그 모습을 바라보는 란의 표정이 어딘가 묘했다. 전날 보았던 검붉은 피가 묻은 수건이 떠올랐다. 그의 안색이 평소보다 창백해 보였지만 채린이 살 수 있다는 기쁨에 취한 이창은 신경 쓸 겨를이 없었다.

이창은 병실을 벗어나 복도를 뛰어다니는 채린을 잡으러 따라 나갔다. 병실에 아무도 남지 않게 되자 그제야 란은 쓸쓸한 미소를 지었다. 그는 주머니에서 핸드폰을 꺼내 싸늘한 눈으로 메시지함을 열어 문자를 확인했다.

금요일 / 9시 / 나곡항

모든 것이 계획대로 되어가고 있었다. 그런데 왜 이렇게 심란한 것인가. 이제 와서 돌이킬 수 있는 것은 없다. 이제 결말만 남았다. 자신은 이 이야기를, 복수를 끝낼 것이다. 이창과 채린이 사라진 자리를 가만히 응시하던 란은 자리에서 일어났다. 그러곤 힘에 부치는 듯 천천히 무거운 발걸음을 떼어놓았다. 해가 지기 시작했다. 곧 어둠이 내릴 것이다. 어둠은 늘 밤바다를 떠오르게 한다. 코끝에 물비린내가 걸쳤다. 란은 걸음을 빨리했다.

"야. 저녁 먹으러 가자."

애가 어디 갔지? 이창이 채린을 품에 안고 병실로 돌아왔을 때, 그곳에는 아무도 없었다. 불그스름한 노을만이 란이 앉아 있던 자리를 은은히 비추었다. 란은 이창에게 문자 한 통만을 남긴 채 자취를 감추었다.


9


병원 검사 받아보세요.


이창은 란이 남긴 문자를 들여다보았다. 언제는 채린만 해보면 된다면서, 갑자기 왜? 멍하니 그러고 있자 곧 까맣게 꺼진 핸드폰 액정 위로 자신의 얼굴이 비쳐 보였다. 그는 문득 화장실로 가 거울에 비친 자신의 얼굴을 살펴보았다.

여전히 죽 째진 눈, 약간 거칠하지만 딱히 어둡지 않은 안색, 본래부터 살짝 올라간 입꼬리, 며칠 동안 면도를 하지 않아서 까슬까슬한 턱까지 지극히 평범한 자신의 얼굴이다. 하루가 넘게 지났는데 아직도 안색은 멀쩡하기만 했다. 병마가 자리 잡는 데 원래 이렇게 오래 걸리나?

이상한 것은 란의 행방도 마찬가지였다. 그의 집, 교회, 폐건물 등 있을 만한 곳을 전부 뒤져봤지만 그는 어디에도 없었다. 란의 핸드폰은 문자를 마지막으로 계속 꺼져 있었다. 이창은 마지막으로 그의 집을 찾아갔을 때를 떠올렸다.

채린의 검사 결과가 나오기 하루 전이었다. 괜히 초조해서 자리에 가만히 있을 수가 없었다. 그런 마음을 달래는 방법은 란에게서 다시 한 번 확답을 듣는 것밖에 없었다. 그래서 늦은 저녁, 란의 집을 찾았다. 페인트칠이 흉물스럽게 벗겨진 벽과 녹슨 손잡이가 있는 계단을 올랐다. 여전히 삭막한 집이다. 엘리베이터도 없어 한참을 올라 겨우 옥탑방 앞에 섰다.

"나야! 안에 있어?"

"문 열려 있어요."

문을 두드리자 안에서 대답이 들려왔다. 올 때마다 느끼는 것이지만 집 안은 사람이 산다고는 믿을 수 없게 황폐했다. 온기라고는 없는 공간. 이런 곳에서 산다면 누구라도 사시사철 감기를 달고 살 수밖에 없을 것이다.

아무도 없었다. 분명 안에서 대답을 했는데? 이창이 두리번거리는 사이에 안쪽의 화장실에서 란이 걸어 나왔다. 양치라도 한 듯 입가를 수건으로 닦고 있었다. 형사님 이 시간에 왜요, 라며 고개를 든 그의 안색이 파리했다. 원래 하얗던 피부는 더 창백해 보였다. 눈은 퀭했고 살은 더 빠져서 핼쑥했다.

"너 얼굴이 왜 그래."

"능력 부작용이에요. 원래 이렇다니까요."

"부작용이 그렇게 오래가?"

"다시 말하지만 시간이 약이에요. 걱정하지 마세요. 그런데 왜 오셨어요?"

"응? 아니, 내일이 검사 결과 나오는 날인데 불안해서 말이지. 그냥 다시 확인이나 받으려고. 너 제대로 옮긴 것 맞지?"

란이 들고 있던 수건으로 입을 막고 작게 웃었다. 창백했던 얼굴에 약간의 화색이 돌았다. 이쪽은 심각한데 왜 웃어? 이창이 툴툴거렸다.

"진짜 형사님은 이상한 거 같아요. 병은 제대로 옮겼으니 걱정하지 마세요. 혹시 알아요? 진짜로 기적이 일어나서 형사님에게 옮겨 간 병이 깨끗이 나아 없어졌을지."

"기적 같은 소리 하고 있네. 나한테는 지금도 충분해. 그리고 그런 기적이 일어나면 너는 곤란해지잖아?"

란은 옅게 미소 지었다.

"내일 검사 결과가 나오면 모든 게 확인될 거예요."

"그래, 그렇다면 뭐. 내일 같이 축하 파티나 할까?"

228

분위기를 전환하려 그냥 내뱉은 말인데 상상해 보니 퍽 괜찮을 거 같았다.

"우리들끼리 파티해서 뭐 하게요."

"채린이 있잖아."

퉁명스러웠지만 나쁘지 않았는지 란이 웃으며 말했다. 그제야 안심이 되었다. 그래, 걱정할 것 없다. 내일 결과만 나오면 모든 것이 끝난다. 이창은 초조한 마음을 진정시키기 위해 일부러 밝은 표정을 지었다.

란이 갑자기 새된 기침을 토했다. 속이 쓰리는지 제 가슴팍을 쥐었다. 기침은 쉽게 멈추지 않았다. 들고 있던 수건을 들어 입가를 틀어막았다. 상체가 계속 흔들렸다. 결국 그는 화장실로 뛰어 들어갔다. 그 와중에 분명히 하얀 수건이 검붉은 피로 물들어가는 것을 이창은 보았다.

"괜찮아?"

당황한 이창이 따라가 화장실 문을 두드렸다. 손잡이를 돌렸지만 굳게 잠겨 있었다. 화장실 안에서 힘겨운 숨소리가 들렸다. 곧 물소리가 났다.

"너 정말 괜찮은 거 맞아? 원래 부작용이 이렇게 심한 거야?"

"괜찮아요. 형사님 오늘은 이만 가주실래요?"

"그, 그래……"

"내일 병원에서 봐요."

거의 쫓겨나듯이 빌라를 빠져나온 후에도 이창의 머리엔 수건에 묻은 피가 계속 맴돌았다. 뭔가 놓친 기분이었다. 란은 능력을 쓸 때마다 저렇게 고통스러운 걸까. 문득 10년 전에 누나의 병을 옮겼던 란의 형이 떠올랐다. 자신과 가족 역시 그 고통의 한 부분에 기여한 것이다. 때늦은 죄책감이 들었다. 아이는 얼마나 고통스러웠을까. 그리고…… 신자들 대신 얼마나 많은 애꿎은 아이들이 죽어갔을까.

그리고 드디어 검사 결과가 나오는 날 아침이었다. 채린의 병실에 먼저 와 있던 란은 이창의 걱정이 무색하게 태연해 보였다.

"제가 뭐랬어요. 시간이 약이랬잖아요."

그때 란은 웃었다. 그 웃음이 왠지 모르게 마음에 걸렸다. 괜찮겠지. 괜찮을 것이다. 이번에도 갑자기 우울해져서 어디엔가 구석에 처박혀 있을 것이다. 준혁과 점심 약속이 있었다. 병원 현관으로 나가자 저 멀리 건들거리며 걸어오는 준혁이 보였다. 이창은 손을 흔들며 알은체를 해오는 그를 보고는 다짜고짜 물었다.

"나 좀 아파 보이지 않냐?"

그 말에 준혁이 이창의 얼굴을 뚫어져라 쳐다봤다.

"선배 안색 좋기만 한데요."

"잠깐만 기다리고 있어."

식당으로 가던 길을 멈춘 이창이 갑자기 몸을 틀었다. 란은 어디로 갔을까? 건강 진단은 갑자기 왜 받으라고 하는 거지? 이유가 있겠지. 뜬금없이 자신에게 죽음을 확인시키기 위해 그런 문자를 남길 것 같지는 않았다. 뭐가 어떻게 돼가는 거야. 이창은 신경질적으로 중얼거렸다. 그는 보폭이 큰 걸음으로 병원 접수처로 향했다.

10

늙은 의사는 돋보기안경을 고쳐 썼다. 이창의 태도가 이해되지 않는다는 표정이었다. 이창은 다시 한 번 힘주어 말했다.

"네? 그럴 리가 없습니다. 진단 결과가 잘못되었을 겁니다."

"아뇨. 결과지는 정확합니다. 이 주 전에 정기 검진을 받았으면서 검진을 왜 또 받았죠? 이 주 전과 똑같이 아주 건강합니다. 정밀 검사까지 받을 필요도 없어요. 건강은 타고나셨어요. 복입니다, 복."

"제가요? 무슨 병이나 그런 거 없어요? 정밀 검사 받아봐야 할 거 같은데. 이를 테면 채린이와 비슷한 병이라든가."

"왜 그런 말도 안 되는 소리를? 여기 직접 보세요."

이창은 의사가 들고 있던 결과지를 확 잡아챘다. 두 눈으로 확인한 결과 자신은 정상이었다. 채린도 분명 완치된 상태였다. 그럼, 채린이 가지고 있던 병은 어디로 간 거지? 지난밤 란이 다 죽어가는 목소리로 내뱉은 말이 떠올랐다.

'혹시 알아요? 진짜로 기적이 일어나서 형사님에게 옮겨간 병이 깨끗이 나아 없어졌을지.'

흐릿한 목소리가 귓가에 울려 퍼졌다. 이창은 순간 자리에서 벌떡 일어났다. 창백한 안색, 수건에 묻어 있던 피와 발작과도 같은 기침. 답은 하나였다. 그 증상은 채린의 병세와 닮아 있었다. 그걸 왜 이제야 알았을까.

이창과 채린을 제외하고 그 자리에 있던 이는 한 명밖에 없었다.

병이 자리 잡을 새로운 숙주는 하나다. 란은 왜 그런 무모한 선택을 한 것인가? 생각해. 생각해라. 그가 어디에 있을지. 뒤에서 의사가 정신과부터 가보라는 소리가 들렸지만 이창은 무시하고 진료실을 빠져나왔다.

란은 애초에 자신에게 병을 옮기지 않았다. 그 자신의 몸에 집어넣은 채 사라진 것이다. 이창은 불길한 예감에 몸을 떨었다.

그리고 그날, 항구 근처의 여인숙에서 목을 매단 한승태의 시신이 발견되었다. 형인 한승목과 아동을 납치했으며 다툼 끝에 형을 살해한 죗값을 자살로 치른다는 자필 유서와 함께.

⊙  ○  ⊙

이창의 핸드폰이 귀찮을 정도로 계속 울려댔다. 란인 줄 알고 꼬박꼬박 발신인을 확인했지만 매번 준혁에게서 오는 전화였다.

"선배! 이 바쁜 때에 어디서 뭐하는 거예요! 그러다 진짜 업무 태만으로 잘려요!"

"자르라 그래. 나 바빠."

"아, 진짜 지랄도 가지가지!"

"한승태가 자백하고 자살했다며. 사건 끝날 거 아냐?"

"말도 안 되는 소리 하지 마요! 그걸 진짜로 믿어요? 이상한 게 한두 가지가 아니라니까요? 알리바이도 없는데 무슨 자백이에요! 그러니까 빨리 서로 들어와요!"

232

준혁이 거칠게 전화를 끊었다. 한승태가 자필 유서까지 남기고 자살을 했으니 경찰 입장에서는 환영이었다. 경찰은 신속히 사건을 마무리 중이었다. 마치 한승태가 자살하길 기다린 것처럼. 알리바이가 있고 없고는 묻힐 것이다. 이제 사건은 종료될 것이고, 이 도시는 다시 조용해질 것이다. 이창은 찬의 납골당을 찾아갔던 그날을 떠올렸다.

"저랑 거래를 해요."

"거래?"

"형사님이 죽을 필요 없어요. 그 병을 가져가야 할 사람은 따로 있어요."

"그게 무슨 소리야?"

"제 복수가 성공하면 채린이와 형사님 둘 다 평범하게 살 수 있어요. 단, 그러려면 형사님의 도움이 필요해요."

란은 자신의 모든 이야기를 했다. 한승목 형제와 박용석 의원의 은밀한 거래부터, 그날의 전말까지. 둘 다 살 수 있다는데, 서로의 이해가 맞아떨어지는데 그런 제안을 마다할 사람이 누가 있겠는가. 잠시 고민하던 이창은 제안을 선뜻 받아들였다. 이창이 할 일은 간단했다. 박용석과 만날 구실을 남겨둔 란이 그들을 마주했을 때, 박용석의 병을 대신 받을 '그릇'을 연기하면 되었다. 란이 선수를 쳐서 사람을 데려가지 않으면 박용석은 분명 또 다른 희생자를 데려올 것이니까.

그리고 자신은 채린의 병을 옮겨 받았다. 박용석에게 옮기기 전까지 일종의 저장소 같은 역할이었다. 그런데 애초에 병은 자신에게 옮겨오지 않았고, 란은 병을 안고 사라졌으며 뜬금없이 한승태의 시신이 발견되었다. 박용석이 아니라 한승태에게 병을 옮겼나? 그렇다면 알아서 저절로 병사할 텐데 굳이 위험 부담을 무릅쓰고 자살로 위장할 필요가 없었다.

왠지 모르게 불안한 마음이 들었다. 애초에 란이 이창에게 제안한 거래의 조건은 어긋난 셈이다. 그렇더라도 이렇게 갑자기 사라지는 건 어딘가 자연스럽지 않았다. 어차피 서로 가서 한승태의 시신을 확인해 볼 생각이었다. 따로 발견된 질병 사항이 있는지도 함께.


11


란은 이 어두운 컨테이너가 눈에 익다고 생각했다. 어디서 봤을까. 언제 와봤을까. 곰곰이 생각하던 그는 마침내 답을 알아냈다. 자신의 최초의 기억이 시작된 곳. 어둠과 비린내와 울음 속에서 찬의 얼굴만이 하얗게 빛나던 곳이었다. 컨테이너 안은 모두 비슷비슷했으나 란은 확신했다. 형제를 둘러싼 모든 비극이 시작된 곳에 그는 서 있었다. 이제 이 비극을 끝낼 곳이기도 했다. 결말에 어울리는 장소였다.

마치 그날처럼 열리지 않을 것 같던 컨테이너의 문이 열렸다. 스며드는 달빛 사이로 들어온 것은 박용석 의원과 그 비서였다. 컨테이너의 문이 닫히자 더는 달빛이 들어오지 않았다. 란의 옆에서 활활 타오르는 드럼통의 불길만이 어두운 내부를 비추었다. 불빛의 음영 탓에 그들의 얼굴은 악마를 연상시켰다. 성격이 급한 박용석이 먼저 입을 열었다.

"난 자네의 부탁을 들어줬어. 이제 자네 차례야."

"당연히 그래야죠. 이리 오세요. 남은 병을 옮겨드리죠."

란은 구석에서 움찔거리는 인영을 내려다봤다. 언제부터 그러고 있었는지는 몰라도 만신창이의 추레한 몰골은 다름 아닌 한승태였다. 란과 눈을 마주치자 그는 발작을 일으키듯이 몸부림쳤다.

"한승목 때문에 애들을 이용하는 건 위험해요. 의원님도 요즘 몸 사리셔야지요. 어차피 죽을 몸, 옮길 수만 있으면 되잖아요."

박용석은 고개를 끄덕였다. 맞는 말이지. 옆에 붙어 있던 비서가 한승태를 컨테이너 한가운데에 놓여 있는 둥근 테이블 의자에 앉혔다. 곧이어 란과 박용석도 테이블을 가운데 두고 서로를 마주보고 앉았다. 고개를 푹 숙인 채 떨고 있는 한승태와 란, 박용석이 삼각형을 이루었다.

박용석의 비서가 한승태의 손목을 묶고 있던 끈을 풀었다. 왼쪽 손목은 여전히 등 뒤에 붙이게 한 채로 오른쪽 손목을 테이블 위에 단단히 고정시켰다. 도박판에서의 처벌을 떠올리게 하는 모습에 한 승태는 손을 떨었다. 주머니에서 실리콘 장갑을 꺼내 착용한 비서는 그의 목에 굵은 빗줄을 걸어 잡아당기며 등 뒤에서 속삭였다.

"손목을 움직이지 마십시오."

내내 그 모습을 무표정하게 지켜보던 란은 거친 한승태의 손등을 자신의 손으로 덮으며 나지막이 말했다.

"무서우세요?"

한승태는 숨을 크게 쉬었다. 훅 끼치는 더운 숨에 박용석이 인상을 찌푸렸다. 불쾌한 기색을 감추지 않으며 란을 재촉했다.

"쯧, 이래서 어린애들이 낫단 말이지. 찝찝하니 빨리 하자고."

박용석의 손은 동물의 거죽처럼 두꺼웠다. 란은 그의 손을 잡고 살며시 눈을 감았다. 이번이 인생에서 마지막으로 쓰는 능력이 되기를. 까만 시야로 자신의 주위를 맴돌던 검붉은 진흙들이 그의 발 아래로 점점 모이는 것이 보였다. 점점 크기를 키운 그것들은 하나의 뭉텅이가 되어 란의 손끝과 발끝을 지나 박용석의 내부로 침입했다. 정신이 아득해지고 박용석의 손을 쥔 왼쪽 손끝이 전기가 통하는 것처럼 찌릿거렸다. 란의 단정한 입가를 타고 핏줄기가 흘렀다. 안색이 순식간에 흙빛으로 변해 갔다.

얼마간의 시간이 지나고 란은 한승태와 박용석을 쥐었던 손을 내치듯이 떨쳐냈다. 마치 한참을 물속에 있던 사람처럼 거친 숨을 뱉어냈다. 건너편의 박용석은 그를 미심쩍은 표정으로 바라보았다.

"이제 완전히 끝난 겁니다."

"지난번보다 고통스러워 보이는군. 이거 겉에 보이는 것도 아니고 안쪽이니 제대로 한 건지 확인할 수가 있나?"

겨우 호흡을 진정시킨 란은 입가에 흐른 피를 손등으로 훔치며 답했다.

"병원에 가보면 되죠. 이번은 확실합니다. 의원님이 저를 믿지 않는 것도 어쩔 수 없는 거니까요. 컨디션은 어떤가요?"

"뭐, 나쁘지 않군."

"의원님, 만수무강하세요."

란은 환하게 웃었다. 박용석의 비서가 한승태의 목에 대었던 나이프를 거두고 밧줄을 목에 걸었다. 반대쪽 부분은 천장의 도르래에 걸린 채였다. 목에 까슬까슬한 것이 닿자 한승태의 눈이 휘둥그레졌다. 그것은 곧 격렬한 몸부림으로 이어졌다. 그 와중에 핏발 선 눈이 란을 향했다. 그 안에 담겨 있는 것은 증오와 억울함이 뒤섞인 애원이었다. 한승목이 죽을 때도 마찬가지였지만 이 순간 드는 것은 후련함이나 통쾌한 감정이 아니었다. 그 자신도 정체를 알 수 없는 무언가. 그러나 확실히 그 밑에 깔려 있는 것은 허무함 정도. 란은 그를 똑바로 바라봤다. 격렬한 몸부림이 힘을 잃고 멈출 때까지.

"뒤처리는 우리가 알아서 하지."

박용석은 손수건을 꺼내 손가락 마디마디를 닦으며 일어섰다. 비서는 처참한 몰골로 늘어져 있는 한승태를 짐처럼 포대 자루에 집어넣었다. 다음 날 아침 뉴스에서 한승태의 사인은 자살이 되어 있었다.

12


 박용석은 늙은 의사의 멱살을 잡았다. 얼굴이 붉어진 의사가 숨을 컥컥거렸다. 화를 참지 못하고 지르는 거친 외침이 원장실의 회벽에 부딪쳤다.

 "뭐라고? 다시 말해 봐! 내 몸에 뭐가 있다고?"

 "의, 의원님! 저는 사실대로 검사 결과를 말씀드린 것뿐……."

 박용석은 노 의사의 변명을 끝까지 듣지도 않은 채 그를 바닥에 내동댕이쳤다. 바닥을 나뒹구는 의사와 부딪쳐 단정히 자란 난화분이 요란한 소리를 내며 깨졌다. 노 의사는 흙 자갈과 함께 뿌리가 드러난 난초를 망연하게 바라봤다. 그럼에도 분이 풀리지 않았는지 박용석은 넥타이를 풀어 바닥에 집어던졌다. 그의 입에서 새된 욕설이 튀어나왔다. 감히, 나를 엿 먹여? 당장 눈앞에 란이 있다면 찢어 죽이기라도 할 기세였다.

 "뭣도 모르는 새끼가……."

 박용석은 원장실 밖에서 대기하고 있는 비서를 찾으며 문 쪽으로 발길을 옮겼다. 그때, 무언가 생각났다는 듯이 깨진 화분과 흙들 사이에 널브러져 있던 노 의사가 그를 불러 세웠다.

 "박 의원님! 잠시만!"

 박용석이 불쾌함을 숨기지 않은 채 그를 뒤돌아봤다.

 "또 뭔가? 이번엔 또 어떤 시답잖은 얘길 하려고!"

 "아니, 그게 아니라 갑작스럽게 발병한 의원님의 병 말입니다. 그게 얼마 전에 그냥 좀 신기한 일이 있어서……."

"신기한 일?"

란의 얼굴이 뇌리에 스친 박용석이 완전히 몸을 틀어 노 의사 앞으로 다가갔다. 노 의사는 그 틈에 바닥에서 일어나 흙투성이가 된 흰 가운을 정리하고 의원을 바라봤다.

"저기 지방 대학병원에 가 있는 소아과 정 원장에게 들은 이야기입니다. 그곳에 의원님이랑 같은 질병으로 수년 동안 입원해 있던 아이가 하나 있었는데, 얼마 전에 기적처럼 씻은 듯이 다 나았답니다. 거의 희망이라고는 없이 언제 죽나 하는 상태였는데 그렇게 말도 안 되는 일이 일어났다고 한참 호들갑을 떨었……."

"자네 지금 뭐라고 했나? 기적처럼 갑자기 나아? 확실해?"

"네, 네! 정 원장에게 직접 들은 이야기니까 정확합니다!"

"그래. 그렇게 된 거란 말이지……."

박용석의 주름진 눈이 빛났다. 턱을 만지작거리며 혼잣말을 중얼거리고는 이를 악물었다. 다시 문 밖으로 향하려는 순간이었다. 숨이 턱 막히며 눈앞이 아찔해졌다. 갑자기 뭉개지는 시야에 박용석은 바닥으로 고꾸라졌다. 새된 기침이 위태롭게 새어 나왔다. 노 의사가 깨진 안경을 주워 쓰고는 헐레벌떡 박용석에게 다가가 눈꺼풀을 뒤집어 상태를 확인했다. 기침이 멈추지 않는 박용석의 입에서 검은색에 가까운 걸쭉한 피가 쏟아져 나왔다.

13

"삼촌 나 진짜 집에 가? 병원에 안 있어도 돼?"

"응. 이제 집에 가자."

채린은 시원섭섭한 얼굴이었다. 그간 집보다 병원에서 지낸 시간이 더 길었으니 그럴 만도 했다. 이창은 안쓰러운 마음이 들었다.

"삼촌이 짐 옮길 테니까, 잠깐만 기다리고 있어."

가만히 고개를 끄덕이던 채린이 갑자기 이창에게 달려와 말했다.

"그럼 나 옆방 애들한테 인사하고 올게!"

"그래. 잘 있으라고 하고 와."

이창은 복도를 뛰어가는 채린의 뒷모습을 바라봤다. 가슴에 벅찬 감정이 피어올랐다. 예전 천령교에서 누나가 일어섰을 때와는 다른 충만감이었다. 입가에 미소를 짓다가 란의 행방을 생각했다. 한승태의 시신에서 채린의 병은 발견되지 않았다. 정황상 타살로 의심할 만한 요소들이 충분한데도 수사는 이상하리만큼 빠르게 종결되었다. 머리에 박용석이라는 세 글자가 스쳐 지나갔다.

과연 란은 본래의 계획대로 병을 옮겼을까? 복수는 끝낸 걸까? 그래도 연락은 한번 해주지. 속으로 꿍얼거린 이창은 고개를 내저었다. 빨리 해버려야지. 다시 한 번 혼잣말을 중얼거리고는 병실을 가득 채우던 물건들을 박스에 아무렇게나 담기 시작했다. 잡다한 물건들을 전부 담고 냉장고까지 비우고 나니, 생각보다 많은 상자들이 쌓여 있었다.

"언제 차까지 옮기냐……. 준혁이라도 부를 걸 그랬나."

병원의 꽤 높은 층에서 주차장까지 몇 번을 왔다 갔다 하니 어느새 늦은 오후였다. 이창은 뻐근한 허리를 두드렸다. 해가 지기 전에 가서 채린에게 집밥을 해 먹여야겠다.

"이제 집에 가자. 채린아?"

친구들에게 인사를 하고 오겠다던 채린이 언제부턴가 보이지 않았다. 옆 병실 애들이랑 놀고 있나? 소아과 병동의 층을 다 돌았지만 아이는 보이지 않았다. 하나하나 들러 채린이 언제 왔느냐고 물었지만 아무도 보지 못했다고 했다. 채린이 한 번도 나타나지 않았다고? 마지막으로 보았던 뒷모습을 떠올렸다. 복도를 뛰어 병실의 왼쪽 코너를 돌아 사라지는 아이.

이창의 동공이 흔들렸다. 설마. 그럴 리가. 분명 어디 혼자 잠들어 있을 거다. 화장실, 창고, 성인병실과 로비까지 샅샅이 뒤졌다. 하지만 채린은 그 어디에도 없었다. 목덜미에 소름이 돋았다. 지나가는 사람마다 붙잡고 아이를 찾는 이창을 사람들이 이상하게 바라봤다. 병원은 평소처럼 지극히 조용했다. 마치 채린이라는 아이는 원래 존재하지 않았던 것처럼.

무엇을 해야 할지 몰라 망연하게 로비에 서 있던 그때, 이창의 핸드폰이 울렸다. 액정에 뜨는 번호는 낯선 것이었다. 이창은 떨리는 손으로 핸드폰을 귀에 가져갔다. 처음 들어보는 불길한 목소리가 이창에게 속삭였다.

"조카를 찾고 있나?"

　　　　⊙　　⊙　　⊙


란은 식당에서 틀어놓은 뉴스 방송을 멍하니 바라보았다. 텔레비전은 온갖 크고 작은 정보들을 열심히 날랐다. 하지만 그중에 자신이 기다리던 소식은 어디에도 없었다. 숟가락을 내려놓은 란은 초조함에 입술을 깨물었다.

박용석의 몸에 심어놓은 불치병은 자신이 아니면 아무도 없앨 수 없다. 기회는 첫 번째 발작이 일어날 때다. 자신에게 일말의 행운이 남아 있다면 박용석은 그 순간에 명을 다할 것이다. 한승태가 죽을 때 병을 옮겼으니 증세는 아마도 진즉 나타났을 텐데. 기간으로 치면 충분히 발작을 겪고도 남았다. 하지만 어떤 매체에서도 박용석의 죽음을 보도하지 않았다. 살아남았나? 그렇다면 이제 다음 발작은 언제 나타날지 모른다. 채린의 발작 주기로 봐서는 그리 오래 걸리지는 않을 것이다. 그때까지 어디든 숨어서 버텨야 한다. 어디 섬으로라도 들어갈 생각이었다. 몇 개월이 몇 년이 될 수도 있었지만 채린에게 닿지 않은 기적이 박용석에게 닿을 리 없다. 그가 죽을 때까지만. 그러면 모든 것이 끝난다.

갑자기 입맛이 떨어져 아직 반도 먹지 않은 국밥이 목구멍으로 넘어가지 않았다. 머리를 부여잡고 한참을 식당 테이블에 고개를 처박고 있었다.

"학생, 잘 거면 집에 가서 자."

란이 술에 취한 거라고 생각했는지 식당 아주머니가 어깨를 흔들어 깨웠다. 란은 그대로 겉옷을 챙겨 계산을 하고 밖으로 나왔다. 찬바람 덕분에 정신이 조금 맑아지는 것 같았다. 갑자기 잠잠하던 핸드폰에 진동이 울렸다. 주머니에서 꺼내어 확인해 보니 문자 한 통이 와 있었고 전화가 걸려오고 있었다. 액정의 발신인은 이창이었다. 한참을 받을지 말지 고민하던 란은 결국 수신을 거부했다. 란이 사라진 그 시점부터 이창에게서는 수도 없이 전화가 걸려왔다. 아무 말도 없이 갑자기 떠나온 것이 마음에 걸렸지만 란은 일부러 전부 외면했다.

어쩔 수 없었다. 생판 연관 없는 이들을 자신의 복수에 끌어들이는 것은 너무 위험했다. 어쩌면 그들은 이미 충분히 노출되었을지도 몰랐다. 그래서 박용석에게 죽여달라고 부탁한 한승태를 살려 잡아 놓는 조건으로 변형시켰던 것이다. 어쨌든 역할은 필요했으니 그보다 더 적당한 그릇은 없었다. 한승태의 마지막 눈은 란의 뇌리에 남아 오랫동안 그를 괴롭혔다.

곧 전화가 그치자 란은 메시지함으로 들어갔다. 멀티 메일인 걸 보니 보나마나 스팸일 것이다. 그렇게 생각하며 문자를 여는 순간, 란은 핸드폰을 떨어뜨렸다. 머리가 굳어 한동안 다시 주울 생각도 못 한 채 그는 그 자리에 얼어붙어 있었다. 문자와 함께 전송된 사진 한 장. 이창과 집에서 놀고 있어야 할 채린이 정신을 잃은 채로 누구의 것인지 모를 차의 트렁크에 처박혀 있었다.

한 시간 뒤 나곡항

사진과 함께 도착한 메시지였다. 핸드폰을 줍기가 무섭게, 이창에게서 다시 전화가 걸려왔다. 란은 조심스럽게 초록색 통화 표시를 선택했다. 이창의 경직된 목소리가 들려왔다.

"채린이 납치됐어."

그는 떨고 있었다. 어찌할 바를 모르는 목소리였다. 전부 자신 때문이다. 죄책감이 란을 잠식했다. 마치 한승목 형제의 집 안에서 찬을 떠올릴 때와 같은 감정이었다. 이번에도 모든 걸 망칠 수는 없다. 해가 지고 있었다. 한 시간 뒤면 어둠이 내리겠지. 검은 물이 잡아먹을 것처럼 넘실거리는 그곳으로 가야 한다. 밤바다는 불길해. 란은 입술을 깨물었다. 그와 동시에 가장 확실한 복수의 방법이 떠올랐다.


14


"채린이 납치됐어."

"알고 있어요."

오랜만에 듣는 란의 목소리였다. 애써 태연한 척하지만 어쩔 수 없는 떨림이 목소리 너머로 전해졌다. 역시 란에게도 연락이 간 모양이었다. 이창은 거래를 제안한 란을 원망하고 싶었다. 하지만 사실 그는 잘못한 것이 없었다. 전부 채린을 살리고 싶으면서 죽기는 싫은 자신의 욕심이었을 뿐.

자신과 채린에 관한 걸 어떻게 알았는지는 모르겠지만 채린을 납치한 것은 박용석이 분명하다. 이창은 애꿎은 차의 앞문을 발로 찼다. 생각, 생각을 해야 해. 그들이 어떻게 나올 것인가. 그들이 원하는 것은 사실 확실했다. 란이 애먼 병을 자신에게 옮긴 것을 알았을 테니 그것을 다시 채린에게 옮기라 요구하겠지. 그렇다면 채린을 최대한 안전하게 데려올 수 있는 방법은? 이창은 이를 악물었다. 애초에 이렇게 될 것을 나는 왜. 지난날의 잔상이 이창의 머리를 스치고 지나갔다. 이번에도 자신의 잘못된 선택 때문에 아이를 죽게 할 수는 없었다. 이제 남은 것은 한 시간. 이창은 회색의 병원 너머로 지는 노을을 노려봤다. 곧 바다 내음이 나는 도시에 어둠이 내렸다. 습한 밤공기는 물비린내를 품고 있었다.

"이번이 정말 마지막이야."

차 핸들에 고개를 박은 이창은 작게 읊조렸다. 그리고 코트 깊숙한 곳에 넣어둔 총을 확인했다.

15

공사 중인 항구는 사람 그림자도 찾을 수 없게 고요했다. 드문드문 켜진 가로등만이 황폐하게 쌓인 컨테이너와 무너진 건물을 누르스름하게 비추었다. 이창은 차를 항구 초입 공터에 두고 내렸다. 아무렇게나 매여 있는 고깃배들이 기이한 소리를 내며 흔들렸다. 바람이 불어올 때마다 병원에서와는 비교도 되지 않게 진한 비린내가 코에 스며들었다. 고개를 돌리니 어디가 시작이고 어디가 끝인지 가늠이 되지 않는 까만 바다가 자리를 지키고 있었다.

이창은 약속 장소로 걸음을 옮겼다. 멀리서도 건물의 특이한 모양새는 한눈에 들어왔다. 운영하지 않은 지 꽤 오래된 3층짜리 횟집 건물이었다. 바다 쪽으로 길쭉하게 곡선으로 튀어나와 있는 발코니는 횟집이 성업했을 땐 전망 좋은 명당 자리였을 것이다. 그러나 한낱 폐허가 된 지금은 시에서 위험 건축물로 분류하고 철거만을 앞둔 상태였다. 창이 뻥 뚫려 있어 바람이라도 불어 떨어진다면 영락없이 바다에 먹힐 것이다. 여기저기 붙어 있는 위험 테이프와 라커로 지껄인 낙서들을 넘어 이창은 안으로 들어갔다.

건물 입구에서 인기척이 느껴졌다. 이창은 잠깐 멈춰 주위를 둘러보았다. 철거 자재들 뒤로 수상한 봉고차가 주차되어 있었다. 창이 검게 선팅이 된 차였지만 분명 안에서는 움직임이 느껴졌다. 보나마나 박용석이 고용한 깡패놈들이겠지. 이창은 혀를 차며 횟집의 주방과 이어진 뒷문을 살폈다. 위치로 보았을 때 뒷문은 대형 수산시장의 미로처럼 생긴 창고와 이어져 있는 것 같았다.

로비의 엘리베이터는 작동이 되지 않았다. 결국 그는 아직 촌스러운 바닥 타일이 그대로 남아 있는 계단을 걸어 올라갔다. 손잡이나 난간 따위가 떨어져 나간 탓에 잡을 것이 없어 아슬아슬했다. 철골만 남아 있는 창틀 너머로 거센 바닷바람이 휘몰아쳤다.

식당층이던 2층을 지나 연회장으로 쓰이던 3층에 도착하자, 이창은 마침내 그들의 얼굴을 마주할 수 있었다. 휠체어에 앉아 있는 굳은 안색의 박용석. 그리고 머리를 깔끔히 빗어 넘긴 그의 비서가 달을 등진 채 이창에게 환영 인사를 건넸다.

"자네가 그 형사군. 늦은 시간에 불러내서 미안하구먼."

이창은 대꾸 없이 고개를 두리번거렸다. 채린은 어디에 있지? 본래 전망 좋은 VIP룸이었던 3층은 한쪽 벽면이 전부 유리로 되어 있었다. 그리고 그 유리창 중 지금 성하게 남아 있는 것은 없었다. 분주하던 이창의 시선이 어느 한곳에서 멈췄다. 널브러진 파편 위로 넘실대는 파도를 등지고 낡은 철골에 위태롭게 채린이 묶여 있었다.

이창이 다짜고짜 아이에게 뛰어가려는 순간이었다. 휠체어를 잡고 있던 비서가 간단한 몸짓으로 그를 제압했다. 이창은 비서에게 손목을 결박당한 채 욕지거리를 내뱉었다.

"미친 새끼들아! 이거 안 놔?"

뉴스에서와는 다르게 눈에 띄게 얼굴이 상한 박용석이 한참 만에 꾹 다물고 있던 입을 뗐다. 앙상해진 흙빛의 얼굴은 전에 비해 더욱 괴기스러운 분위기를 풍겼다. 그는 바퀴를 굴려 여전히 몸부림치고 있는 이창에게로 다가갔다. 퀭한 눈두덩이로 이창을 올려다봤다.

"사람을 가지고 놀면 안 되지. 그렇지 않나?"

박용석을 죽일 듯이 노려보며 이창은 반박했다.

"당신이 한 짓은 뭔데? 그게 사람이 할 짓인가?"

"살고자 하는 건 모두가 똑같지. 난 그저 효율적으로 해결했을 뿐이야. 그나저나 곧 있으면 아이가 깨어날 텐데 주인공이 늦는군. 그럼 아이가 많이 놀라지 않을까?"

"어차피 란이 오지 않으면 이거 다 부질없는 짓이야."

"그놈은 와. 오게 돼 있어. 쓸데없이 마음이 약하거든."

고개를 돌리는 것도 힘겨워 보이는 박용석이 지그시 이창의 등 너머를 바라봤다. 침묵이 내리는 순간, 차분한 발소리와 함께 등 뒤로 인기척이 느껴졌다. 이창은 고개를 돌려 등 뒤를 확인했다.

"거 봐. 내 말이 맞다니까."

란은 천천히 참담한 광경을 바라봤다. 이윽고 그의 시야에 알 수 없는 표정을 짓고 있는 이창이 들어왔다. 그는 얕게 고개를 숙였다. 란의 입에서 낮고 작은 웅얼거림이 나왔다.

"형사님을 놔주세요."

박용석이 고개를 까딱거리자 비서는 이창 팔의 포박을 풀었다. 이창이 가벼운 탄식을 내뱉으며 피가 통하지 않던 팔을 흔들었다. 란은 이창에게 다가가 작게 읊조렸다.

"죄송해요."

이창은 겨우 제 감각이 돌아온 손으로 머리를 헝클었다. 란의 탓이 아니란 것을 알고 있었지만 지금 상황을 두고는 원망의 말밖에 나오지 않을 것 같았다. 결국 그는 복잡 미묘한 시선을 끝으로 아무 말도 내뱉지 않았다. 란은 이창을 똑바로 바라보지 못했다.

주인공을 마주한 박용석이 스스로 휠체어 바퀴를 굴려 그들 앞으로 다가왔다. 이창은 황급히 고개를 돌려 채린의 상태를 확인했다. 언제 간 것인지 비서놈이 아직 정신을 차리지 못한 채린의 앞에서 아슬아슬하게 나이프를 돌려대고 있었다. 이창은 심장이 쪼그라드는 것 같았다. 무표정이던 란의 얼굴도 채린을 발견한 순간 창백하게 무너졌다. 박용석은 그 모든 광경의 제삼자인 양 차가운 표정으로 말했다. 안색은 흙빛일망정 그의 눈동자만은 뱀처럼 빛났다.

"내가 뭐 대단한 것을 원하겠는가. 그냥 어울리지 않게 내 몸에 들어온 걸 원래 있던 자리로 되돌려놓자는 거지."

박용석의 시선이 채린을 향했다. 역시 자신의 예상이 맞았다. 입을 달싹이던 이창은 오는 길에 수백 번 넘게 읊조렸던 한 문장을 외쳤다. 적막할 만큼 고요한 공간을 이창의 외침이 찢었다. 그 안에서 불안하게 빛나던 눈빛들이 모조리 이창에게 향했다.

"나! 나한테 옮겨. 채린이 말고 내 몸으로 그 망할 것 다 옮겨놓으라고!"

란의 얼굴이 비참하게 일그러졌다. 그와는 대비되게 박용석은 마치 유쾌한 농담이라도 들은 것처럼 호쾌하게 웃어댔다. 그래봤자 새된 콜록거림뿐이었지만.

"형사님, 그러지 않으셔도!"

"아니, 원래부터 그냥 이렇게 했어야 했어. 둘 다 살리는 건 전부 내 욕심이었지. 본래부터 이게 맞았던 거야."

란은 입술을 씹었다. 이렇게 된 것은 역시 전부 자신 때문이다. 일단 채린의 안전을 확보해야 한다. 그래야 뭐라도 할 수 있다. 란은 이창과 눈을 마주쳤다. 이창의 동공이 흔들렸다. 불신, 불안, 불의의 감정들이 그 안에서 소용돌이치고 있었다. 떨리는 것은 자신도 마찬가지였지만 란은 침착하게 고개를 끄덕였다. 란은 박용석에게로 손을 내밀며 다가갔다.

"이창 형사님에게로 병을 옮길 테니 아이를 먼저 풀어주세요."

박용석은 코웃음을 쳤다.

"내가 뭘 믿고? 이번에도 네가 옮기는 척만 하며 나를 엿 먹일지 어떻게 아나? 그래도 옆에 인질 하나는 끼고 있어야 안심이 되지 않겠나?"

"그런 게 어디……!"

"아이는 네가 무사히 병을 옮겼다는 게 확인되면 돌려주지. 나도 그 정도 보험은 있어야지."

이창이 그의 말에 끼어들었다.

"나! 나한테 병을 옮기고 나를 인질로 삼으라고!"

"자네는 이미 저놈과 함께 나를 엿 먹인 이력이 있지 않나? 그리고 다 커버린 것들은 관리하기가 번거롭지."

채린을 붙잡아두겠다고? 말도 안 되는 소리. 란의 내부에서 갈팡질팡하던 어떤 결심이 확고해졌다. 란은 이창을 돌아보고는 눈짓을 했다. 박용석은 눈을 가늘게 뜨고 그들을 주시했다.

"쓸데없는 행동 해봤자 소용없어. 할 일만 제대로 한다면 걱정할 게 없는 일이야."

포박된 채린의 앞에 장승처럼 서 있는 박용석의 비서가 비릿한 미소를 지으며 나이프를 아이에게 가져갔다. 눈이 돌아간 이창이 놈에게 달려들려는 찰나 란이 외쳤다.

"시간 끌지 말고 바로 옮겨요. 그럼 되잖아요."

"진즉에 그랬어야지."

"형사님. 이리 오세요."

멈칫거리며 걸어오는 이창은 채린에게서 눈을 떼지 못했다. 얼이 빠진 그를 테이블에 앉히며 란이 속삭였다.

"총 가져오셨죠?"


16


채린이 납치된 직후였다. 이미 그는 마음을 결정한 후였다. 차를 타고 항구의 공터에 도착하자, 란에게서 다시 전화가 걸려왔다. 이제 바뀔 건 없어. 이창이 전화를 받자 란의 조용한 목소리가 들려왔다. 그는 침착하기 위해 애쓰는 것 같았지만 미세하게 떨리는 진동을 이창은 느낄 수 있었다. 란은 한참을 횡설수설했다. 알아들을 수 있는 것은 미안하다는 말뿐이었다. 사실 그는 미안할 게 없었다.

"형사님, 죄송해요."

"아냐. 내 탓이지."

"방법이 있어요."

"아니. 안 들어. 난 이제 모험은 안 할 거야. 애가 인질로 있는데 도박을 할 생각은 없어."

"박용석이 채린이를 온전히 돌려준다고 확신할 수 있어요?"

"……."

"제가 아는 놈은 절대 그러지 않을 겁니다. 채린이 가지고 있던 병을 형사님에게 옮기면 될 거라고 생각하셨죠?"

이창의 입에서 탄식이 튀어나왔다. 란은 크게 한숨을 쉬고는 말을 이었다.

"채린이 병은 기능적인 거라 전이 직후에는 외적으로 티가 나지 않아요. 박용석은 자신의 몸이 나았다는 확신이 들 때까지 채린이를 인질로 잡고 있을 겁니다. 저는 이미 신뢰를 잃었어요."

"그럼 어떻게 하자는 건데."

"마지막으로 딱 한 번만 더 저를 믿어보세요. 저는 채린이도, 복수도 포기할 수 없어요."

믿어보라고? 내가 어떻게? 핸드폰을 쥔 이창의 손에 힘이 들어갔다. 그는 침묵했다. 란 역시 아무 말 없이 대답을 기다렸다. 들리는 것은 오로지 파도 소리뿐이었다. 이창의 발치를 갯강구 한 마리가 맴돌았다.


17


란은 횟집에서 쓰였을 고리타분한 디자인의 테이블을 사이에 두고 이창과 박용석을 마주보고 섰다. 한꺼번에 그들의 손을 쥐자, 박용석의 늙은 피부가 만져졌다. 이창은 질끈 눈을 감았다. 란이 그 손들을 힘주어 쥐며 물었다. 등 뒤로 성난 파도 소리가 울려 퍼졌다.

"의원님, 혹시 그런 생각 안 해보셨나요?"

"빨리 할 일이나 해!"

성질 급한 박용석이 소리를 질렀다. 란은 여전히 눈을 내리깔고 할 말을 계속했다. 이창은 감았던 눈을 뜨고 숙인 그의 정수리를 바라봤다.

"죽음을 감수해서라도 제가 당신을 죽이고 싶다면요?"

"뭐?"

란이 번쩍 고개를 들었다. 이창과 눈이 마주쳤다. 이창은 란의 눈동자가 밖에 넘실거리는 밤바다 같다고 생각했다. 그 순간 왜인지 심장이 내려앉았다. 다시 정면의 그들을 바라본 란은 환하게 웃으며 말했다.

"생각이 바뀌었어요. 옮기기 싫네요."

란은 순식간에 쥐고 있던 손들을 내팽개쳤다. 사이에 놓인 철제 테이블을 박용석의 몸체 위로 힘껏 밀었다. 박용석이 기괴한 소리를 지르며 휠체어에서 튕겨져 나가 테이블과 함께 뒤로 넘어졌다. 채린의 옆에 서 있던 비서가 쓰러진 박용석 쪽으로 몸을 틀었다. 그와 동시에 이창은 비서에게 달려들었다. 몸의 무게를 이용해 놈을 들이받아 벽으로 밀쳤다. 손의 나이프를 쳐내 떨어뜨리고 거친 시멘트벽에 놈의 머리를 두어 번 찍었다. 붉은 핏물이 회벽에 묻어 나왔다. 당하고 있던 비서가 찰나에 다리를 들어 이창을 걸어찼다. 비서는 배를 부여잡은 이창을 때려눕히고는 사정없이 얼굴에 주먹을 내리꽂기 시작했다. 이창의 얼굴은 순식간에 피투성이가 되었다. 그리고 비서가 싸늘한 미소를 지으며 상체를 일으키려는 순간, 그의 관자놀이에 차가운 것이 닿았다.

"안전장치를 풀었나, 확인해 볼까?"

이창이 비서와 육탄전을 벌이는 사이 란은 바닥에 널브러진 박용석에게로 향했다. 비서가 떨어뜨린 나이프를 주워 박용석의 목덜미에 겨눴다.

"개 같은 놈의 새끼가! 이거 안 치워!"

"의원님. 지금 상황이 이해가 안 되세요?"

란이 나이프를 쥔 손에 힘을 주자 박용석의 목덜미에서 붉은 핏물이 후드득 양복을 적셨다. 그의 입에서 단말마가 튀어나왔다.

"저는 당신을 지금 당장 죽일 수 있어요. 그리고……"

박용석의 멱살에서 손을 뗀 란이 이번에는 그의 손을 쥐었다. 그러고는 박용석의 피가 흐르는 나이프로 자신의 팔을 주욱 그었다. 피가 흐르고 살갗이 벌어지며 붉은 내부가 드러났다. 그러나 그것도 잠시일 뿐, 란의 상처는 칼이 팔뚝을 그어 내리는 속도에 맞춰 순식간에 아물어갔다. 마치 찰흙을 칼로 베는 것 같았다. 그와 동시에 박용석의 팔뚝은 검붉은색으로 젖어 들어갔다. 박용석의 입에서 비명이 터져 나왔다. 란은 무표정한 얼굴로 말을 이었다.

"저에게 입히는 상처는 곧 당신의 상처이기도 하죠."

"아, 아파!"

"여기서 채린이와 형사님을 돌려보내요. 우리 문제는 우리끼리 해결하자구요."

박용석의 목을 휘감아 일으켜 세운 란이 이창의 총구를 마주하고 있는 비서에게 외쳤다.

"당신이 이 늙은이를 구하는 게 빠를까, 내가 배를 쑤시는 게 빠를까? 아니면 형사님이 방아쇠를 당기는 게 빠를까?"

란에게 얽매인 박용석의 이마에서 식은땀이 흘렀다. 풀어 헤쳐진 셔츠 사이로 뱃가죽에 닿은 칼날이 섬뜩했다. 비서가 몸을 움찔거리자 박용석이 고래고래 소리쳤다.

"이놈 말에 당하지 마! 빨리 구하라고! 한 주먹거리도 안 되는 놈이야!"

그 사이 이창은 채린에게 달려갔다. 아이를 품에 안고 다행히도 따뜻한 온기를 확인했다. 거친 바닷바람을 계속 맞아서 그런지 채린의 안색이 파랬다. 이창은 재킷을 벗어 아이를 둘둘 말아 다시 안았다. 등 뒤에서 란의 초조한 외침이 들려왔다.

"형사님 빨리 가세요!"

채린을 팔에 안은 이창은 란과 계단 아래를 번갈아 쳐다봤다. 이대로 가도 괜찮을까? 란을 혼자 두고 가도 될지 망설여졌다. 그때, 의식이 없던 채린이 몸을 뒤척였다. 아이가 깨기 전에 나가야 해. 이창은 결국 계단으로 향했다. 마지막으로 돌아보았을 때 달빛을 등지고 서 있는 란의 모습이 몹시 위태로워 보였지만 가까스로 고개를 돌렸다. 그리고 난간이 없는 계단을 빠르게 내려갔다.

일층에 다다르자 봉고차의 문이 열렸다 닫히는 소리가 들렸다. 그 뒤로 무수한 발소리가 따라 들려왔다. 이창은 들어올 때 봐두었던 주방 뒷문으로 몸을 틀었다. 등 뒤를 돌아볼 새도 없이 채린을 안고 달렸다.

이창의 정수리가 사라지자 란은 그제야 안도의 한숨을 내쉬었다. 순식간에 올라온 검은 무리들이 3층을 가득 메웠다. 그들을 둘러본 란은 박용석을 휘감은 팔을 허무하게도 풀었다. 갑작스럽게 자유로워진 몸에 당황하던 박용석은 바닥을 기다시피 해 란으로부터 몸을 떨어뜨렸다. 재빠르게 달려온 비서가 휠체어를 세워 그 위에 박용석을 앉혔다. 란은 그 모든 것을 어떤 행동도 취하지 않고 무덤덤하게 바라보았다. 양손을 올리는 승복의 자세를 취하고 점점 뒷걸음질 쳤다. 이윽고 손에 들고 있던 나이프까지 바닥에 던져버리며 그가 말했다.

"의원님은 절 죽일 수 없겠죠. 제가 없으면 당신의 병을 옮겨줄 수 있는 이는 아무도 없으니까."

뚫린 창문으로 불어드는 바람이 점점 거세어졌다. 란은 고개를 돌려 바다를 바라봤다. 아찔한 높이 아래 석유처럼 검은 바다 위로 떠 있는 달은 이질적으로 밝았다. 그들을 비추고 있는 것 역시 달빛이었다. 아래로 검은 파도가 흔들렸다. 찬과 컨테이너 문틈 사이로 처음 봤던 바다. 바로 그 바다가 그의 발아래 아가리를 벌리고 있었다.

"의원님이 그 병을 안고 얼마나 버틸지 지옥에서 두고 보죠."

계속해서 뒷걸음질 치던 란의 발꿈치에 드디어 날선 유리 조각이 남아 있는 창틀이 걸렸다. 거센 바람에 몸이 휘청거렸다. 란은 다시 중심을 잡으려는 어떤 노력도 하지 않은 채 자연스럽게 무너져 내렸다. 박용석이 악을 질렀을 때 그는 이미 칠흑같이 까만 바다 안으로 형체를 감춘 후였다. 거친 파도를 신체가 맑은 소리를 내며 갈랐다. 란이 없는 빈 창틀을 바닷바람이 채웠다.


18


채린을 안고 한참을 달려 가까스로 공터에 세워놓은 차에 탄 이창은 운전대를 잡았다. 시동을 켜고 출발하려는 순간이었다. 적막한 항구를 가르고 바다의 검은 표면을 꿰뚫는 소리. 어떤 무거운 것이 높은 곳에서 떨어지는 소리였다. 불길한 생각이 엄습했다. 그 생각을 억누르기 위해서 그는 속도를 최대로 올려 달렸다. 채린이 앓는 소리를 냈다. 머리를 만져보니 열이 끓고 있었다.

어떤 정신으로 달렸는지 기억도 나지 않았다. 다급하게 병원 응급실 문을 밀고 뛰어 들어간 이창을 간호사들이 둘러쌌다. 그중 채린의 이마를 만져본 간호사가 깜짝 놀라며 의사를 호출했다. 몇 가지 검사와 응급처치를 끝낸 뒤에야 이창은 병원 의자에 앉아 숨을 고를 수 있었다.

다행히 채린의 열은 약을 먹고 얼마 지나지 않아 내렸다. 숨도 안

정적이었고, 아직 자고 있지만 별 다른 이상은 없을 거라고 의사는 말했다. 안도감인지 자괴감인지 모를 감정 때문에 이창은 아무렇게나 울고 싶어졌다. 하지만 가슴에 걸친 무언가가 그의 울음을 막았다. 돌이 얹혀 있는 것 같았다.

텅 빈 병원 로비를 바라보던 그의 귓가에 나곡항에서 들었던 출렁이는 물소리가 스쳐 지나갔다. 잠깐 망설이던 이창은 핸드폰을 꺼냈다. 곧 익숙한 번호를 누르자 몇 번의 신호음 끝에 잠에 취한 준혁의 목소리가 들려왔다.

"선배, 이 시간에 왜……."

"지금 당장 병원으로 와서 채린이 좀 봐줘."

"이 새벽에요? 채린이가 또 발작을 일으켰어요?"

"부탁해. 나중에 다 얘기해 줄게."

전화를 끊고 이창은 다시 마구잡이로 대놓은 차에 올라탔다. 나곡항을 향해 달리는 속도는 점점 빨라졌다. 항구 공터에 차를 버리듯이 세우고 내리자 살이 아릴 정도로 차가운 바닷바람이 얼굴을 때렸다. 자신도 구체적으로 정의할 수 없는 어떤 간절함이 그를 흔들었다. 이창은 또다시 횟집 건물의 난간 없는 층계를 올랐다. 그의 발걸음에 맞춰 천천히 동이 트기 시작했다.

수많은 발자국들이 그곳에 찍혀 있었지만 남아 있는 이는 아무도 없었다. 밝은빛이 비치는 적막한 내부로 파도 소리만이 들려왔다.

박용석은 모든 일을 중단했다. 잘나가던 사업과 정치에서 손을 뗀 채 별장에 은둔했다. 사람들은 그를 보고 도의적인 어떤 신념 때문일 것이라고 상상했다. 그를 지지하는 이들은 진정으로 안타까워했고, 여전히 그는 소위 말하는 훌륭한 인물로서 사람들에게 회자되었다.

그렇게 시간이 지나고 박용석이라는 이름 석 자가 정치인보다 동명이인 신인 연예인의 이름으로 더 많이 오르내릴 때쯤, 이상한 소문이 돌기 시작했다. 박용석이 사이비 종교에 미쳐서 재산을 탕진했다는. 사람들은 믿지 않았다. 혹은 정계 음모론의 일부로 술자리에서만 소비되었다.

그러나 증권가 지라시처럼 돌았던 그 소문은 박용석의 갑작스러운 죽음으로 만천하에 사실로 드러났다. 그가 피를 토하고 죽은 곳이 사이비교 비밀 집회장이었기 때문이다.

차후 경찰 조사에 따르면, 박용석의 사인은 그가 앓던 불치병에 의한 단순 병사였다. 그리고 그가 은퇴 후 몸담았던 '만수교'는 전과 11범의 대머리 노인이 자신을 교주로 내세운 사기 집단이었다. 지방의 해안 마을에서 시작한 만수교는 앓고 있는 모든 병을 낫게 해준다는 말도 안 되는 교리를 내세웠는데, 불과 몇 개월 전부터 기하급수적으로 규모를 넓혀갔고 그만큼 피해자 또한 어마어마했다. 조사 과정에서 만수교를 확장하는 데 쓰인 자금이 다름 아닌 박용석의 주머니에서 나왔다는 것이 밝혀졌고, 박용석 또한 이뤄지지 않을 기적을 꿈꾸며 죽음에 이른 피해자 중 하나로 사건은 종결되었다.

◉　◉　◉

란은 눈을 감았다 떴다. 그것도 믿기지 않아 여러 번 눈을 깜빡였다. 시야에 찬과 함께 살던 집의 모습이 펼쳐져 있었다. 불에 타지 않은 본래 모습 그대로였다. 창살 사이로 볕 좋은 해가 들었다. 햇살이 따뜻했다. 눈이 부셔 란이 미간을 찌푸리자 잔상 사이로 그리운 얼굴이 들어섰다. 눈앞에 찬이 있었다.

"역시. 눈 뜨면 형이 있을 줄 알았어."

찬이 입을 벙긋거렸다. 이번에는 선명한 목소리를 들을 수 있었다. 찬이 말했다.

"이제 쉬어."

란은 환하게 웃었다.

"사장님! 여기 육회 한 접시 추가요!"

"아, 귀청 떨어지겠네."

준혁이 쩌렁쩌렁한 목소리로 외치자 이창은 뚱하게 나무랐다. 그의 옆에서는 펭귄 머리핀을 한 채린이 치즈크로켓을 오물거렸다.

"그러면 선배가 시키던가!"

뻔뻔하게 맞받아친 준혁은 양 볼 가득 크로켓을 밀어 넣는 채린에게 말을 걸었다. 그 사이 이창은 소주잔에 사이다를 따랐다.

"채린아. 삼촌 잔소리 너무 심하지?"

"맞아! 우리 삼촌 잔소리 짱 심해!"

"에이, 귀여워. 많이 먹어."

"네! 잘 먹겠습니다!"

준혁을 째려본 이창은 냅킨을 뽑아 채린의 입가에 묻은 튀김가루들을 닦았다. 무심코 가게 안쪽 벽면에 설치된 작은 텔레비전을 바라봤다. 뉴스는 박용석의 갑작스러운 죽음과 사이비 종교의 관계를 보도하고 있었다. 사인은 병사였고, 언론은 박용석 의원의 간암 내력을 들먹이면서 건강의 중요성과 맹신의 위험성을 강조했다.

이창의 테이블에는 사이다 병이 잔뜩 쌓여 있었다. 준혁이 그것을 보고는 이해가 가지 않는다는 듯 툴툴대며 물었다.

"선배, 사이다면 사이다고 소주면 소주지 왜 사이다를 소주잔에 따라 마셔요? 애도 아니고."

"신경 끄시지."

이창은 무의식적으로 문을 바라보았다. 그때, 딸랑거리는 방울 소리와 함께 가게 안으로 누군가 들어왔다. 이창은 피식 미소 지었다. 먹고 남은 꼬치로 이를 쑤시며 손을 들어 알은체를 했다. 다시, 누군가의 끝이자 누군가의 시작이었다.

# 시프트

**초판 1쇄 발행** 2017년 8월 25일
**초판 10쇄 발행** 2024년 9월 25일

**지은이** 조예은
**펴낸이** 안병현 김상훈
**본부장** 이승은  **총괄** 박동옥  **편집장** 임세미
**책임편집** 정혜림
**마케팅** 신대섭 배태욱 김수연 김하은  **제작** 조화연

**펴낸곳** 주식회사 교보문고
**등록** 제406-2008-000090호(2008년 12월 5일)
**주소** 경기도 파주시 문발로 249
**대표전화** 1544-1900  **주문** 02)3156-3665  **팩스** 0502)987-5725

**ISBN** 979-11-5909-611-2 03810